Sie arbeiten im selben Büro und stehen kurz vor der Rente: Marcia, Letty, Norman und Edwin. Alle vier leben allein, dennoch pflegen sie außerhalb des Büros kaum Kontakt – auch wenn sie täglich Kaffee und Teewasser teilen. Sie beobachten, beargwöhnen, beraten einander und versuchen, über ihre Einsamkeit hinwegzuspielen.

Letty, die zur Untermiete wohnt, gerne liest und Wert auf ihre Kleidung legt, steht im Schatten ihrer Freundin, zu der sie im Alter aufs Land ziehen wollte. Plötzlich jedoch werden alle Pläne umgeworfen. Das einzige große Ereignis in Marcias Leben, eine Krebsoperation, bringt sie dazu, für ihren Arzt zu schwärmen. Wenn sie keinen Nachsorgetermin hat, widmet sie sich dem Ordnen ihrer Milchflaschen und Konserven. Edwin ist Witwer und verbringt seine Zeit mit der Suche nach einem Gottesdienst. Sein ewig nörgelnder Kollege Norman besucht lieber einen kranken Verwandten, den er eigentlich genauso wenig leiden kann wie den Rest der Menschheit. Als Marcia und Letty in Rente gehen, trennen sich die Wege der vier – aber das Leben bringt die Schicksalsgemeinschaft immer wieder zusammen.

Ironisch, schwarzhumorig und doch mit leisem Optimismus zeigt Barbara Pym in ›Quartett im Herbst‹ ihr herausragendes Können.

Barbara Pym (1913 bis 1980) studierte Literatur in Oxford und arbeitete als Assistant Editor im African Institute in London. Mit sechzehn Jahren schrieb sie den ersten von insgesamt dreizehn Romanen. Ihr Werk ›Quartett im Herbst‹ (DuMont, 2021) wurde 1977 für den Booker-Preis nominiert. Außerdem erschienen bei DuMont ihre Romane ›Vortreffliche Frauen‹ (2019) und ›In feiner Gesellschaft‹ (2020).

Sabine Roth ist seit 1991 als Übersetzerin tätig. Zu den von ihr übersetzten Autoren gehören Jane Austen, Henry James, Agatha Christie, John Le Carré, V. S. Naipaul, Elisabeth Strout und Lily King.

Barbara Pym

Quartett
im Herbst

Roman

Aus dem Englischen
von Sabine Roth

DUMONT

1. Kapitel

Alle vier gingen sie an dem Tag in die Stadtbücherei, allerdings leicht zeitversetzt. Der Mann am Auskunftstresen nahm keine Notiz von ihnen; hätte er es getan, hätte er sie vielleicht als im weitesten Sinne zusammengehörig empfunden. Sie wiederum nahmen ihn, jeder für sich, sehr wohl wahr, ihn und sein schulterlanges goldenes Haar. Ihr abfälliges Urteil über die Länge dieser Haare, über ihre Üppigkeit, ihre generelle Unangebrachtheit – in seiner Funktion und an seinem Platz! – hatte sicher auch mit ihren eigenen diesbezüglichen Defiziten zu tun. Edwin trug sein Haar, das dünn, angegraut und oben sehr schütter war, in einer Art Pagenkopf – »Sogar ältere Herren tragen ihr Haar heute länger«, hatte sein Friseur ihm gesagt –, und die Frisur hatte etwas Legeres, das Edwin nicht ganz unkleidsam für einen Mann in den frühen Sechzigern fand. Norman hingegen hatte schon immer »Problemhaar« gehabt, grob, borstig und mittlerweile eisengrau, das in jüngeren Jahren um den Scheitel herum partout nicht glatt hatte anliegen wollen. Jetzt musste er es nicht mehr scheiteln, denn er hatte sich einen Bürstenschnitt nach dem Vorbild des amerikanischen Crewcut der Vierziger- und Fünfzigerjahre zugelegt. Die Frisuren der beiden Frauen – Letty und Marcia – unterschieden sich so stark, wie dies nur denkbar war in den 1970ern, als die Frau ab sechzig weiße, graue oder rotgefärbte Löckchen zu haben hatte, die sie beim Friseur regelmäßig in Form bringen ließ. Lettys Haare waren von einem blassen Mausbraun, länger als ratsam und von ähnlich schlaffer, flusiger Beschaffenheit wie die von Edwin. Die Leute sagten ihr manchmal – wenn auch nicht mehr so oft –, welches Glück sie doch habe, so gar nicht grau geworden zu sein, aber Letty wusste nur zu gut, dass sich zwischen den braunen genügend weiße Haare versteckten und dass sich die meisten Frauen längst eine aufhellende »Tönung« gegönnt hätten. Marcia färbte ihr steifes, stumpfes Kurzhaar zu einem kompromisslosen Tiefdunkelbraun, aus einer Flasche, die in ihrem Badezimmerschrank stand, seit sie vor nahezu dreißig Jahren das erste Weiß bei sich entdeckt hatte. Wenn seitdem schonendere und kleidsamere Methoden zum Haarefärben erfunden worden waren, so war dies nicht zu Marcia durchgedrungen.

Jetzt, während der Mittagspause, nutzten sie die Bücherei jeder auf eigene Weise. Edwin konsultierte *Crockford's Klerikeralmanach* und fand zudem Anlass, im *Who's Who* sowie im *Who Was Who* nachzuschlagen, denn er war dabei, Vorleben und Eignung eines gewissen Kirchenmannes zu überprüfen, der in einem Sprengel, wo Edwin manchmal den Gottesdienst besuchte, kürzlich eine Pfründe erhalten hatte. Norman, der kein großer Leser war, las auch jetzt nichts; für ihn war die Bücherei ein Ort, an dem es sich angenehm sitzen ließ, und dazu näher als das Britische Museum, wo er ebenfalls gern die Mittagspause verbrachte. Auch Marcia sah in der Bücherei ein angenehmes, warmes Plätzchen, wo man sich im Winter gut aufhalten konnte, ohne dafür Eintritt bezahlen zu müssen. Außerdem konnte man allerlei Broschüren und Faltblätter mitnehmen, in denen die diversen Angebote beschrieben waren, die der Bezirk Camden für seine Senioren bereithielt. Seit sie die sechzig überschritten hatte, nutzte Marcia jede Gelegenheit, um herauszufinden, was ihr an kostenlosen Busfahrten und Vorzugspreisen in Restaurants, Friseurläden oder Fußpflegesalons zustand, auch wenn sie von diesem Wissen nie Gebrauch machte. Die Bücherei war zudem ein guter Ort für die Entsorgung von Dingen, die sie nicht mehr brauchte, die aber aus Marcias Sicht zu schade zum Wegwerfen waren. Darunter fielen bestimmte Flaschen – allerdings nicht Milchflaschen, die sie in ihrem Gartenschuppen aufbewahrte –, alle möglichen Schachteln und Papiertüten sowie sonstige Gegenstände, die in einer Ecke der Bücherei zurückgelassen werden konnten, wenn niemand hinsah. Eine der Bibliotheksangestellten hatte sie deshalb schon seit einer Weile im Blick, doch davon ahnte Marcia nichts, als sie einen kleinen, mit Schottenkaros bedruckten Pappkarton – »Haferkekse aus Killiecrankie« – in einer Lücke, die sich in einem der Belletristikregale anbot, nach hinten durchschob.

Von den vieren diente die Bücherei nur Letty zur Erbauung und möglichen geistigen Fortentwicklung. Sie hatte von Jugend an passioniert Romane gelesen, aber falls sie gehofft hatte, einen zu finden, der ihre eigene Erfahrung widerspiegelte, so hatte sie einsehen müssen, dass das Leben einer weder verheirateten noch sonst wie gebundenen älteren Frau von keinem Interesse für den Verfasser moderner Prosa war. Vorüber waren die Tage, da sie in ihre Ausleihliste bei Boots hoffnungsfroh die Romantitel einzutragen pflegte, die in den Sonntagszeitungen besprochen waren, und nun hatte sie ihr Leseverhalten umgestellt. Von Liebesromanen enttäuscht, suchte Letty ihre Erfüllung in Biografien, von denen es ja ausreichend gab. Und da in ihnen »wahre« Geschichten erzählt wurden, hatten sie der Belletristik letztlich sogar etwas voraus. Vielleicht nicht unbedingt einer Jane Austen oder einem Tolstoi, die Letty ohnehin nicht gelesen hatte, aber »wertvoller« als irgendwelche heutigen Romane schienen sie allemal.

Ganz ähnlich, möglicherweise weil sie als Einzige der vier gerne las, war sie auch die Einzige, die häufig außerhalb des Büros Mittag machte. Das Lokal, das sie für gewöhnlich aufsuchte, hieß zwar »Rendezvous«, war aber alles andere als ein Ort für romantische Stelldicheins. Angestellte aus den umliegenden Büros drängten zwischen zwölf und zwei Uhr herein, aßen in aller Eile und hasteten wieder davon. Der Mann an Lettys Tisch saß schon, als sie Platz nahm. Mit einem kurzen, feindseligen Blick schob er ihr die Speisekarte hin, dann kam sein Kaffee, er trank ihn aus, ließ fünf Pence für die Kellnerin liegen und ging. Seinen Platz nahm eine Frau ein, die sich mit gerunzelter Stirn in die Karte vertiefte. Dann sah sie auf, als läge ihr eine Bemerkung über die Preiserhöhungen auf der Zunge – Die Mehrwertsteuer!, schien ihr bläulich-blasser Blick zu sagen. Doch von Letty kam keine Ermutigung, und so senkte sie die Augen wieder, bestellte überbackene Makkaroni mit Pommes frites und dazu ein Glas Wasser. Der Moment war vorbei.

Letty griff nach ihrer Rechnung und stand vom Tisch auf. So unbeteiligt sie sich nach außen auch gab, war ihr die Geste keineswegs entgangen. Jemand hatte auf sie zuzugehen versucht. Sie hätten ein paar Sätze wechseln können, und zwischen zwei einsamen Menschen wäre vielleicht ein Band entstanden. Aber ihre Tischnachbarin, die nun den ersten Hunger stillte, beugte sich tief über ihre Makkaroni. Jetzt ließ sich das Versäumte nicht mehr nachholen. Wieder einmal hatte Letty eine Gelegenheit ungenutzt verstreichen lassen.

Im Büro biss derweil Edwin, der gern naschte, einem schwarzen Geleepüppchen den Kopf ab. Weder die Handlung an sich noch die Farbwahl waren rassistisch motiviert, er mochte nur einfach den stechenden Lakritzgeschmack der schwarzen Püppchen lieber als das süßliche Orangen-, Zitronen- oder Himbeeraroma der anderen. Der Verzehr der kleinen Geleefigur bildete den letzten Gang seiner Mittagsmahlzeit, die er in der Regel am Schreibtisch einnahm, inmitten von Papieren und Karteikarten.

Als Letty ins Zimmer kam, streckte er ihr die Tüte mit den Geleepüppchen hin, was freilich nur eine rituelle Geste war, denn er wusste schon, dass sie ablehnen würde. Naschen war undiszipliniert, und auch wenn sie nun in den Sechzigern war, gab es keinen Grund, warum sie ihre schmale, adrette Figur nicht bewahren sollte.

Die beiden anderen im Zimmer, Norman und Marcia, waren ebenfalls noch beim Essen. Norman aß ein Hühnerbein, Marcia ein unordentliches Sandwich, aus dem Salatblätter und glitschige Tomatenscheiben herausquollen. Von einer Matte auf dem Fußboden blies der elektrische Wasserkocher seinen Dampfstrahl in die Luft.

Norman wickelte seinen Hühnerknochen ein und versenkte ihn säuberlich im Papierkorb. Edwin ließ einen Beutel Earl Grey vorsichtig in die Tasse hinabschaukeln und goss ihn mit kochendem Wasser aus dem Kessel auf. Dann gab er einen Zitronenschnitz aus einem kleinen, runden Plastikbehälter dazu. Marcia öffnete eine Büchse Nescafé und machte zwei Tassen, eine für sich und eine für Norman. Das hatte nichts weiter zu besagen, es war einfach eine praktische Übereinkunft zwischen ihnen. Sie mochten beide Kaffee, und es kam billiger, eine große Büchse zu kaufen und sie zu teilen. Letty, die nach ihrer Auswärtsmahlzeit kein Heißgetränk mehr brauchte, holte sich in der Toilette ein Glas Wasser und deponierte es auf einem bunten, handgearbeiteten Bastuntersetzer auf ihrem Tisch. Ihr Schreibtisch stand am Fenster, und sie hatte das Fensterbrett mit Topfpflanzen vollgestellt, wuchernden Hängepflanzen, die sich vermehrten, indem sie Miniaturexemplare ihrer selbst abwarfen, die als Ableger in neue Töpfe gesetzt werden konnten. »Mehr als die Kunst noch, liebt' sie die Natur«, hatte Edwin einmal Landors Abgesang eines alten Philosophen auf Letty abgewandelt, und er hätte fast noch die Zeile mit dem Feuer des Lebens hinzugefügt, an dem sie ihre Hände gewärmt hatte – ohne jedoch zu nahe heranzugehen, wohlgemerkt. Nun sank das Feuer, wie es für sie alle sank, aber war sie, war irgendeiner von ihnen, schon bereit zu gehen?

Etwas dergleichen mochte in Normans Unterbewusstsein herumspuken, als er die Seiten seiner Zeitung umblätterte.

»Hypothermie.« Er las das Wort langsam. »Da ist schon wieder eine alte Frau dran gestorben. Wir müssen aufpassen, dass wir keine Hypothermie kriegen.«

»Das ist nichts, was man *kriegt*«, sagte Marcia herrisch. »Nicht wie eine Krankheit, mit der man sich ansteckt, und dann hat man sie.«

»Na ja, wenn man damit tot aufgefunden wird, so wie diese Frau da, kann man ja schon sagen, dass man es hatte, oder?«, setzte Norman sich zur Wehr.

Letty streckte die Hand nach dem Heizkörper aus und ließ sie dort liegen. »Hypothermie, das heißt Unterkühlung, nicht?«, sagte sie. »Auskühlung.«

»Das zumindest haben wir also gemeinsam«, bemerkte Norman mit seiner bissigen kleinen Stimme, die bestens zur Schmalheit und Hagerkeit seines Körpers zu passen schien. »Die Aussicht darauf, dass man uns irgendwann als Hypothermie-Tote auffindet.«

Marcia lächelte und strich über ein Faltblatt in ihrer Handtasche, das sie vorhin erst in der Bücherei hatte mitgehen lassen – Informationen über Heizkostenzuschüsse für Senioren –, aber sie behielt ihr Wissen für sich.

»Optimistisch wie immer«, sagte Edwin. »Aber ein Körnchen Wahrheit ist vielleicht dran. Wir sind vier Menschen auf der Schwelle zum Rentenalter, die alle allein leben und die alle keine engeren Angehörigen in der Nähe haben.«

Letty stieß ein Murmeln aus, als wollte sie gegen diese Beschreibung aufbegehren. Und doch war es unbestreitbar: Sie alle lebten allein. Bezeichnenderweise hatten sie das Thema bereits am Vormittag gestreift, als irgendetwas – ebenfalls in Normans Zeitung – sie daran erinnert hatte, dass es auf den Muttertag zuging; die Läden waren schon voll mit entsprechenden Geschenkartikeln, und die Blumenpreise hatten einen Satz nach oben gemacht. Der Anstieg wurde vermerkt und kommentiert, auch wenn keiner von ihnen Blumen kaufte und sie alle viel zu alt waren, um noch Mütter zu haben; ja, manchmal schien sogar der Gedanke abwegig, dass sie überhaupt jemals Mütter gehabt haben sollten. Edwins Mutter hatte ein respektables Alter erreicht – fünfundsiebzig – und war nach kurzer Krankheit verstorben, ohne ihrem Sohn Ungelegenheiten zu bereiten. Marcias Mutter war in dem Vorstadthäuschen gestorben, das Marcia nun allein bewohnte, in dem Schlafzimmer nach vorne hinaus, ihren alten Kater Snowy neben sich. Sie war neunundachtzig geworden, was manchem sehr alt vorkommen mochte, insgesamt aber wenig Wundervolles oder Bemerkenswertes an sich hatte. Lettys Mutter war nach Kriegsende gestorben, worauf ihr Vater wieder geheiratet hatte. Kurz danach war auch der Vater gestorben, und die Stiefmutter hatte wenig später einen neuen Mann gefunden, weshalb nichts mehr Letty an das südwestenglische

Städtchen band, in dem sie geboren und aufgewachsen war. Sie hatte rührselige und etwas ungenaue Erinnerungen an ihre Mutter, wie sie in einem Kleid aus irgendeinem fließenden Stoff durch den Garten ging und verwelkte Blüten abschnitt. Norman hatte seine Mutter als Einziger gar nicht gekannt – »Ganz ohne Mama aufgewachsen«, sagte er gern in seinem bitteren, ironischen Ton. Er und seine Schwester waren von einer Tante großgezogen worden, aber trotzdem war er es, der am stärksten mit der Kommerzialisierung der guten alten Muttertagstradition am Laetare-Sonntag haderte.

»Na, Sie haben ja immerhin Ihre Kirche«, sagte er jetzt zu Edwin.

»Und Father Gellibrand«, fügte Marcia hinzu, denn sie hatten alle schon viel über Father G. gehört, wie Edwin ihn zu nennen pflegte, und beneideten Edwin um den stabilen Rückhalt seiner Kirche in der Nähe des Clapham Common, wo er Zeremoniar war (was immer das bedeuten mochte) und überdies im Gemeindekirchenrat (dem GKR) saß. Um Edwin brauchte man sich keine Sorgen zu machen, denn auch wenn er Witwer war und allein lebte, hatte er eine verheiratete Tochter in Beckenham, die zweifellos sicherstellen würde, dass man ihren alten Vater nicht als Hypothermie-Toten auffand.

»O ja, Father G. ist ein regelrechter Fels in der Brandung«, räumte Edwin ein – aber schließlich stand die Kirche jedem offen. Er begriff nicht, warum Letty und Marcia nicht mehr Interesse am Kirchgang zeigten. Bei Norman war es einfacher zu verstehen.

Die Tür flog auf, und eine junge Schwarze, herausfordernd keck und strotzend vor Leben, streckte den Kopf herein.

»Irgendwelche Post?«, fragte sie in den Raum.

Jeder der vier sah sich einen Moment lang durch ihre Augen: Edwin, groß und schwer, mit seinem schütteren Haar und dem rosa Gesicht, Norman, klein und drahtig mit seinem grauen Stachelkopf, Marcia mit ihrem generellen Anstrich von Verschrobenheit, und die rüschige, verblühte Letty, die doch so gediegen war in ihrer Erscheinung und sich noch immer Mühe mit ihrer Kleidung gab.

»Post?« Edwin sprach als Erster, wie ein Echo auf ihre Frage. »Sie sind zu früh dran, Eulalia. Die Post geht erst um halb vier raus, und wir haben jetzt«, er sah auf die Uhr, »exakt zwei Uhr zweiundvierzig … Probieren kann man's ja mal«, sagte er, nachdem das Mädchen unverrichteter Dinge abgezogen war.

»Die will nur früher Feierabend machen, faule kleine …«, sagte Norman.

Marcia schloss entnervt die Augen, als Norman sich über »die Schwarzen« auszulassen begann. Letty versuchte das Thema zu wechseln; ihr war es immer unangenehm, Eulalia zu kritisieren oder sich unduldsam gegenüber Farbigen fühlen zu müssen. Trotzdem, das Mädchen hatte etwas, das einen ärgern konnte, jemand sollte sie Mores lehren, auch wenn man schwer leugnen konnte, dass es vor allem dieses überbordend Lebenssprühende an ihr war, das einen irritierte, gerade als ältere Frau, die sich in ihrer Nähe grauer denn je fühlte, zerknittert und ausgedörrt von der schwachen englischen Sonne.

Endlich kam der Tee, und um kurz vor fünf ließen die beiden Männer den Stift fallen, packten ein und verließen gemeinsam den Raum, wobei sich ihre Wege am Ausgang des Gebäudes trennen würden: Edwin ging zur Northern Line, die ihn nach Clapham Common brachte, Norman fuhr mit der Bakerloo-U-Bahn nach Kilburn Park.

Letty und Marcia ließen sich beim Zusammenräumen mehr Zeit. Dabei schwatzten sie nicht etwa über die Männer, die für sie Teil der Büromöblierung und damit kein Gesprächsthema waren, es sei denn, einer von ihnen fiel eklatant aus der Rolle. Vor dem Fenster pickten die Tauben auf dem Dach aneinander herum, lasen sich vermutlich Insekten aus dem Gefieder. Viel mehr können wir Menschen auch nicht füreinander tun, dachte Letty. Es war allgemein bekannt, dass Marcia vor einer Weile eine größere Operation über sich hatte ergehen lassen müssen. Sie war keine ganze Frau mehr, irgendein entscheidender Teil war ihr wegoperiert worden, ob allerdings aus Brust oder Unterleib, darüber hatte sie nichts verlauten lassen, sondern nur gesagt, dass sie einen »schweren Eingriff« hinter sich habe. Letty freilich meinte zu wissen, dass ihr eine Brust entfernt worden war, wobei auch sie nicht sagen konnte, welche. Edwin und Norman hatten Vermutungen dieserhalb angestellt und die Angelegenheit auf ihre Männerart erörtert; sie fanden, Marcia hätte sie einweihen müssen, da sie alle vier so eng im selben Büro zusammenarbeiteten. Der einzige Schluss, den sie aus der Sache hatten ziehen können, war, dass die Operation Marcia offenbar noch wunderlicher gemacht hatte, als sie vorher schon gewesen war.

In der Vergangenheit hätten beide, Letty wie Marcia, vielleicht lieben und geliebt werden können; nun aber fanden die für einen Ehemann oder Geliebten, für ein Kind oder sogar Enkelkind bestimmten Gefühle kein natürliches Ventil mehr; keine Katze, kein Hund oder wenigstens Vogel teilte ihr Leben, und weder Edwin noch Norman hatten Liebe in ihnen entfacht. Marcia hatte einmal eine Katze gehabt, aber der alte Snowy war schon vor Längerem gestorben, »dahingegangen«, »abberufen worden«, wie immer man es nennen mochte. Unter solchen Umständen kann in Frauen eine Art unsentimentaler Zärtlichkeit füreinander wachsen, die sich in kleinen Gesten der Fürsorglichkeit ausdrückt, nicht unähnlich den Tauben, die einander die Milben aus dem Federkleid picken. Falls es Marcia nach solch einem Ventil verlangte, fehlten ihr die Worte dafür. Letty war es, die sagte: »Sie sehen müde aus – soll ich Ihnen einen Tee machen?« Und als Marcia ablehnte, fuhr sie fort: »Hoffentlich ist Ihr Zug nicht zu voll und Sie kriegen einen Sitzplatz – jetzt, wo es bald sechs wird, müsste es ja schon besser sein.« Sie versuchte sie anzulächeln, aber als sie zu ihr hinsah, schienen ihr Marcias dunkle Augen hinter den Brillengläsern bedrohlich vergrößert, wie die Augen dieser Nachtaffen, die in den Bäumen herumturnten – wie hießen die gleich wieder? Pottos? Lemuren? Marcia, die Letty einen scharfen Blick zuwarf, dachte: Sie sieht aus wie ein altes Schaf, aber sie meint es nett, auch wenn sie sich manchmal ein bisschen viel einmischt.

Norman, der zum Stanmore-Zweig der Bakerloo-Linie eilte, fuhr seinen Schwager im Krankenhaus besuchen. Jetzt, wo seine Schwester tot war, gab es keine direkte Verbindung mehr zwischen Ken und ihm, und Norman hatte das angenehme Gefühl, eine gute Tat zu tun, indem er ihn besuchte. Er hat niemanden, dachte er, denn das einzige Kind aus der Ehe war nach Neuseeland ausgewandert. Tatsächlich hatte Ken sehr wohl jemanden, eine Bekannte, die er zu heiraten gedachte, aber sie besuchte ihn lieber nicht am selben Tag wie Norman. »Lassen wir ihn allein kommen«, hatten sie zueinander gesagt, »er hat ja niemanden, da ist so ein Besuch eine nette Abwechslung für ihn.«

Norman war selbst noch nie im Krankenhaus gewesen, aber Marcia hatte viele Andeutungen über ihre Erlebnisse dort und insbesondere über Mr Strong fallen lassen, den Chirurgen, der sie aufgeschnitten hatte. Nicht dass Kens Erfahrung mit der ihrigen vergleichbar gewesen wäre, aber eine Ahnung bekam man dadurch doch, insofern war Norman gerüstet, als die Glocke schlug und er sich mit dem Strom der anderen Besucher durch die Schwingtür in den Krankensaal spülen ließ. Blumen oder Obst hatte er nicht dabei; zwischen ihnen war klar, dass der Besuch selbst alles war, was erwartet oder geschuldet wurde. Mit dem Lesen hatte es auch Ken nicht sonderlich, wobei er nun recht dankbar Normans *Evening Standard* durchblätterte. Von Berufs wegen war er Fahrprüfer, und sein derzeitiger Klinikaufenthalt war nicht, wie im Krankensaal gespöttelt wurde, einem Unfall geschuldet, den eine überforderte Frau mittleren Alters bei der Prüfung gebaut hatte, sondern einem Geschwür im Zwölffingerdarm, dessen Ursache die Bedenklichkeit des Lebens ganz allgemein war, wenngleich zweifellos noch gefördert durch die Gefahren, denen seine tägliche Arbeit ihn aussetzte.

Norman vermied es bewusst, die anderen Patienten anzuschauen, als er am Bettrand Platz nahm. Ken kam ihm eine Spur schlapp vor, aber Männer im Bett waren natürlich nie ein erhebender Anblick. Der durchschnittliche Herrenschlafanzug hatte nun mal etwas ausgesprochen Unattraktives. Bei den Damen war da schon mehr geboten, mit ihren pastellfarbenen Nachthemden und puscheligen Bettjäckchen, auf die er einen Blick erhascht hatte, als er auf seinem Weg nach oben an der Frauenstation vorbeigekommen war. Auf Kens Nachttisch standen neben dem unvermeidlichen Plastikkrug und -glas nur eine Schachtel Papiertaschentücher und eine Flasche Lucozade, aber in dem offenen Fach darunter erspähte Norman eine metallene Brechschale und ein merkwürdig geformtes Gefäß aus einem grauen, kartonartigen Material, das verdächtig so aussah, als könnte es zum Wasserlassen bestimmt sein – für den *Harn*, wie er anklagend dachte. Die Sicht auf diese nur halb verborgenen Gegenstände erfüllte ihn mit Unbehagen und leisem Groll, sodass er nicht recht wusste, was er zu seinem Schwager sagen sollte.

»Irgendwie ruhig hier heute Abend«, bemerkte er.

»Der Fernseher ist kaputt.«

»Ach, daran liegt es. Ich dachte gleich, dass irgendwas nicht stimmt.« Norman linste zu dem Tisch in der Raummitte. Da stand der große Kasten, sein Gesicht so grau und leblos wie die Gesichter der Zuschauer in ihren Betten. Er hätte mit einem Tuch verhängt gehört, fand Norman, allein schon aus Anstandsgründen. »Seit wann denn schon?«

»Gestern, und bis jetzt haben sie rein gar nichts unternommen. Man denkt doch, das wäre das Mindeste, was sie tun können, oder?«

»Tja, dann hast du mehr Zeit für deine Gedanken«, sagte Norman. Das war sarkastisch gemeint, wenn nicht gar ein wenig grausam, denn was für Gedanken konnte Ken schon haben, die besser als Fernsehen waren? Er ahnte nicht, dass Ken sehr wohl Gedanken hatte, Träume sogar, die Fahrschule betreffend, die er und seine Bekannte gemeinsam eröffnen wollten – dass er dalag und sich Namen überlegte: »Excelsior« böte sich natürlich an, oder »Bona Fide«; dann schwirrte ihm plötzlich das Wort »Delfin« durch den Sinn, und er hatte die Vision einer ganzen Flotte von Wagen, türkisblau und butterblumengelb, die über die Ringautobahn wogten und glitten, ohne je bei den Ampeln den Motor abzuwürgen, wie das die Fahrschüler im wirklichen Leben so oft taten. Er dachte auch gern über den Wagentyp nach, den sie haben würden – keinen ausländischen, nichts mit Heckmotor, das wäre widernatürlich, wie eine Uhr mit eckigem Zifferblatt. Norman konnte er diese Überlegungen nicht enthüllen, denn Norman hielt nichts von Autos und besaß nicht einmal einen Führerschein. Ken hatte darum stets eine mitleidige

Verachtung für ihn empfunden, seinen unmännlichen Schwager, der als Schreiberling in einem Büro voller ältlicher Frauen arbeitete.

So saßen sie mehr oder weniger schweigsam da und waren beide erleichtert, als die Glocke ertönte und die Besuchszeit um war.

»Alles so weit in Ordnung?«, fragte Norman quasi im Aufspringen.

»Der Tee ist zu stark.«

»Oh.« Norman war perplex. Als ob er da etwas machen könnte! Was erwartete Ken von ihm? »Kannst du nicht die Oberschwester oder eine von den Pflegerinnen bitten, ihn schwächer zu machen oder mehr Milch reinzutun?«

»Schmecken würde man es trotzdem. Zu stark ist zu stark. Und von den Schwestern kann ich sowieso keine bitten – dazu sind sie nicht da.«

»Dann eben die Frau, die den Tee macht.«

»Den Teufel werd ich tun«, sagte Ken dunkel. »Aber zu starker Tee ist das Letzte, was ich in meinem Zustand zu mir nehmen sollte.« Norman schüttelte sich wie ein gereizter kleiner Hund. Er war nicht hergekommen, um in solche Komplikationen verwickelt zu werden, und ließ sich willig von einer resoluten irischen Schwester hinausscheuchen, ohne sich noch einmal nach dem Patienten im Bett umzudrehen.

Draußen wurde sein Missmut noch verstärkt durch die vielen Autos, die zwischen ihm und der Bushaltestelle dahinbrausten, sodass er nicht auf die andere Straßenseite kam. Dann musste er endlos auf den Bus warten, und als er den Platz erreichte, an dem er wohnte, war auch dort alles voller Autos, die dicht an dicht parkten und bis auf den Gehsteig überstanden. Einige waren so groß, dass ihre Hinterteile – ihre Hinterbacken,

Steiße, Bürzel – weit über den Bordstein hinausragten und er einen Bogen um sie machen musste. »Drecksding«, murmelte er und versetzte einem einen kleinen, wirkungslosen Tritt. »Drecksding, Drecksding, Drecksding.«

Niemand hörte ihn. Die Mandelbäume standen in Blüte, aber er sah sie nicht, nahm das im Laternenlicht schimmernde Weiß ihrer Zweige nicht wahr. Er schloss die Haustür auf und ging hinauf in das möblierte Zimmer, das er mietete. Der Besuch hatte ihn angestrengt, und es war ja nicht einmal so, dass Ken viel davon gehabt hätte.

Hinter Edwin lag ein weitaus befriedigenderer Abend. Die gesungene Messe hatte in der für Wochentage üblichen Besetzung stattgefunden – nur sieben Gemeindemitglieder, aber dafür das volle Aufgebot im Altarraum. Im Anschluss waren Father G. und er auf einen Drink ins Pub gegangen. Sie hatten über Kirchenangelegenheiten gefachsimpelt: Sollten sie einen stärkeren Weihrauch bestellen, nun da die Rosa Mystica fast aufgebraucht war? Wie ratsam war es, der Jugend zu erlauben, die gelegentliche Sonntagsvesper mit Gitarren zu gestalten? Und wie würde die Gemeinde reagieren, wenn Father G. die Stufe drei der alternativen Gottesdienstordnung einzuführen versuchte?

»Dieses ständige Aufstehen zum Beten«, sagte Edwin. »Das würde den Leuten doch gegen den Strich gehen.«

»Aber der Friedenskuss, wo man dem Banknachbarn zum Zeichen der Verbundenheit die Hand reicht, das ist im Prinzip schon eine …« Father G. hatte »eine schöne Idee« sagen wollen, aber »schön« war, auf seine spezielle Gemeinde gemünzt, vielleicht irreführend.

Angesichts des spärlich besuchten Gottesdienstes, der hinter ihnen lag, hatte Edwin da ebenfalls seine Bedenken – diese

Handvoll Menschen, verteilt über das hallende Kirchenschiff, keiner dem anderen nahe genug für ein Zeichen jedweder Art –, aber er brachte es nicht über sich, Father G. seine Vision einer andächtigen Menge zu rauben. Er dachte oft voller Sehnsucht an die Tage der anglokatholischen Renaissance im 19. Jahrhundert, ja selbst an das deutlich kirchenfreundlichere Klima vor zwanzig Jahren, in das Father G., groß und ausgemergelt in seiner Soutane und mit dem Birett, zehnmal besser gepasst hätte als in die heutige Zeit, wo so viele der jungen Priester mit langen Haaren und Jeans herumliefen. Einen von der Sorte hatten sie gerade vorhin im Pub gesehen. Edwin schauderte bei der Vorstellung, wie die Gottesdienste in seiner Kirche wohl abliefen. »Ich glaube, wir sollten die Abendmesse lieber so lassen, wie sie ist«, sagte er. Nur über meine Leiche, dachte er dabei theatralisch, während vor seinem geistigen Auge eine Rotte gitarrenschwingender Jungen und Mädchen über ihn hinwegtrampelte.

Sie trennten sich vor Edwins gepflegtem Doppelhäuschen in einer Straße nicht weit vom Stadtpark. Als er neben dem Garderobenständer in der Diele stand, musste Edwin an seine verstorbene Frau denken, Phyllis. Dieses momentlange Verharren vor der Wohnzimmertür war es, das sie ihm ins Gedächtnis rief. Fast meinte er ihre Stimme zu hören, ihr leicht nörgelndes: »Bist du das, Edwin?« Als ob es jemand anders sein könnte! Jetzt besaß er die ganze Freiheit, die die Einsamkeit mit sich bringt – konnte die Messe besuchen, sooft er wollte, an Sitzungen teilnehmen, die sich den ganzen Abend hinzogen, Sachen für Basarverkäufe im hinteren Zimmer ansammeln und sie monatelang dort liegen lassen. Er konnte ins Pub oder ins Pfarrhaus gehen und nach Belieben dort bleiben.

Während er sich fürs Bett fertig machte, summte Edwin eines seiner Lieblings-Chorstücke, »O lieblicher Schöpfer des

Lichts«. Es war schwierig, beim Cantus planus keinen Fehler zu machen, die Konzentration auf die richtigen Noten lenkte ihn von den Worten ab. So oder so schien es übertrieben harsch, die heutige Gottesdienstgemeinde als »verstrickt in Sünd und Hader sehr« zu bezeichnen, wie es in einer Textzeile hieß. Mit so etwas würde ein moderner Mensch nichts anfangen können. Vielleicht war das einer der Gründe, warum kaum jemand in die Kirche kam.

2. Kapitel

So vieles gemahnte Letty neuerdings an die eigene Vergäng-
lichkeit oder, weniger poetisch ausgedrückt, an Verfall und Tod.
Nicht ganz so augenfällig wie die Nachrufe in *Times* und *Telegraph* waren »verstörende« Anblicke, wie sie es bei sich nannte.
Heute Morgen am U-Bahnsteig etwa hatte eine Frau, die mitten
im Strom der hastenden Pendler zusammengesackt auf einer
Bank saß, sie so stark an eine Schulkameradin erinnert, dass sie
sich gezwungen hatte, sich noch einmal umzudrehen und sich
zu vergewissern, dass es *nicht* Janet Belling war. Ihr schien eher,
nein, aber es hätte Janet sein *können*, und selbst wenn nicht, war
es doch ein Mensch, eine Frau, die irgendwelche Umstände an
diesen Punkt gebracht hatten. Sollte man etwas unternehmen?
Während Letty noch zögerte, beugte sich ein Mädchen in einem staubig-schwarzen langen Rock und schäbigen Stiefeln zu
der zusammengesunkenen Gestalt hinab und fragte gedämpft
etwas. Augenblicklich bäumte die Gestalt sich auf und schrie mit
einer lauten, gefährlich unkontrollierten Stimme: »Leck mich
doch!« Dann war es jedenfalls nicht Janet Belling, dachte Letty
mit unwillkürlichem Aufatmen; Janet hätte niemals eine solche
Sprache geführt. Aber das hätte vor fünfzig Jahren ohnehin niemand – es herrschten jetzt andere Sitten als damals, da war so
etwas kein Maßstab. Das Mädchen derweil ging in Würde seiner Wege. Sie war mutiger gewesen als Letty.

Heute Morgen wurde auf den Straßen wieder gesammelt. Marcia richtete den Blick auf die junge Frau, die mit ihrem Bauchladen voller Fähnchen und der scheppernden Büchse vor dem U-Bahn-Eingang stand. Irgendetwas mit Krebs. Marcia hielt in stillem Triumph auf sie zu, ein Zehn-Pence-Stück in der Hand.

Das lächelnde Mädchen hob schon das Fähnchen, das die Form eines kleinen Wappenschilds hatte, um es Marcia an den Mantelaufschlag zu stecken.

»Danke«, sagte es, als die Münze durch den Schlitz klapperte.

»Ein sehr guter Zweck«, murmelte Marcia, »der mir auch persönlich sehr am Herzen liegt. Auch mir wurde nämlich ...«

Das Mädchen wartete nervös, ihr Lächeln jetzt leicht gezwungen, doch wie Letty war auch sie wie hypnotisiert von den Nachtaffenaugen hinter den dicken Brillengläsern. Und vielversprechende junge Männer, die sich andernfalls vielleicht zum Erwerb eines Fähnchens hätten verleiten lassen, duckten sich indessen, Eile vorschützend, an ihr vorbei in den U-Bahn-Eingang.

»Auch mir wurde nämlich«, wiederholte Marcia, »schon einmal etwas *entfernt*.«

In diesem Moment näherte sich, angezogen vom Anblick der hübschen jungen Spendensammlerin, ein älterer Herr, sodass Marcias Versuch, ein Gespräch anzufangen, im Keim erstickt wurde, aber die Erinnerung an ihren Krankenhausaufenthalt begleitete sie den ganzen Weg ins Büro.

Marcia war eine jener Frauen, die von ihren Müttern die Überzeugung mit auf den Weg bekommen hatten, der weibliche Körper sei etwas so Sakrosanktes, dass kein Chirurgenskalpell ihn jemals berühren dürfe. Als es für sie freilich ernst wurde, stellte sich die Frage nach Gegenwehr gar nicht. Sie lächelte beim Gedanken an Mr Strong, den Chirurgen, der die Operation durchgeführt hatte. Brust, Gebärmutter, Mandeln, Blinddarm, egal, er schnitt unterschiedslos alles heraus, schien seine sachliche, kompetente Art zu besagen. Im Geist sah sie ihn wieder im Krankensaal von Bett zu Bett schreiten, seinen Tross hinter sich, von ihr mit gierigen Blicken beobachtet und erwartet, bis der große Moment endlich da war und er bei ihr haltmachte. »Und wie geht es Miss Ivory heute?«, erkundigte er sich in diesem beinahe neckenden Tonfall. Dann berichtete sie ihm, wie es ihr ging, und er hörte zu, stellte ab und zu eine Zwischenfrage oder bat die Oberschwester um ihre Meinung, und seine fast etwas zu lockere Art machte professioneller Zuwendung Platz.

Wenn der Operateur Gott war, so waren die Kaplane seine Werkzeuge, sie kamen gleich nach den Assistenzärzten. Der gutaussehende junge römisch-katholische Kaplan war der Erste gewesen; jeder von uns brauche einmal etwas Ruhe, hatte er ihr versichert, auch wenn er selbst nicht so aussah, als könnte er derlei je nötig haben, und so ein Klinikaufenthalt, so unschön er in vielerlei Hinsicht auch sei, erweise sich manchmal als ein verkappter Segen, gebe es doch keine Lebenslage, der sich nicht etwas Gutes abgewinnen lasse, gemäß der alten Wahrheit, nach der jede Wolke einen Silberrand habe … Sein Wortschwall, vorgetragen im charmantesten irischen Singsang, floss so üppig, dass Marcia erst nach geraumer Zeit einflechten konnte, dass sie gar nicht katholisch war.

»Ach so, Sie sind Protestantin.« Das Wort hatte etwas erschütternd Brutales, ein fast unausbleiblicher Effekt, wenn man das vagere und mildere »anglikanisch« oder »Church of England« gewohnt war. »Hat mich sehr gefreut«, setzte er großmütig hinzu, »zu Ihnen kommt dann der protestantische Kaplan.«

Der anglikanische Kaplan bot ihr die Kommunion an, und obgleich sie nie in die Kirche ging, nahm Marcia an, teils aus Aberglauben, teils aber auch, weil es ihr im Saal eine Sonderstellung verlieh. Nur eine andere Frau empfing den priesterlichen Beistand des Kaplans. Die übrigen Patientinnen kritisierten sein zerknittertes Chorhemd, spekulierten darüber, warum er sich nicht eines aus Nylon oder Polyester zulegte, und kramten Fälle aus ihrem Gedächtnis, wo ihre Gemeindepfarrer Paaren die kirchliche Trauung verweigert hatten oder kleine Säuglinge nicht taufen wollten, nur weil ihre Eltern keine Kirchgänger waren, und andere Beispiele störrischen und unchristlichen Verhaltens.

Das Krankenhaus, und namentlich der Besuch des Kaplans, legten naturgemäß auch Gedanken an den Tod nahe, und Marcia hatte sich schonungslos gefragt, ob denn ihr Tod, da sie keine nahen Verwandten hatte, überhaupt jemanden kümmern würde. Gut möglich, dass sie in einem Armengrab landete, falls es so etwas heute noch gab. Geld genug für eine Bestattung hinterließ sie zwar, aber wenn ihr Körper einfach in einen Ofen geschaufelt wurde, würde sie es auch nicht merken. Da musste man sich nichts vorlügen. Natürlich konnte sie einzelne Organe der Forschung vermachen oder sie für die Transplantationschirurgie spenden. Diese letzte Idee hatte großen Reiz, da sie aufs Engste mit der Person Mr Strongs verbunden war, und Marcia nahm sich vor, das Formular hinten in der Broschüre auszufüllen, die man ihr bei der Aufnahme ausgehändigt hatte. Aber schlussendlich kam es nicht dazu, und ohnehin war ihre Operation ja geglückt, sie war *nicht* gestorben. »Nicht sterben werd ich, sondern leben« – so lautete eine Zeile aus einem Gedicht, das ihr während dieser Zeit in den Sinn kam. Jetzt las sie keine Gedichte mehr, und auch sonst nichts, aber ab und zu fiel ihr der eine oder andere Vers ein.

Während sie auf dem Bahnsteig wartete, blieb Marcias Blick an einer Schmiererei an der Wand hängen, plumpe Großbuchstaben: STIRB PAKISAU. Sie starrte den Schriftzug an, bildete die Wörter mit den Lippen nach, wie um sich über ihre Bedeutung klar zu werden. Sie brachten ihr eine andere Krankenhauserinnerung zurück, an einen Mann, der sie auf ihrem Rollbett in den Operationssaal geschoben hatte, bärtig und von einer unnahbaren, würdevollen Schönheit, sein Kopf und Körper von bläulicher Gaze umhüllt. Er hatte sie »Schätzchen« genannt.

Die anderen drei sahen auf, als Marcia zur Tür hereinkam.

»Bisschen spät, oder?«, bemerkte Norman spitz.

Als ob ihn das etwas angehen würde, dachte Letty. »Die U-Bahnen hatten heute alle Verspätung«, sagte sie.

»Das stimmt«, lenkte er ein. »Haben Sie auch diese Tafel in der Holborn Station gesehen? ›Personenschaden in Hammersmith‹. ›Personenschaden‹ – nennt man das heutzutage so?«

»Die arme Seele«, sagte Edwin. »Da fragt man sich, wie es zu solchen Tragödien kommen kann.«

Letty musste an ihr verstörendes Erlebnis vom Morgen denken. Die Frau landete eines Tages vielleicht auch unter einem Zug. Bisher hatte sie darüber geschwiegen, aber nun erwähnte sie es.

»Hmm«, machte Norman, »da sieht man, was passiert, wenn jemand durch das Netz des Wohlfahrtsstaats fällt.«

»Ganz gefeit ist davor wohl keiner«, sagte Letty, »aber eigentlich muss es in unserer Zeit mit niemandem mehr so weit kommen.« Sie schaute hinab auf ihren Tweedrock, der alt war, aber frisch gereinigt und gepresst; es gab schließlich keinen Grund, sich gehen zu lassen.

Marcia sagte nichts, sondern starrte sie nur auf ihre beunruhigende Art an.

»Tja«, Normans Ton war geradezu aufgeräumt, »das ist auch so was, das auf uns alle zukommt, wenigstens als Möglichkeit: Alle könnten wir durch das Netz des Wohlfahrtsstaats fallen.«

»Nun hören Sie damit doch mal auf«, sagte Edwin. »Erst das mit den Hypothermie-Toten – Sie haben sich an dem Thema ja richtig festgebissen.«

»Wobei Tod durch Verhungern noch wahrscheinlicher ist«, fügte Norman hinzu. Er war auf dem Weg zur Arbeit im Supermarkt gewesen und glich nun die Waren in seiner Einkaufstasche – einer »psychedelischen« Plastiktüte, die mit wilden Farbwirbeln gemustert war und auf ungeahnte Abgründe in seinem Wesen schließen ließ – mit seinem Kassenbon ab. »Knäckebrot 16 Pence, Tee 18, Käse 34, Wachsbohnen, eine kleine Dose, 12«, las er vor. »Speck 46, aber das war schon die kleinste Packung, die sie hatten; Bauchfleisch, steht da, also nicht allerbeste Qualität. Man sollte meinen, sie packen ihn vielleicht mit ein bisschen mehr Rücksicht auf Leute ab, die allein leben. Die Frau vor mir hat über zwölf Pfund ausgegeben – mein typisches Pech, ausgerechnet hinter so einer festzustecken …«

»Ich an Ihrer Stelle würde den Speck irgendwo Kühleres hintun«, meinte Letty.

»Stimmt, ich packe ihn in einen von den Aktenschränken«, sagte Norman. »Erinnern Sie mich dran, dass er da liegt. Man liest ja immer wieder von alten Leuten, die tot in ihrer Wohnung aufgefunden werden, ohne einen Bissen zu essen im Haus. Schrecklicher Gedanke.«

»Dafür gibt es keinerlei Notwendigkeit«, sagte Edwin.

»Man kann Vorräte mit Konservendosen anlegen«, bemerkte Marcia in unbeteiligtem Ton.

»Aber dann hat man vielleicht nicht mehr die Kraft, sie zu öffnen«, sagte Norman genießerisch. »Außerdem habe ich kaum Platz für Vorräte.«

Marcia sah ihn versonnen an. Sie hatte sich manchmal gefragt, in welchen Verhältnissen Norman wohl lebte, aber natürlich hatte keiner von ihnen je einen Fuß in sein Kämmerchen gesetzt. Die vier Bürokollegen besuchten sich weder gegenseitig, noch trafen sie sich nach Arbeitsschluss. Als sie hier angefangen hatte, hatte sich in Marcia ein schwaches Interesse an Norman geregt, ein Gefühl, das um etliche Grade kühler als Zärtlichkeit war, aber das ihre Gedanken nichtsdestoweniger vorübergehend mit Beschlag belegte. Eines Mittags war sie ihm gefolgt. Aus sicherem Abstand hatte sie beobachtet, wie er die Füße durch das welke Laub schob und erbost einem Auto hinterherrief, das an einem Zebrastreifen nicht angehalten hatte. Sein Weg führte sie ins Britische Museum, dort eine breite Steintreppe empor und durch hallende Säle voll mit gruseligen Bildern und Gegenständen in Vitrinen, bis sie schließlich bei den alten Ägyptern anlangten, vor einem Schaukasten mit mumifizierten Jungkrokodilen und anderem vertrocknetem Getier. Hier war Norman plötzlich von einem Pulk Schulkinder umringt, und Marcia stahl sich davon. Falls sie zuvor in Betracht gezogen hatte, sich ihm zu erkennen zu geben, schien ihr der Zeitpunkt für Fragen wie »Kommen Sie öfter hierher?« nun in hohem Maße ungeeignet. Norman hatte mit keinem von ihnen über seine Besuche im Britischen Museum gesprochen, und selbst wenn, hätte er doch nie eingestanden, dass er sich dort mit Krokodilmumien abgab. Zweifellos war dies eine geheime Passion. Im Lauf der Zeit verloren sich Marcias Gefühle für Norman immer mehr. Dann kam sie ins Krankenhaus, und in ihrem Leben und ihren Fantasien hielt Mr Strong Einzug. Inzwischen verschwendete sie kaum noch einen Gedanken an Norman; er war für sie nicht mehr als ein albernes kleines Männchen, und sein Getue mit den Einkäufen und dem Verlesen der Artikel, die er erstanden hatte, weckte nur Unmut in ihr. Sie wollte nicht wissen, was er zu essen gedachte – es interessierte sie nicht im Mindesten.

»Da fällt mir ein, ich muss in der Mittagspause noch ein Brot kaufen«, sagte Edwin. »Father G. kommt vor der GKR-Sitzung auf einen Happen zu mir, und ich mache eine meiner Spezialitäten, Baked Beans auf Toast mit einem pochierten Ei darüber.«

Die Frauen lächelten, wie es von ihnen erwartet wurde, aber Edwin war als fähiger Koch bekannt – und es war ja nicht etwa so, als würde ihr eigenes Abendessen mehr hermachen, dachte Edwin, als er mit einem großen, in Papier eingeschlagenen Weißbrot aus einem Café kam, in dem es auch Brot zu kaufen gab. Er hatte ein leichtes Mittagsmahl zu sich genommen, mehr einen Imbiss, um genau zu sein; das Innere des Cafés hatte sich auf bestürzende Weise verändert, auch wenn die Kost die gleiche geblieben war. Edwin und die anderen Stammkunden fühlten sich fehl am Platz inmitten von so viel zeitgemäßem Orange und Olivgrün und Kiefernimitat. Die Hängelampen und die Jalousien waren mit Schmetterlingen gemustert, und den Raum durchrieselte eine sanfte Fahrstuhlmusik, kaum hörbar, aber dennoch penetrant. Edwin mochte keine Veränderung, und jetzt, wo auch Gamages Kaufhaus abgerissen war, tat es gut, seine mittägliche Kirchentour absolvieren zu können, wobei der Wandel selbst vor der Kirche, der guten alten C. of E., nicht haltmachte. Manchmal nutzte er die Gelegenheit zu einem raschen Gebet, manchmal sah er sich auch nur etwas um oder blätterte im Gemeindeblatt, so es eines gab, aber hauptsächlich las er die Anschlagtafeln, um sich einen Überblick über das jeweilige Angebot an Gottesdiensten und sonstigen Aktivitäten zu verschaffen. Heute erregte die Ankündigung eines »Enthaltsamkeits-Lunchs« sein Interesse, den eine bekannte Wohlfahrtsorganisation ausrichtete, verblüffenderweise »mit Wein« – vielleicht sollte er da einmal vorbeischauen.

Letty erledigte ihre Einkäufe auf dem Nachhauseweg, in einem kleinen Selbstbedienungsladen, den Asiaten aus Uganda betrieben und der bis um acht Uhr geöffnet hatte. Sie kaufte ihre Esswaren nur abgepackt oder in Dosen; Nahrungsmitteln, die der Luft ausgesetzt waren, traute sie nicht über den Weg. In ihrem behaglich möblierten Zimmer mit dem hinter dem Wandschirm versteckten Waschbecken und der kleinen Kochplatte kochte sie sich Reis zu den Überresten eines Hühnchens und machte es sich dann mit dem Radio und ihrer Rahmenstickerei gemütlich; sie arbeitete an einem Sesselkissen.

Das Haus gehörte einer alten Dame, die als Mieterinnen, quasi als die vornehmste Kategorie, zwei Frauen mehr oder weniger ihres eigenen Stands bei sich wohnen ließ sowie eine ungarische Exilantin, die sich den hiesigen Gepflogenheiten weitgehend angepasst hatte – Radio nur auf Zimmerlautstärke, das Bad so hinterlassen, wie man es vorzufinden wünschte. Es war keine unkomfortable Existenz, auch wenn sie von einer gewissen Sterilität geprägt war, um nicht zu sagen, Entbehrung. Aber Entbehrung setzte voraus, dass man zu irgendeiner Zeit etwas gehabt hatte, das einem genommen worden war, wie, um ein praktisches Beispiel zu nennen, Marcias Brust, und Letty hatte nie sonderlich viel gehabt. Allerdings fragte sie sich mitunter, ob nicht auch die Erfahrung des Nicht-Habens eventuell als Wert verbucht werden durfte.

Im Radio lief an diesem Abend ein Hörspiel, eine Rückwärtsreise durch das Leben einer alten Frau. Letty musste an die Frau denken, die am Morgen zusammengesackt auf der Bahnsteigbank gesessen hatte, als könnte man auch sie, sagen wir, heute vor einem Jahr sehen, dann vor fünf Jahren, zehn Jahren, zwanzig, dreißig, sogar vierzig. Für sich selbst lag Letty nichts an dieser Form der Rückschau; sie lebte lieber in der Gegenwart, die sie so straff im Griff behielt, wie sie es vermochte, um das meiste aus dem Wenigen machen zu können, was das Leben ihr bot. Ihre Vita las sich wie die Viten so vieler Frauen Jahrgang 1914 oder davor. Als Einzelkind in ein bürgerliches Elternhaus geboren, war sie in den späten Zwanzigerjahren nach London gekommen, um einen Sekretärinnenkurs zu absolvieren, und hatte in einer Pension für berufstätige junge Frauen gewohnt, wo sie ihre Freundin Marjorie kennengelernt hatte, die Einzige aus jenen lang vergangenen Tagen, mit der sie nach wie vor Kontakt hielt. Wie die meisten Mädchen ihrer Generation und Herkunft hatte sie damit gerechnet, zu heiraten, und als der Krieg kam, hatten einer Frau vielerlei Möglichkeiten offengestanden, sich einen Mann zu angeln, und sei es einen, der schon verheiratet war, aber es war Marjorie gewesen, die geheiratet hatte, während Letty abgeschlagen hinter ihr zurückblieb wie meistens. Als der Krieg endete, war Letty über dreißig, und Marjorie hatte die Hoffnung für sie aufgegeben. Letty selbst hatte sowieso nie viel Hoffnung gehabt. Die Jahre nach dem Krieg waren in ihrer Erinnerung nach den Kleidern eingeteilt, die sie zu bestimmten Zeiten getragen hatte: dem New Look, den Dior 1947 eingeführt hatte, der bequemen Eleganz der Fünfzigerjahre und dann, Anfang der Sechziger, diesem Grauen, dem Minirock – eine so unbarmherzige Mode, wenn man nicht mehr blutjung war. Und erst neulich war Letty in Bloomsbury durch die Straße gegangen, wo sie und Marjorie in den Dreißigern gearbeitet hatten, im ersten Stock eines georgianischen Stadthauses, und statt seiner hatte dort ein Betonbau gestanden. Nicht unähnlich dem Gebäude, in dem sie jetzt mit den anderen drei arbeitete, aber bei dem fiel es ihr natürlich nicht mehr so auf.

In dieser Nacht, vielleicht ausgelöst durch das Hörspiel, hatte Letty einen Traum. Er versetzte sie zurück in die Zeit von King Georges silbernem Thronjubiläum, als sie Marjorie und ihren Verlobten Brian in dem Landhäuschen besucht hatte, das die beiden für dreihundert Pfund gekauft hatten. Ein Freund von Brian war auch da gewesen, ein gutaussehender, aber langweiliger junger Mann namens Stephen. Am Samstagabend gingen sie alle ins Pub und saßen dort in dem stillen, muffigen Nebenraum mit seinen Mahagonimöbeln und ausgestopften Fischen. Der Raum hatte etwas Klammes an sich, als würde er sonst nie genutzt, und tatsächlich nutzten ihn nur so zaghafte Gäste wie sie. Sie tranken Bier, das den Mädchen nicht besonders schmeckte und auch keine erkennbare Wirkung auf sie hatte, außer dass sie sich zu fragen begannen, ob es in einem so primitiven Lokal eine Damentoilette gab. Aus der Schankstube drang Lärm herüber, dort gab es Farbe und Licht, aber sie, die vier jungen Leute, waren von alledem ausgeschlossen. Am Sonntag besuchten sie die Morgenandacht in der Dorfkirche. Der Altar war mit Vogeldreck gesprenkelt, und der Pfarrer warb um Spenden für die Reparatur des Daches. 1970 wurden die Gottesdienste dann wegen Mangels an Zulauf ganz eingestellt und die Kirche, da sie weder von architektonischem noch von historischem Interesse war, abgerissen. In Lettys Traum lag sie mit Stephen, oder jemandem, der ihm entfernt ähnelte, im hohen Gras, in diesem heißen Sommer, den sie 1935 gehabt hatten. Er lag ganz nahe bei ihr, doch es geschah nichts. Was aus Stephen geworden war, wusste sie nicht, aber Marjorie war inzwischen Witwe, so allein wie Letty in ihrem möblierten Zimmer. Alles dahin, die Zeit damals, diese Menschen … Letty wachte auf und grübelte eine Weile darüber nach, wie seltsam das Leben doch war, dass es einem so zwischen den Fingern zerrann.

3. Kapitel

Marcia kam heim in ihr Haus, ihre »Doppelhaushälfte«, die, in der Sprache der Immobilienmakler, auf dem besten Weg war, »die Zwanzigtausend zu reißen«. Mit den anderen Häusern in der Straße ließen sich solche Werte schon fast erzielen, aber Marcias Haus war nicht so wie die anderen. Von außen wirkte es noch recht normal, Haustür mit Buntglasfenster, zwei große Erkerfenster, ein kleineres Fenster über dem überdachten Eingang. Es war in dem ortsüblichen Dunkelgrün und Cremeweiß gestrichen, wobei der Anstrich allmählich erneuert gehört hätte, und auch die Gardinen an den Fenstern hätten einmal gewaschen werden dürfen, fanden manche. Aber Miss Ivory war berufstätig, und sie schien kein Mensch, dem man ohne Weiteres Hilfe anbieten konnte. Ihre Nachbarn in den schick renovierten Häusern rechts und links von ihr waren neu zugezogen. Man grüßte sich, wenn man sich sah, aber Marcia war nie bei ihnen gewesen, und sie nie bei ihr.

Das Hausinnere war düster, die braunlackierten Türen alle geschlossen, als würden sie Geheimnisse hüten. Überall lag Staub. Marcia ging gleich durch in die Küche, wo sie ihre Einkaufstasche auf dem mit Zeitungen übersäten Tisch abstellte. Eigentlich hätte sie sich jetzt etwas kochen sollen. Die Dame vom Sozialdienst des Krankenhauses – die Fürsorgerin, hätte

man früher gesagt – hatte betont, wie wichtig es für die berufstätige Frau sei, eine ordentliche Mahlzeit einzunehmen, wenn
sie abends nach Hause kam, aber Marcia setzte lediglich den
Kessel für eine Tasse Tee auf. Es hatte sie am Morgen schon
genug Kraft gekostet, sich ihr Mittagsbrot fürs Büro zu machen. Jetzt fiel ihr nichts ein, was sie hätte essen können, außer vielleicht einen Keks zum Tee. »Kekse geben Kraft«, hatte
es im Krieg immer geheißen, aber einen nennenswerten Appetit hatte sie sowieso nie gehabt. Sie war schon immer dünn gewesen, und seit ihrer Operation war sie noch dünner geworden.
Ihre Kleider schlackerten an ihr, aber ihr war es nicht so wichtig, wie sie aussah, nicht wie Letty, die sich permanent neue
Sachen kaufte und sich grämte, wenn eine Strickjacke farblich
nicht haargenau zu irgendetwas anderem passte.

Auf einmal klingelte es, schrill und fordernd. Marcia er-
starrte auf ihrem Stuhl. Sie lud nie Besucher ein, und niemand
kam je zu ihr. Wer konnte das sein, am Abend auch noch? Es
klingelte wieder, und sie stand auf und ging in das vordere Zimmer, wo sie durch ein Seitenfenster sehen konnte, wer vor der
Tür stand.

Es war eine junge Frau, die einen Autoschlüssel in der Hand
baumeln ließ. Auf der anderen Straßenseite parkte ein kleiner
blauer Wagen. Widerstrebend öffnete Marcia die Tür.

»Ah, Sie sind Miss Ivory, oder? Janice Brabner mein Name.«

Sie hatte ein offenes, rosa glänzendes Gesicht. Die jungen
Frauen von heute hielten offenbar nichts davon, sich zu schmin-
ken, dabei konnte selbst Marcia sehen, dass es einigen von ihnen nicht schlecht getan hätte.

»Ein paar von uns im Nachbarschaftszentrum haben sich
gedacht, wir würden gern den Einsamen helfen.«

Konnte sie sich den Satz allen Ernstes so zurechtgelegt haben? In jedem Fall kam er so heraus. Von Marcia kein Zeichen der Ermutigung.

»Den Menschen, die allein leben, meine ich.«

»Falls ich andernfalls tot aufgefunden werde? Meinen Sie das?«

»Also, Miss Ivory, an so was haben wir natürlich nicht im Traum gedacht!«

Es schien fast zum Lachen, aber das getraute sich Janice Brabner denn doch nicht. Als Ehrenamtliche für die Nachbarschaftshilfe zu arbeiten war nicht eben lustig, auch wenn man die Leute, zu denen man kam, oft anlächelte, denn manche von ihnen waren wirklich sehr liebenswert. Aber es konnten auch tragische Fälle dabei sein. Miss Ivory zum Beispiel, welcher Gruppe war sie zuzuordnen? Ihre Mutter, das wusste man, war vor einigen Jahren gestorben, und sie selbst hatte sich vor nicht allzu langer Zeit einer schweren Operation unterziehen müssen. Eine Mitarbeiterin des Sozialdiensts, mit der Janice bekannt war, hatte so etwas angedeutet, ihr nahegelegt, dass es sinnvoll sein könnte, ein Auge auf sie zu haben. Sie ging arbeiten, das stimmte, aber ansonsten schien niemand viel über sie zu wissen – sie redete nicht mit den Nachbarn, und niemand hatte ihr Haus je betreten. Auch Janice bat sie jetzt nicht herein, und so musste das Gespräch auf der Schwelle fortgesetzt werden. Natürlich konnte man den Eintritt in fremder Leute Häuser nicht erzwingen, aber bei jemand so Einsamem wie Miss Ivory hätte man doch annehmen sollen, sie freute sich, wenn ein Mensch freundlich auf sie zuging?

»Wir haben uns nur gefragt«, fuhr Janice fort, mit all dem Takt und all der Vorsicht, die man ihr so dringlich angeraten hatte, »ob Sie nicht vielleicht Lust hätten, einmal bei einem

Beisammensein in unserem Zentrum vorbeizuschauen? Es ist gleich neben dem Rathaus.«

»Das glaube ich kaum«, sagte Marcia kategorisch. »Tagsüber arbeite ich, und meine Abende sind restlos ausgebucht.«

Aber es war keine Fernsehantenne auf dem Dach, was machte sie also an den Abenden?, rätselte Janice. Egal, sie hatte ihr Bestes getan, vielleicht zumindest ein Samenkörnchen gesät, und darum ging es.

Kaum war die Tür zugefallen, ging Marcia hinauf in das vordere Schlafzimmer, um Janice Brabners Abzug zu beobachten. Sie sah sie ihr Auto aufschließen und dann mit einer Liste in der Hand hinterm Steuer sitzen, die sie zu studieren schien. Schließlich fuhr sie weg.

Marcia wandte sich vom Fenster ab. In diesem Raum war ihre Mutter gestorben. Seitdem hatte sie darin so gut wie nichts angerührt. Gut, die Leiche war natürlich abgeholt und bestattet worden, alles in dieser Hinsicht Nötige war veranlasst und den Bräuchen Genüge getan worden, aber danach hatte Marcia sich nicht aufraffen können, das Zimmer umzuräumen, und von Mrs Williams, der Zugehfrau, die sie damals noch gehabt hatten, war auch keine Bestärkung gekommen. »Sie wollen es doch so in Erinnerung behalten, wie es war, und nicht alles umstellen«, hatte Mrs Williams gesagt. Sie rückte nicht gerne Möbel. Und so war das Bett der Schlafplatz des alten Katers Snowy geworden, bis auch er starb; das Schwarz in seinem Fell hatte da schon einen bräunlichen Schimmer angenommen, und er hatte fast nichts mehr gewogen und irgendwann einfach aufgehört zu atmen, ein friedliches Ende. Er war zwanzig Jahre alt geworden, hundertvierzig Menschenjahre. »So alt will doch niemand werden«, hatte Mrs Williams geäußert, als ob man eine Wahl oder irgendeinen Einfluss darauf hätte. Nach Snowys Tod und seinem Begräbnis im Garten hatte Mrs Williams gekündigt, weil ihr die Arbeit zu viel wurde, und Marcia hatte nicht einmal pro forma Anstalten gemacht, in dem Zimmer etwas zu verändern. Auf der Tagesdecke lag noch ein Haarball, den Snowy in seinen letzten Tagen herausgewürgt hatte, eingetrocknet wie ein mumifiziertes Relikt aus grauer Vorzeit.

»Miss Ivory hat so merkwürdige Glotzaugen. Und sie dachte gar nicht daran, mich hereinzubitten«, berichtete die ins Nachbarschaftszentrum zurückgekehrte Janice, ganz obenauf vor lauter Erleichterung, eine leidige Pflicht hinter sich gebracht zu haben.

»Oh, davon dürfen Sie sich nicht abschrecken lassen«, riet eine ältere und erfahrenere Kollegin ihr. »So sind anfangs sehr viele, aber der Kontakt ist hergestellt, das ist das A und O. Und dafür sind *wir* zuständig – *den Kontakt herzustellen*, zur Not auch mit Gewalt. Es lohnt sich, glauben Sie mir.«

Da hatte Janice gewisse Zweifel, sagte jedoch nichts.

Auf der anderen Seite des Stadtparks stand derweil Edwin, der seinen Abendspaziergang machte, vor dem Anschlagbrett einer Kirche. Es verhieß gerade nur das Allernötigste – Heilige Kommunion sonntags um acht, Gottesdienst um elf, keine Andachten unter der Woche –, und als er den Türknauf drehte, stellte er fest, dass abgesperrt war. Ein Jammer, aber so waren die Zeiten nun mal – es empfahl sich einfach nicht, eine Kirche offen zu lassen, die Gefahr von Diebstahl und mutwilliger Zerstörung war zu groß. Mit einem vagen Gefühl der Enttäuschung wandte er sich ab und setzte seinen Weg fort, bis er zu einer Abzweigung kam, die ihm in die richtige Richtung zu führen schien. Dann las er das Straßenschild, merkte, dass dies Marcias Straße war, und ging schnurstracks geradeaus weiter. Es wäre ihm peinlich gewesen, ihr in die Arme zu laufen oder auch nur an ihrem Haus vorbeizukommen. Sie waren beide, jeder auf eigene Art, einsam, aber an einer Begegnung außerhalb der Bürozeiten lag ihnen beiden gleich wenig. Jede Form des Zusammentreffens wäre ihr mindestens so suspekt wie ihm. Davon abgesehen hatte Edwin immer das Gefühl, dass Marcias spezieller Freund, wenn überhaupt einer von ihnen, Norman war, dass er am ehesten mit ihr »konnte«. Hieß das umgekehrt, er, Edwin, war Lettys Freund? Das ja wohl kaum. Etwas an dem Gedanken brachte ihn zum Schmunzeln, und so stapfte er weiter am Rand des Stadtparks entlang, eine große schmunzelnde Gestalt mit Regenmantel überm Arm, obwohl der Abend warm war und der Himmel wolkenlos.

4. Kapitel

Nach und nach wurde es Frühling, und die frühen Maisonnenstrahlen blieben nicht ganz ohne Wirkung auf die Mittagsgewohnheiten der vier Bürokollegen. Edwin klapperte zwar nach wie vor seine Kirchen ab, denn um diese Jahreszeit häuften sich die Feiertage, und die Kirchen im Viertel boten ein reichhaltiges und buntes Programm, aber er besuchte auch Gartenzentren und ging in Reisebüros, wo er Prospekte mit kurzfristigen Urlaubsschnäppchen mitnahm – die große Masse hatte natürlich schon im Januar gebucht. Norman raffte sich endlich zu einem Zahnarztbesuch auf und tat sich gründlich leid, als er danach ins Büro kam, im Gepäck eine Thermoskanne mit Suppe, der einzigen Form von Nahrung, die sein Kiefer bewältigen konnte.

Marcia wurde der Stadtbücherei untreu und wagte sich in einen Laden voll lauter Musik, Billigprodukten aus fernen Ländern und schlecht genähter Folklorekleidung für beide Geschlechter. Sie befingerte die plumpe Töpferware und die dünnen grellbunten Blusen und Röcke, kaufte aber nichts. Die plärrende Popmusik machte sie ganz wirr im Kopf, und sie hatte das Gefühl, alle würden sie anstarren. Betäubt und konfus trat sie hinaus in das Sonnenlicht. Dort allerdings brachte der Klang eines Martinshorns sie rasch wieder zu Sinnen, und ehe sie wusste, wie ihr geschah, drängte sie sich mit einem Knäuel anderer Menschen um eine auf dem Gehsteig zusammengebrochene Gestalt. Jemand hatte einen Herzinfarkt, ein Fensterputzer war ausgerutscht und abgestürzt – die Luft summte von aufgeregtem Geraune, aber niemand wusste mit Sicherheit, was passiert war. Marcia stellte sich dicht zu zwei Frauen, von denen sie sich Klarheit erhoffte, aber alles, was sie von ihnen aufschnappte, war: »Der arme Mann, sieht er nicht fürchterlich aus – was für ein Schock das für seine Frau sein wird.« Ihre Gedanken wanderten wie so oft zu ihrer eigenen Krankenhauszeit, zu dem Tumult dort, sooft ein Krankenwagen ankam, denn ihre Station war im Erdgeschoss gewesen, ganz nah bei der Notaufnahme. Es hatte etwas Enttäuschendes zu sehen, dass der Mann auf dem Pflaster aufzustehen versuchte, aber die Sanitäter packten ihn auf ihre Bahre und luden ihn ein, und Marcia, ein Lächeln auf den Lippen, kehrte zurück ins Büro.

Norman und Letty zog es beide ins Freie, Norman, weil er sich dadurch von seinen Zähnen abzulenken hoffte, Letty aus der leicht verqueren oder zwanghaften Vorstellung heraus, dass der Mensch jeden Tag einen Gang irgendeiner Art brauchte. Also wanderten sie beide, jeder für sich und ohne vom anderen zu wissen, hinüber zu den Lincoln Inn Fields, der Freifläche, die dem Büro am nächsten lag.

Norman fand sich in der Nähe der Korbballspielerinnen wieder und nahm mit gemischten Gefühlen auf einer der Bänke Platz. Er konnte nicht recht sagen, was für ein Impuls ihn hergeführt hatte, einen kleinen Mann mit Zahnweh und Wut im Bauch – Wut auf die anderen alten Männer um das Spielfeld, die das Gros der Zuschauer ausmachten, Wut auf die langhaarigen Jungen und Mädchen im Gras, die natürlich halbnackt dort herumlagen, Wut auf die Leute auf der Tribüne mit ihren Sandwiches und ihrem Eis aus Tüten oder am Stiel, die ihre Abfälle einfach auf den Boden warfen. »Geifer«, das Wort schoss ihm plötzlich in den Kopf, während er die hüpfenden und springenden Mädchen auf dem Feld betrachtete – irgendetwas über Männer, die »grinsten wie die Hunde«; war das nicht sogar aus einem Psalm? Tja, so wie manchen Hunden die Zunge aus dem Maul hing, konnte man ja wirklich denken, sie grinsten. Nach ein paar Minuten des Zuschauens stand er auf und machte sich auf den Rückweg ins Büro, zutiefst unzufrieden mit dem Leben. Erst beim Anblick eines Unfallautos mit komplett eingedrückter Seite, das ein Abschleppwagen den Kingsway entlangzog, hob sich seine Stimmung etwas, so wie sich Marcias Stimmung beim Klang des Martinshorns gehoben hatte, aber dann fiel ihm wieder das herrenlose Auto ein, das nun schon seit Tagen vor seinem Haus geparkt stand und gegen das die Polizei oder die Gemeindeverwaltung noch immer nichts unternommen hatten, und die Wut wallte neu in ihm auf.

Letty, der der Sinn nach Ertüchtigung und frischer Luft stand, hatte vor, diese Annehmlichkeiten zu genießen.

Ein Hauch aus frühlingsgrünem Wald
Uns mehr vom Menschsein lehrt,
Davon, was böse oder gut,
Als aller Weisheit Wert.

Dem konnte Letty nur zustimmen, auch wenn sie wenig Bereitschaft verspürte, sich lang mit der tieferen Botschaft dieser Verse zu befassen. Sie schlug ein flottes Tempo an und dachte nicht ans Ausruhen, denn fast alle Bänke waren belegt, und freie Plätze gab es nur neben offenkundigen Exzentrikern, die vor sich hin schimpften und seltsame Dinge aßen. Da schien es besser, in Bewegung zu bleiben, obwohl es heiß war und sie eine

Rast gut hätte brauchen können. Letty packte kein Zorn beim Anblick der jungen Leute, die sich im Gras küssten und umarmten, auch wenn so ein Verhalten vor vierzig Jahren, als sie selbst jung war, undenkbar gewesen wäre. Aber stimmte das überhaupt? Oder konnte es sein, dass sie damals schlicht keinen Blick dafür gehabt hatte? Sie kam an einem Gebäude vorbei, das ein Schild als Krebsforschungsinstitut auswies, und musste an Marcia denken. Selbst Marcia hatte ja einmal so etwas angedeutet, ein Erlebnis vor ewiger Zeit … Irgendetwas Dahingehendes schien es in jedem Leben zu geben. Zumindest ließen die Leute derlei gern durchklingen, was den Verdacht wecken konnte, dass sie etwas nachträglich aufbauschten, mit dem es seinerzeit vielleicht nicht allzu weit her gewesen war.

Wieder im Büro, waren die Ferien das große Thema. Edwins Prospekte mit ihren Verheißungen unsäglicher Herrlichkeiten lagen nun schon seit einer Weile auf seinem Tisch ausgebreitet, aber alle wussten, dass er nie weiter ging, als darin zu blättern, denn den jährlichen Urlaub verbrachte er unweigerlich mit seiner Tochter und ihrer Familie.

»Griechenland«, sagte Norman und griff nach einer Broschüre mit einem Bild der Akropolis. »Das war schon immer so ein Traum von mir.«

Marcia hob betroffen den Kopf. Auch die anderen wunderten sich, wobei sie es weniger stark zeigten. Was war das? Welche ungekannte Facette von Normans Persönlichkeit, welche nie zuvor geäußerte Sehnsucht offenbarte sich hier? Bei seinen Ferien, die er ausnahmslos in England verbrachte, jagte in der Regel eine Katastrophe die nächste.

»Das Besondere an Griechenland soll ja das Licht sein, diese ganz unverwechselbare Art von Licht«, steuerte Letty bei;

das hatte sie irgendwo gehört oder gelesen. »Und das weinfarbene Meer – so wird es doch genannt, oder?«

»Also, welche Farbe das Meer hat, wäre mir egal«, sagte Norman. »Mir würde es um das Schwimmen gehen.«

»Sie meinen Sporttauchen und solche Sachen?«, fragte Edwin ungläubig.

»Wieso nicht?« Norman klang trotzig. »Alle möglichen Leute gehen tauchen. Und finden dabei verborgene Schätze und so.«

Edwin fing an zu lachen. »Das wäre zumindest was anderes als dieser Urlaub, den Sie letztes Jahr hatten«, witzelte er. Norman hatte eine Bustour durch Südwestengland gebucht, und sein einziger Kommentar nach der Rückkehr war, ohne Angabe von Gründen, ein lapidares »Nie wieder« gewesen. »Allzu viele verborgene Schätze haben Sie da ja eher nicht gefunden.«

»Ich verstehe sowieso nicht, warum es die Leute so von zu Hause weg zieht«, sagte Marcia. »Als älterer Mensch braucht man eigentlich gar keinen Urlaub mehr.« Wenn Norman tatsächlich solch heimliche Sehnsüchte hegte, so fand sie, dann sollte er über Mittag ins Britische Museum gehen und sie bei den Reichtümern untergegangener Zivilisationen ausleben. Marcia selbst verreiste nie; die Zeiten, in denen sie nicht ins Büro kam, verbrachte sie auf ihre eigene, rätselhafte Art.

»Tja, mehr als die Bilder werde ich im Zweifel nie kennenlernen«, sagte Norman. »Ich bin ja nicht Letty.«

»In Griechenland war ich noch nie«, widersprach Letty, aber auch so war sie bei Weitem die abenteuerlustigste der vier. Sie und Marjorie hatten schon mehrere Pauschalreisen ins Ausland mitgemacht, und ihre Postkarten aus Spanien, Italien und Jugoslawien schmückten die Bürowände bis heute. Dieses Jahr allerdings wollte Marjorie lieber daheimbleiben, und da Letty nach ihrer Pensionierung zu ihr in ihr Häuschen ziehen würde, bot es sich für sie quasi an, schon einmal etwas Landluft zu schnuppern. Ihre zwei Wochen dort sollten ihr einen Vorgeschmack dörflichen Lebens vermitteln, mit Ausflügen ins Umland und Picknicken, wenn die Witterung es zuließ. »Ein Häuschen im Grünen, mit Rosen am Tor …«, wie Norman zu zitieren pflegte, wenn die Rede auf Lettys Ruhestandspläne kam. »Wobei das Wetter einem natürlich einen saftigen Strich durch die Rechnung machen kann«, fügte er dann unweigerlich hinzu. »Wenn jemand das weiß, dann ich!«

5. Kapitel

Auf dem Acker saß ein Fasan, der sich von dem einfahrenden Zug nicht aufstören ließ. Schon vom Bahnsteig aus sah Letty zwischen den größeren und schnittigeren Wagen, die vor dem Bahnhof parkten, Marjories staubigen blauen Morris 1000. Selbst jetzt, vierzig Jahre später, erinnerte der Anblick sie wieder an »Beelzebub«, Marjories erstes Auto, das damals, in den Dreißigerjahren, gerade 25 Pfund gekostet hatte. Gaben die jungen Leute ihren Autos auch heute noch solche neckischen Namen? Das Autofahren war dieser Tage eine viel ernsthaftere Angelegenheit, nichts, was man zum Spaß betrieb, nun da Autos zum wichtigen Statussymbol aufgestiegen waren und hohe Summen für besonders begehrenswerte Kennzeichen hingeblättert wurden.

Marjorie griff nach Lettys Reisetasche und verstaute sie im Kofferraum. Als sorgenfreie Witwe mit einem Haus auf dem Land hatte sie wenig gemein mit der feschen jungen Frau, die Letty noch von früher vor Augen stand, auch wenn sie nach wie vor nicht gefeit gegen romantische Anwandlungen war. Neuerdings interessierte sie sich in verblüffendem Maße für den neuen Pfarrer, der vor Kurzem sein Amt angetreten hatte und den Letty zu sehen bekam, als Marjorie sie – ganz gegen ihre sonstige Art – am Sonntagmorgen in die Kirche schleppte. Der Reverend David Lydell (er ließ sich mit »Father« anreden) war ein hochgewachsener, dunkelhaariger Mann Mitte vierzig, der im Messgewand unstreitig eine gute Figur machte. Schön für Marjorie, einen interessanten neuen Pfarrer zu haben, dachte Letty großmütig. Die Mehrzahl der Dorfbewohner waren ältere Ehepaare mit den unausweichlichen Enkelkindern. Das Gesellschaftsleben hatte seine feste Form, die hauptsächlich im Trinken von Sherry zu klar vorgegebenen Zeiten bestand, und einmal lud Marjorie einen eleganten pensionierten Oberst, der kaum den Mund aufbekam, und seine Frau, die dieses Problem nicht hatte, sowie Father Lydell zu einem vorabendlichen Drink ein. Von Nahem, und »in Zivil«, enttäuschte Father Lydell. Er wirkte bedrückend durchschnittlich in seinem rotbraunen Tweedsakko und der grauen Flanellhose, die irgendwie unglücklich geschnitten war – zu weit oder zu eng oder jedenfalls nicht dem heutigen Stil entsprechend.

Nach einer angemessenen Zeitspanne und Anzahl von Gläschen verabschiedeten sich der Oberst und seine Frau, Father Lydell dagegen, der anscheinend kein eigenes Abendbrot in Aussicht hatte, schob den Aufbruch hinaus, bis Marjorie nicht anders konnte, als ihn zum Bleiben aufzufordern.

»Man ist ja leider etwas im Nachteil«, äußerte er kryptisch, als Marjorie aus dem Zimmer ging, um das Essen vorzubereiten, und er mit Letty zurückblieb.

»Ach ja? Inwiefern?« Letty war sich nicht sicher, ob er den Nachteil bei sich persönlich sah oder bei der Menschheit als ganzer.

»Man wäre einfach gern in der Lage, die Gastfreundschaft zu erwidern«, erklärte er. »Marjorie behandelt mich so ausnehmend generös.«

Dann nannte er sie also beim Vornamen, und es hatte schon andere Mahlzeiten gegeben.

»Auf dem Dorf sind die Leute generell sehr gastfreundlich, glaube ich«, sagte Letty, damit er sich nicht zu viel einbildete. »Viel gastfreundlicher als in London.«

»Ah, *London* …« Fiel der Seufzer ein wenig übertrieben aus?

»David ist ja in erster Linie aus gesundheitlichen Gründen hier«, mischte sich Marjorie, die in diesem Moment ins Zimmer zurückkam, begierig in das Gespräch.

»Und stellen Sie fest, dass das Landleben Ihnen guttut?«, erkundigte sich Letty.

»Ich hatte die ganze Woche Diarrhö«, kam die verstörende Antwort.

Eine augenblickslange Pause trat ein – vielleicht nicht mehr als für den Bruchteil einer Sekunde –, dann hatten die beiden Damen die Sprache wiedergefunden.

»Diarrhö«, wiederholte Letty in klarem, bedachtem Ton. Sie war immer unsicher, wie man »Diarrhö« schrieb; aber solch ein Eingeständnis schien ihr zu banal für den ernsten Anlass, also beließ sie es lieber bei dem Wort.

»Da täte Ihnen etwas Hochprozentiges vielleicht besser als dieses ewige Teetrinken in der Gemeinde«, merkte Marjorie forsch an. »Brandy zum Beispiel.«

»Enterovioform«, schlug Letty vor.

Er lächelte mitleidig. »Das mag dem englischen Pauschalreisenden an der Costa Brava helfen, aber mein Fall ist doch recht anders ge…«

Der Satz klang aus, sodass die Art der Andersartigkeit der Fantasie überlassen blieb.

»Also, wenn man sich tatsächlich im Ausland befindet … Als wir damals in Neapel waren – *Napoli*«, sagte Marjorie schalkhaft. »Weißt du noch, in *Sorrento*, Letty?«

»Ich erinnere mich nur an die Zitronenhaine«, behauptete Letty, die nicht vorhatte, das Thema zu vertiefen.

David Lydell schloss die Augen, lehnte sich im Sessel zurück und dachte, welch Balsam es doch war, in der Gesellschaft von *Damen* zu sein. Viel eher sein Stil. Die ungehobelten Stimmen der Dörfler zerrten an seinen Nerven, und manchmal konnten sie grausame Dinge sagen. Seinen sämtlichen Versuchen, das Niveau der Gottesdienste zu heben, waren sie mit Feindseligkeit und Verachtung begegnet, und wenn er die Leute in ihren Häuschen besuchte, besaßen sie nicht einmal die Manieren, den Fernseher auszuschalten, sodass er gezwungen war, ihre Sendungen mit anzusehen. Es schockierte ihn, dass Menschen, die weder fließend Wasser noch Bad im Haus hatten, diesem Kasten so hörig sein konnten. Selbst die alten Frauen, früher das Rückgrat jeder Gemeinde, offenbarten kein gesteigertes Interesse daran, in die Kirche zu kommen, auch dann nicht, wenn sie im Auto hin- und herchauffiert wurden. Die einzigen Gottesdienste, bei denen eine anständige Besucherzahl zustande kam, waren Erntedank, der Volkstrauertag und die Christmette. Im Vergleich dazu waren Marjorie und ihre Freundin, Miss Soundso, eine nicht sonderlich fesselnde Person, deren Namen er schon nicht mehr wusste, wunderbar kultiviert, und er genoss es, Hähnchen à la Niçoise vorgesetzt zu bekommen und von seinen Frankreich- und Italienurlauben zu reden.

»Orvieto«, murmelte er. »Den kann man eigentlich nur vor Ort trinken«, und selbstredend stimmten sie ihm zu.

Letty ging er einigermaßen auf die Nerven, aber sie hütete sich, das Marjorie gegenüber zu erwähnen. Das Wetter war schön, und sie hatte wenig Lust, beim Tee im Garten oder während eines geruhsamen Spaziergangs an heikle Themen zu rühren. Abgesehen davon schien es, wenn sie im Ruhestand zu Marjorie zog, wenig ratsam, den Pfarrer zu kritisch zu sehen, da es ja so wirkte, als käme er ziemlich häufig vorbei. Das war eine Seite des Landlebens, an die sie sich erst würde gewöhnen müssen. Und es war nicht die einzige. Kaum ein Spaziergang, bei dem sie nicht plötzlich vor einem toten Vogel oder ausgedörrten Igelkadaver stand, kaum eine Autofahrt, auf der nicht mitten auf der Fahrbahn ein zerfetztes Kaninchen lag. Marjorie mussten diese Anblicke mittlerweile so geläufig sein, dass sie sich daran gar nicht mehr störte.

Für den letzten Tag von Lettys Aufenthalt stand ein Picknick an einem nahegelegenen Aussichtspunkt auf dem Programm. Da es ein Wochentag war, würde der Platz nicht zu überlaufen sein, und, besser noch – das enthüllte Marjorie erst unmittelbar vor dem Aufbruch –, David Lydell würde sie begleiten können.

»Aber hat er unter der Woche nicht auch zu tun?«, wandte Letty ein. »Auch wenn kein Gottesdienst ist, macht er nicht Krankenbesuche und kümmert sich um die Alten?«

»Momentan ist hier nur ein Mann krank, und der liegt im Krankenhaus. Und die alten Leute mögen es nicht, wenn Geistliche zu ihnen kommen«, sagte Marjorie, und Letty musste erkennen, dass ihre altmodischen Vorstellungen zu Zeiten des Wohlfahrtsstaats nicht mehr griffen, erst recht nicht auf dem Dorf, wo der Gesundheitszustand eines jeden bekannt war und von allen erörtert wurde. »Ich versuche, David so viel wie nur möglich ins Freie zu locken«, fügte Marjorie hinzu. »Er muss raus aus seinem Alltag und sich entspannen.«

Letty hörte die Betonung, die Marjorie auf das Wort »entspannen« legte, und dieserart auf David Lydells Bedürfnisse eingeschworen, wunderte sie sich nicht, sich auf der schmalen Rückbank wiederzufinden, eingekeilt zwischen dem großen Picknickkorb und Marjories altem Sealyham-Terrier, der ihre dunkelblaue Hose mit weißen Borsten übersäte. David und Marjorie auf den Vordersitzen unterhielten sich derweil über Dorfangelegenheiten, bei denen Letty nicht mitreden konnte.

Als sie den Aussichtspunkt erreichten, förderte Marjorie aus ihrem Kofferraum zwei Feldstühle zutage, die feierlich für sie und David aufgeklappt wurden, nachdem Letty eilig versichert hatte, sie könne ebenso gut auf der Reisedecke sitzen, ja, eigentlich sei ihr das sogar viel lieber. Nichtsdestoweniger konnte sie, angesichts des Höhenunterschieds zwischen ihr und den beiden anderen, nicht umhin, sich ein klein wenig herabgesetzt, um nicht zu sagen erniedrigt, zu fühlen.

Nachdem sie kalten Braten und hartgekochte Eier gegessen und dazu Weißwein getrunken hatten – dies Letzte ein ungewöhnlicher Zug, fand Letty, den sie nur auf die Anwesenheit David Lydells zurückführen konnte –, verfielen die drei in Schweigen, möglicherweise, weil sie nach dem Wein mitten am Tag eine natürliche Schläfrigkeit überkam. Nicht die ideale Schlafkonstellation – drei Menschen, zwei davon auf Stühlen und Letty zu ihren Füßen –, aber gegen ihren Willen schloss sie dennoch die Augen und wusste für kurze Zeit nichts mehr von ihrer Umgebung.

Als sie die Augen wieder aufschlug, war das Erste, was sie sah, Marjorie und David direkt über ihr, die ihre Stühle eng zusammengerückt hatten und sich umschlungen zu halten schienen.

Letty wandte blitzschnell den Blick ab und schloss die Augen wieder, nicht sicher, ob sie nicht vielleicht geträumt hatte.

»Irgendwer noch Kaffee?«, fragte Marjorie in munterem Ton. »In der anderen Thermoskanne ist noch welcher. Letty, kann es sein, dass du geschlafen hast?«

Letty setzte sich auf. »Ja, ganz kurz war ich weg, glaube ich«, gab sie zu. Hatte sie sich die Szene nur eingebildet, oder gehörte auch dies zu den Dingen, an die sie sich würde gewöhnen müssen, wenn sie aufs Land zog?

Sobald Letty aus ihren Ferien zurück war, trat Edwin die seinigen an. Im Büro hatte man ausführlich darüber debattiert, ob er das Auto oder den Zug nehmen sollte, und die Vorteile und Tücken beider Fortbewegungsarten akribisch gegeneinander aufgewogen. Zuletzt hatte sich der Zug durchgesetzt. Er war teuer, aber schneller, und Edwin würde mit seinem Schwiegersohn, der Tochter und den beiden Kindern auch so schon genug Zeit im Auto verbringen. Sie würden es nicht weit bis nach Eastbourne haben, wo es einige prächtige Kirchen zu besichtigen gab; das war etwas, worauf er sich freute. Dazu waren Ausflüge in einen Safaripark und zu denjenigen der Herrenhäuser geplant, die die größten Attraktionen boten; vielleicht würden sie sogar den weiten Weg nach Longleat mit seinem Löwenreservat auf sich nehmen, über so viele Autobahnen wie nur möglich, die beiden Männer auf den Vordersitzen, Edwins Tochter und die Kinder auf der Rückbank. Noch hatten sie alle etwas davon, aber bald, wenn die Kinder größer wären, würden sie womöglich nach Spanien reisen wollen, und was würde Edwin dann machen? Spanien war nichts für ihn, da waren sie sich einig. Vielleicht konnte er mit einem seiner Bürokollegen in den Urlaub fahren, damit ließe sich das Problem eventuell lösen.

Edwin verschwendete kaum einen Gedanken an seine Kollegen, nun da er fort von ihnen war. Nur an Marcia dachte er einmal, und das auf einem sonderbaren Umweg, als er nämlich vor der Abfahrt seines Zuges am Bücherkiosk stand und überlegte, ob er sich eine Reiselektüre kaufen sollte. Er hatte zuvor schon den Abstecher in die Portugal Street gemacht, um sich die aktuelle *Church Times* zu holen, aber die reichte vermutlich nicht für die ganze Fahrt. Auf dem Ladentisch lag eine bunte Auswahl von Zeitschriften aus, einige davon mit barbusigen jungen Frauen in aufreizenden Posen. Edwin betrachtete sie desinteressiert. Seine Frau Phyllis hatte auch Brüste gehabt, davon ging er jedenfalls aus, wobei er nicht glaubte, dass sie ausgesehen hatten wie diese hier, so prall und ballonartig. Sie brachten ihn auf Marcia und ihre Operation – Mastektomie, so nannte sich das, oder? Norman hatte es ihm damals gesagt. Das hieß, ihr war eine Brust abgenommen worden, ein herber Verlust für jede Frau, auch wenn er sich kaum vorstellen konnte, dass Marcia so üppig ausgestattet gewesen war wie die Mädchen auf diesen Titelbildern. Dennoch verdiente auch sie Mitgefühl, selbst wenn sie so gar nichts Liebenswürdiges an sich hatte. Vielleicht hätte er an dem Abend, als es ihn auf ihre Seite des Parks verschlagen hatte, doch bei ihr klingeln sollen. Ob sie wohl jemals in die Kirche mit der verschlossenen Tür ging? Ob der dortige Pfarrer manchmal nach ihr sah? Sie hatte davon nie etwas erwähnt, aber irgendjemand von dieser Kirche hatte doch sicher diskret ein Auge auf sie, jemand, der wusste, dass sie eine Frau war, die gern für sich blieb und sich nicht dreinreden lassen mochte. Edwin gehörte nicht zu denen, die die Kirche als verlängerten Arm der Sozialarbeit sahen, doch ihm war durchaus bewusst, dass inzwischen etliche ausgezeichnete Leute so dachten, integre, wohlmeinende Menschen. Ganz allein stand Marcia also bestimmt nicht da, darum gab es keine Veranlassung, sich Sorgen um sie zu machen. Ohnehin hätte er in diesem Moment, hier an der Victoria Station, nichts für sie tun können. Damit kehrte er den Illustrierten, die ihn an Marcia erinnert hatten, den Rücken, kaufte ein *Reader's-Digest*-Heft und verbannte sie aus seinen Gedanken.

Die Kirchendamen wagten in der Tat einen sachten Vorstoß; sie fragten, ob Marcia nicht einen Busausflug nach Westcliff-on-Sea mitmachen wolle (»Viel hübscher als Southend, wissen Sie«), aber sie schien nicht interessiert, und zwingen konnte man sie ja schlecht. Auch Janice Brabner sorgte sich, weil sie offenbar keinerlei Urlaub geplant hatte, und kam mit diversen Vorschlägen, von denen keiner Gnade bei Marcia fand. »Sie ist so *schwierig*«, beklagte sich Janice bei ihrer Freundin, der Frau vom Sozialdienst. »Manche Leute *wollen* anscheinend nicht, dass man ihnen hilft. Und dann gibt es welche, die so dankbar sind, dass es einem richtig ans Herz geht, wirklich, da weiß man wieder, wofür man das alles macht …«, seufzte sie. Marcia gehörte definitiv nicht zur letzteren Sorte.

Dabei warteten auf Marcia sehr wohl Ferienfreuden, auch wenn sie nicht vorhatte, irgendjemandem Näheres darüber zu verraten. Die erste dieser Freuden war ein Besuch in der Ambulanz des Krankenhauses, wo sie zur Nachuntersuchung in Mr Strongs Sprechstunde erwartet wurde. Die auf dem Kärtchen angegebene Zeit war 11:35, eine drollige Zeit – als würden die Termine so minutengenau vergeben, dass man sich das übliche Herumsitzen sparen konnte. Marcia war pünktlich da, meldete sich an der Rezeption an und machte sich ans Warten. Wenn man Zeit totzuschlagen hatte, konnte man eine Zeitschrift lesen oder sich einen Tee oder Kaffee aus dem Automaten holen, und natürlich blieb immer der Gang zur Toilette. Marcia verschmähte alle diese Ablenkungen; sie saß einfach nur da und sah vor sich hin. Sie hatte eigens einen Platz etwas abseits von den übrigen Wartenden gewählt und ärgerte sich, als eine Frau auf den Sitz neben ihr aufrückte und Miene machte, ein Gespräch anzufangen. Sonst redete niemand; es war wie im Wartezimmer des Hausarztes, nur dass das Ausharren hier gleichsam erhabener anmutete, denn sämtliche Anwesenden hatten ja »etwas Ernstes«. Marcia reagierte nicht auf eine einleitende Bemerkung übers Wetter, sondern hielt den Blick starr geradeaus gerichtet, auf eine Tür, über der ein Schild mit der Aufschrift »Mr D. G. Strong« hing. Gleich daneben war eine zweite Tür; »Dr. H. Wintergreen« stand dort. Es ließ sich unmöglich feststellen, wer unter den Umsitzenden auf den Chirurgen wartete und wer auf den Internisten; es gab keine Unterscheidungsmerkmale, denn obwohl die Patienten durch die Bank einen kleinlauten, ja, teils sogar verzagten Eindruck machten, waren sie doch beiderlei Geschlechts und verschiedensten Alters.

»Wollen Sie auch zu Dr. Wintergreen?«, erkundigte sich Marcias Nachbarin.

»Nein«, sagte Marcia.

»Ah, dann warten Sie also auf Mr Strong. Da ist ja, seit ich hier bin, überhaupt niemand mehr reingerufen worden, die ganze halbe Stunde nicht. Ich warte auf Dr. Wintergreen. Das ist ein reizender Mann, ein Ausländer. Pole, würde ich tippen. Was der für gütige Augen hat, phänomenal. Und bei der Visite im Krankenhaus steckte ihm immer eine Nelke im Knopfloch. Die züchtet er selbst, er hat eine Villa in Hendon. Er ist auf Gastroenterologie spezialisiert, Magen-Darm, wissen Sie, und in der Harley Street praktiziert er natürlich auch. Praktiziert Mr Strong in der Harley Street?«

»Ja«, sagte Marcia abweisend. Sie wollte nicht über Mr Strong sprechen, das Thema war ihr zu heilig, um es mit dieser Person zu bereden.

»Manchmal übernimmt ja einer von den Assistenzärzten die Operationen«, fuhr die Frau fort. »Gut, die müssen es auch irgendwann lernen, stimmt's?«

In diesem Augenblick rief die Schwester Marcia auf, und sie

wusste, ihre Stunde war gekommen. Sie war nicht so naiv, Mr Strongs Namen über der Tür als Gewähr für seine Anwesenheit im Sprechzimmer misszuverstehen, darum erschütterte es sie nicht mehr als nötig, als sie, dürftig bekleidet auf ihrer Liege liegend, von einem goldblonden Jungen untersucht wurde, Arzt im Praktikum, der hier seine chirurgische Ausbildung absolvierte. Er tastete und klopfte in höchst professioneller Manier an ihr herum, maß ihren Blutdruck und hörte sie mit dem Stethoskop ab. Für ihre neue rosa Unterwäsche hatte er naturgemäß keinen Blick, dafür bewunderte er die Schönheit ihrer Operationsnarbe – Mr Strongs Werk – und sagte ihr, dass sie zu dünn sei und mehr essen müsse. Mit seinen knapp fünfundzwanzig hatte er natürlich eher ungenaue Vorstellungen davon, wie eine Frau in den Sechzigern auszusehen hatte. Waren sie alle so dünn? Seine Großtante, die ihm noch am ehesten in diese Kategorie zu fallen schien, ähnelte Miss Ivory jedenfalls ganz und gar nicht – nicht, dass er sie je ohne Kleider gesehen hätte.

»Vielleicht sollte jemand ein Auge auf Sie haben«, meinte er freundlich, und Marcia reagierte kein bisschen verstimmt oder gekränkt, wie sie es bei ähnlichen Kommentaren seitens der Nachbarschaftshelfer oder der Kirchendamen tat, denn das Krankenhaus stand auf einem anderen Blatt. Von leisem Stolz geschwellt reichte sie ihre Karte über den Rezeptionstisch, um sich den Termin für die nächste Kontrolluntersuchung geben zu lassen.

Marcias zweite Urlaubsfreude bestand darin, Mr Strongs Haus aufzusuchen oder vielmehr, es aus sicherer Entfernung zu beäugen. Aus dem Telefonbuch wusste sie, dass er nicht nur eine Praxis in der Harley Street, sondern auch eine Adresse in Dulwich hatte, einem Stadtteil, der für sie mit dem 37er-Bus problemlos erreichbar war.

Sie ließ eine Woche nach ihrem Termin im Krankenhaus verstreichen – Freuden wollten schließlich dosiert sein –, ehe sie sich eines sonnigen Nachmittags zu Mr Strongs Haus aufmachte. Der Bus war nahezu leer und die Schaffnerin nett und hilfsbereit. Sie sagte Marcia, an welcher Haltestelle sie am besten aussteigen sollte, aber nachdem sie ihren Fahrschein gelocht hatte, fing auch sie, wie die Frau im Krankenhaus, zu plaudern an. Wunderschöne Häuser seien das in der Straße – ob Marcia dort jemanden kenne (das schien sie für unwahrscheinlich zu halten), oder fuhr sie am Ende zu einem Bewerbungsgespräch? Es war eine Zumutung, fand Marcia, all diese Leute, die sie über ihre Angelegenheiten ausfragten und sie, wenn sie sich zugeknöpft zeigte, mit ihren eigenen Themen belästigten. Sie musste sich eine lange Geschichte über den Mann und die Kinder der Frau anhören, für Marcia beides gleich fremdes Terrain, aber zuletzt war die Haltestelle erreicht, und sie stieg aus und ging die sonnenbeschienene Straße entlang.

Das Haus war imposant, genau wie seine Nachbarn zu beiden Seiten, eine Villa, wie sie Mr Strongs würdig war. Im Vorgarten wuchsen Büsche, Marcia stellte sich die Goldregen- und Fliederpracht im Mai vor, aber jetzt, Anfang August, gab es nicht viel zu bewundern. Vielleicht blühten hinterm Haus Rosen, denn der Garten auf der Rückseite schien ihr recht groß zu sein, aber sie konnte nicht mehr davon sehen als eine Schaukel unter einem hohen alten Baum. Mr Strong hatte natürlich Familie, er hatte Kinder, bestimmt machten sie zurzeit alle miteinander Urlaub an der See. Das Haus wirkte vollständig verwaist, was zur Folge hatte, dass Marcia davor stehen bleiben und es eingehend genug betrachten konnte, um dezent zugezogene Vorhänge mit William-Morris-Muster auszumachen. Flüchtig vermerkte sie bei sich, dass die Fenster keine Stores hatten;

Stores hätten auch nicht zu Mr Strong gepasst. Ihre Gedanken blieben unausgeformt, einfach hier zu stehen genügte ihr vollauf. Hinterher wartete sie über eine halbe Stunde an der Bushaltestelle, stand und stand, ohne dass die Verspätung in ihr Bewusstsein drang. Endlich kam sie zu Hause an, wo sie sich eine Tasse Tee machte und ein Ei kochte. Der junge Arzt im Krankenhaus hatte ihr aufgetragen, mehr zu essen, und das sah Mr Strong sicher ganz genauso.

Am nächsten Tag kehrte sie ins Büro zurück, aber als die anderen wissen wollten, wie sie ihren Urlaub verbracht habe, wich sie aus; das Wetter sei schön gewesen, die freie Zeit habe ihr gutgetan – was man auf solche Fragen eben sagte.

Am ersten Tag von Normans Urlaub strahlte die Sonne, ideales Wetter für einen Ausflug aufs Land oder ans Meer oder für einen Bummel durch Kew Gardens, als Liebespaar, Hand in Hand.

Solche Gedanken streiften Norman nicht einmal entfernt, als er aufwachte und sich in Erinnerung rief, dass er heute nicht ins Büro musste. Da er so viel Zeit hatte, beschloss er, sich ein anständiges Frühstück zu gönnen, Speckeier mit allem Drum und Dran, was in seinem Fall Tomaten und Röstbrot bedeutete – eine viel üppigere Portion als sein übliches Schälchen Cornflakes oder Kleieflocken. Und er würde sie sich im Schlafanzug zu Gemüte führen, mit dem Morgenmantel darüber wie eine Figur aus einem Noël-Coward-Stück. Wenn sie mich jetzt sehen könnten!, dachte er, wobei er mit »sie« Edwin, Letty und Marcia meinte.

Der Morgenmantel war sehr flott, Kunstseide mit einem changierenden geometrischen Muster in Kastanienbraun und »Altgold«. Norman hatte ihn im Ausverkauf erstanden, aus der spontanen Vorstellung heraus, dass er darin »nach etwas« aussehen würde, dass ihn das Kleidungsstück auf unklare Weise aufwertete. Edwin besaß bestimmt nichts Vergleichbares, dachte er – wetten, dass er in einem alten Wollteil mit Schottenkaros herumlief, wahrscheinlich noch aus seiner Schulzeit? Lettys Bademantel dagegen machte sicher mehr her, mit Rüschen und diesem ganzen Zeugs, das er bei den Frauen im Krankenhaus erspäht hatte, als er Ken besuchen gegangen war. Nur darüber, was Marcia wohl tragen mochte, stellte er lieber keine Überlegungen an. Es war, als würden seine Gedanken auf eine merkwürdige Art vor ihr zurückscheuen, einen Bogen um sie machen. So oder so holte ihn die Stimme der Zimmerwirtin – die den Bratgeruch monierte – rasch wieder in die Wirklichkeit zurück.

Der Großteil von Normans Ferien ging auf diese müßige, uneinträgliche Art dahin. Unterm Strich war es einfach so, dass er, wenn er nicht arbeitete, nichts mit sich anzufangen wusste. In der letzten Woche seines Urlaubs war er wieder beim Zahnarzt bestellt, um seine neue Prothese anpassen zu lassen und das Essen damit zu üben. Der Zahnarzt war aus Yorkshire und ein bisschen zu leutselig für Normans Geschmack, und obwohl er über den Nationalen Gesundheitsdienst versichert war, musste er doch eine beträchtliche Stange Geld berappen, nur um sich malträtieren zu lassen. Danke für gar nichts, dachte er bitter. Sobald er sich wieder zutraute, festere Kost in Angriff zu nehmen als Suppe oder Käsenudeln, kehrte Norman ins Büro zurück. Ein paar Urlaubstage hatte er noch in der Hinterhand. »Man weiß nie, wozu so was gut sein kann«, sagte er, aber er argwöhnte selbst, dass diese Reservetage ihm nie zu etwas gut sein würden, sondern sich vor ihm ansammeln würden wie die Haufen toten Laubs, die im Herbst auf die Gehsteige geweht wurden.

6. Kapitel

Letty wunderte sich nicht allzu sehr, Post von Marjorie zu erhalten, in der diese ihr mitteilte, dass sie und David Lydell heiraten würden. So viel konnte sich in so kurzer Zeit ändern, gerade dann offenbar, wenn man auf dem Dorf lebte, wobei Letty nicht ganz einsah, warum das so war.

»David und ich haben beide erkannt, dass wir zwei einsame Menschen sind, die einander unendlich viel zu geben haben«, schrieb Marjorie.

Dass ihre Freundin sich einsam gefühlt haben könnte, war Letty neu. Marjories ländliches Witwendasein war ihr immer so beneidenswert erschienen, so randvoll mit trivialen, aber fesselnden Aktivitäten.

»Das Pfarrhaus ist erschreckend unwohnlich«, ging der Brief weiter. »Es muss unglaublich viel daran gemacht werden. Und ob Du's glaubst oder nicht, der Immobilienmakler sagt, ich kann für mein Häuschen 20.000 Pfund verlangen! Dir wird natürlich klar sein, dass somit nur eine kleine Sorge an mir nagt, und das bist Du, meine gute alte Letty. Dass Du nach deiner Pensionierung zu uns ins Pfarrhaus ziehst, wird unter diesen Umständen kaum möglich sein (und scheint Dir bestimmt auch nicht wünschenswert, oder?). Aber ich dachte, vielleicht möchtest Du ja ein Zimmer in Holmhurst mieten, wo, wenn ich richtig informiert bin, demnächst durchaus etwas frei werden könnte (aufgrund eines Todesfalles natürlich), nur müsstest Du mich das bald wissen lassen, weil …« Es folgten etliche ermüdende Details; hinaus lief es darauf, dass Marjorie Letty »reinbringen« konnte, weil sie mit der Heimleiterin bekannt war. Holmhurst sei ja kein Altersheim in dem Sinn, es würden nur handverlesene Bewerber genommen, und das ausschließlich auf *persönliche* Empfehlung …

Den Rest des Briefs las Letty zunehmend flüchtiger. Marjorie schrieb mit backfischhafter Begeisterung, aber eine frisch verliebte Frau, selbst eine Frau jenseits der sechzig, fühlt zweifellos den gleichen Überschwang wie eine Neunzehnjährige. Letty überflog die letzte Seite, die davon handelte, was für ein wunderbarer Mensch David war; er sei in seinem letzten Sprengel so einsam und verkannt gewesen, und auch manche Dorfbewohner urteilten sehr hart über ihn. Und sie seien so verliebt, dass der Altersunterschied (»ich bin ja doch gut zehn Jahre älter als er«) keinerlei Rolle spiele. Letty hätte den Altersunterschied eher auf zwanzig als auf zehn Jahre geschätzt, aber sie war bereit, die Liebe der beiden als Tatsache zu akzeptieren, selbst wenn sie sich ihrem Begreifen entzog. Die Liebe war ein Mysterium, dessen sie selbst nie teilhaftig geworden war. Als junge Frau hatte sie sich darauf eingestellt zu lieben, sie hatte darin die ihr zugedachte Rolle gesehen, aber die Liebe war ausgeblieben. Dieses Manko war etwas, an das sie sich über die Jahre gewöhnt hatte und über das sie schon lang nicht mehr nachdachte; dennoch war es irritierend, um nicht zu sagen schockierend, festzustellen, dass Marjorie mit diesem Kapitel alles andere als abgeschlossen hatte.

Es konnte natürlich keinen Gedanken daran geben, dass sie nach Holmhurst zog, einen herrschaftlichen roten Backsteinbau inmitten weiter Rasenflächen, an dem sie bei ihren Besuchen bei Marjorie öfter vorbeigekommen war. Einmal hatte sie dort eine alte Frau mit verlorenem Blick durch die Hecke hinausspähen sehen und das Bild lange nicht abschütteln können. Das hieß, wenn sie in Rente ging – ziemlich bald also –, würde sie bis auf Weiteres in ihrem möblierten Zimmer bleiben. In London lebte es sich schließlich sehr angenehm, es gab Museen und Kunstgalerien, Konzerte und Theateraufführungen; all diese Genüsse, deren Fehlen kultivierte Menschen auf dem Land stets beklagten, würden Letty offenstehen. Sie musste natürlich trotzdem zurückschreiben, Marjorie beglückwünschen (denn das war doch wohl das Wort) und ihr versichern, dass sie wegen Lettys durchkreuzter Ruhestandspläne kein schlechtes Gewissen zu haben brauchte, aber es gab keinen Grund, dies postwendend zu tun.

Auf dem Heimweg vom Büro bemerkte Letty einen Blumenkarren, der nicht weit vom U-Bahnhof aufgebaut war. Kurz erwog sie, einen Strauß für ihre Zimmerwirtin mitzunehmen, die all ihre Mieterinnen an diesem Abend zum Kaffee eingeladen hatte – nicht die unentrinnbaren Chrysanthemen, sondern etwas Bescheidenes, Unaufdringliches, Anemonen oder Veilchen, aber so etwas gab es nicht, und zu den türkisblau oder tiefrot gefärbten Margeriten, die zum Sonderpreis angeboten wurden, konnte sie sich nicht überwinden, also ging sie weiter, ohne etwas gekauft zu haben. Als sie sich ihrem Haus näherte, überholte Marya sie, ihre ungarische Mitbewohnerin, in der Hand einen Bund ebenjener türkisgefärbten Margeriten, die Letty nicht gut genug gewesen waren.

»So hibsch!«, sagte sie schwärmerisch, »und nur zehn Pence. Miss Embrey lädt uns ein zu Kaffee, da bringt man Blumen, hab ich gedacht.«

Letty begriff, dass Marya ihr wieder einmal den Rang abgelaufen hatte, wie so oft, etwa wenn sie das Bad mit ihren triefnassen Kleidern vollhängte oder vorgab, Lettys *Daily Telegraph* mit ihrer eigenen, minderwertigeren Zeitung verwechselt zu haben.

Miss Embrey bewohnte das Erdgeschoss, und pünktlich um halb neun kamen ihre drei Mieterinnen – Letty, Marya und Miss Alice Spurgeon – aus ihren Zimmern ans Licht wie Tiere aus ihren Höhlen und stiegen die Treppe hinab.

Wie provozierend edel ihre »guten Sachen« doch waren, empfand Letty, als sie eine Tasse Kaffee in Miss Embreys Crown Derby entgegennahm. Und nun, so erfuhren sie, würde sie sich selbst samt all ihrer schönen Dinge aufs Land verfügen, in ein Heim für Damen von Stand, womöglich in genau jenes, das Letty für sich schon abgeschrieben hatte.

»Mein Bruder hat alles in die Hand genommen.« Miss Embrey verkündete es lächelnd, denn sie wusste sehr gut, dass es im Leben keiner ihrer Mieterinnen einen Mann gab, der irgendetwas für sie in die Hand nahm. Sie waren alle drei ledig, und keine der drei bekam je Herrenbesuch, nicht einmal von einem Verwandten.

»Arthur hat sich um *alles* gekümmert«, betonte Miss Embrey, und »alles« schloss auch das Haus ein, das verkauft werden sollte beziehungsweise bereits verkauft worden war, und zwar, wie das nicht unüblich war, mitsamt Mietern.

»Und wer ist unser neuer Vermieter?« Miss Spurgeon war die Erste, die die Frage aussprach.

»Ein ganz reizender Herr«, sagte Miss Embrey in ihrem huldvollsten Ton. »Er wird mit seiner Familie das Erdgeschoss und das Souterrain bewohnen.«

»Ist die Familie so groß?«, fragte Marya.

»So, wie ich es verstanden habe, wird wohl ein enger Verwandter die Unterkunft mit ihm teilen. Es ist doch wohltuend zu wissen, dass es Ecken in der Welt gibt, in denen die Bande des Blutes und der Familie noch hochgehalten werden.«

Dies brachte Letty dazu, sich zaghaft zu erkundigen, ob es denn eventuell sein könne, dass ihr neuer Vermieter kein Engländer war – ein Ausländer, wenn man es so ausdrücken wolle, und Miss Embrey antwortete auf ebenso behutsame Weise, dass sich dies in der Tat gewissermaßen so sagen lasse.

»Wie heißt er?«, wollte Marya wissen.

»Mr Jacob Olatunde.« Miss Embrey sprach die Silben sehr sorgfältig, als hätte sie sie eingeübt.

»Dann ist er ein Schwarzer?« Wieder war es Marya, die Ungarin, die so unverfroren nachfragte.

»Nun, seine Haut ist nicht das, was man allgemein als weiß bezeichnen würde, aber wer von uns hier in diesem Raum, nur um ein Beispiel anzuführen, könnte sich mit Fug und Recht weiß nennen?« Miss Embrey sah von einer ihrer Mieterinnen zur anderen – Letty mit ihren rosigen Bäckchen, Marya mit ihrem fahlen Oliventeint, Miss Spurgeon mit ihrer Pergamenthaut –, lauter ganz unterschiedliche Typen. »Wie Sie ja wissen, habe ich in China gelebt, daher bedeuten mir diese Nuancen bei den Hautfarben sehr wenig. Mr Olatunde kommt aus Nigeria«, erklärte sie.

Miss Embrey lehnte sich zurück und faltete die Hände übereinander, diese bleichen, nutzlosen, mit braunen Altersflecken übersäten Hände, und bot noch mehr Kaffee an.

Nur Marya, die unterwürfig etwas von »so köstlichem Kaffee« murmelte, nahm an. Miss Embrey lächelte und schenkte ihr nach. Es war nicht die kostspielige Auslese frischgemahlener Bohnen, die sie für ihresgleichen bereithielt. Aber andererseits waren diese sonderbar gefärbten Blumen, die Marya ihr in die Hand gedrückt hatte, auch nicht das, was sie sich freiwillig ins Wohnzimmer gestellt hätte, insofern waren sie quitt.

»Dann ist das also klar?«, sagte sie im Ton der Vorsitzenden, die eine Sitzung beschließt. »Ab dem Michaelistag heißt Ihr Vermieter Mr Olatunde.«

Auf ihrem Weg die Treppe hinauf redeten die Mieterinnen untereinander.

»Wir müssen uns sagen, dass Nigeria bis vor Kurzem noch britisch war«, meinte Miss Spurgeon. »Es war auf der Weltkarte rosa. In manchen älteren Atlanten ist es das immer noch.«

Letty hatte das Gefühl, so wie die Welt sich entwickelte, war auf der Karte schon lange nichts mehr rosa. Als sie in dieser Nacht im Bett lag und nicht einschlafen konnte, schien ihr gesamtes Leben an ihr vorbeizuziehen wie das eines Ertrinkenden … wie es von Ertrinkenden immer heißt, verbesserte sie sich, denn natürlich hatte sie keine Ahnung, wie Ertrinken sich anfühlt, und aller Voraussicht nach würde das auch so bleiben. Der Tod, wenn er denn kam, würde sich in einem anderen Gewand präsentieren, einem für eine Frau wie sie »schicklicheren«, denn wo sollte sie schon jemals Gefahr laufen, zu ertrinken?

»Ein Unglück kommt selten allein«, sagte Norman am nächsten Morgen, als Letty im Büro von ihren veränderten Ruhestandsaussichten berichtete. »Erst die Heiratspläne Ihrer Freundin, dann das – was soll als Nächstes passieren? Es wird noch was Drittes kommen, warten Sie's ab.«

»Ja, nicht nur aller guten Dinge sind drei«, bemerkte Edwin. Schicksalsschläge, die andere trafen, waren unstreitig interessant, ein äußerst befriedigendes Gesprächsthema, selbst wenn man sich das nicht eingestehen durfte, und für diese kurze Zeit genoss Edwin es, den Kopf zu schütteln und sich in Vermutungen zu ergehen, was wohl die dritte Katastrophe sein könnte.

»Erzählen Sie uns jetzt nicht, dass Sie auch heiraten«, sagte Norman keck. »Das wäre dann die Nummer drei.«

Letty musste lächeln, wie es von ihr erwartet wurde; die Idee war zu abwegig. »Da führt kein Weg hin«, sagte sie. »Aber ich könnte trotzdem aufs Land ziehen, wenn ich wollte. Es gibt ein nettes Haus in dem Dorf, wo ich ein Zimmer bekommen könnte.«

»Ein Altersheim?«, fragte Norman blitzschnell.

»Nicht direkt. Man kann seine eigenen Möbel mitbringen.«

»Ein Altersheim, wo Sie Ihre eigenen Möbel mitnehmen können – Ihre Lieblingssachen und Schätze«, fuhr Norman fort.

»Wobei es ja nicht zwingend so ist, dass Sie aus Ihrem Londoner Heim ausziehen müssen«, sagte Edwin. »Der neue Vermieter kann ein hochanständiger Mann sein. In unsere Kirche kommen eine Menge großartiger Westafrikaner, die ein echter Gewinn für den Altarraum sind. Sie haben eine große Begeisterung für alles, was mit Zeremonie und Pomp zu tun hat.«

Das war ein schwacher Trost für Letty, denn genau diese Eigenschaften fürchtete sie ja, den Lärm und die Überschwänglichkeit, alles das, was das schwarze Mädchen bei ihnen in der Firma verkörperte und was so gar nicht Lettys Sache war.

»Also, das wird eine ziemliche Umstellung für Sie sein«, sagte Norman, »die Kochgerüche und alles. Möblierte Zimmer, da kann ich ein Lied davon singen.«

Marcia hatte bis dahin nichts zu dem Thema beigetragen, weil eine Angst sie beschlichen hatte – nicht sehr stark, leise nur –, dass sie Letty vielleicht in ihr Haus aufnehmen musste. Schließlich war Letty immer nett zu ihr gewesen; sie hatte sie einmal vor dem Heimgehen gefragt, ob sie ihr eine Tasse Tee machen solle, und auch wenn das Angebot abgelehnt worden war, so war es doch nicht vergessen. Aber das bedeutete ja wohl nicht, dass Marcia in irgendeiner Verpflichtung stand, der pensionierten Letty eine Unterkunft bereitzustellen. Denn das war natürlich ausgeschlossen – sie konnte unmöglich jemanden bei sich einziehen lassen. Zwei Frauen und nur eine Küche, das geht nicht, sagte sie sich, wobei sie kurzzeitig vergaß, dass sie die Küche höchstens dazu benutzte, sich ein Ei zu kochen oder einen Toast zu machen. Dann waren da das Problem des Vorratsschranks, den Marcia für ihre gesammelten Konservenbüchsen brauchte, und ihre besondere und etwas eigenwillige Art, Milchflaschen aufzubewahren, gar nicht erst zu reden von Badezimmernutzung und Körperpflege – die Schwierigkeiten wären unbewältigbar. Alleinstehende Frauen mussten sich auf eigene Faust durchs Leben schlagen, aber das wusste Letty ja sicher selbst. Und falls sie doch an ihre Grenzen stieß, würde es jemanden wie Janice Brabner geben, der zu ihr kam, zudringliche Fragen stellte, dumme Vorschläge machte und sie zu Veranstaltungen einlud, auf die sie keine Lust hatte. Es war ganz sicher nicht Marcias Pflicht, Letty bei sich aufzunehmen, nur weil sie ein eigenes Haus besaß und allein darin wohnte. Unmut stieg in ihr auf, und sie dachte: Welchen Grund hätte ich dafür? Aber es kam keine Antwort auf diese Frage, weil sie gar nicht gestellt wurde. Niemand hatte auch nur entfernt daran gedacht, am allerwenigsten Letty selbst.

»Ich warte einfach erst einmal ab«, sagte diese vernünftig. »Im August geht man ja auch nicht so gern auf Wohnungssuche. Das ist nicht die beste Zeit.«

»Der August ist ein übler Monat«, sagte Norman, dem diese Formulierung irgendwo untergekommen war.

Weniger übel als verunglückt, dachte Edwin. Es war der 15. August, Mariä Himmelfahrt, Hochamt um acht Uhr abends. Da würde es schwierig sein, das volle Aufgebot an Messdienern zusammenzubekommen, selbst mit den großartigen Westafrikanern, und am Ende eines heißen Sommertages waren sowieso die wenigsten zu einer Abendmesse aufgelegt. Man sollte meinen, der Vatikan hätte eine bequemere Zeit auswählen können. Aber das Dogma von Mariä Himmelfahrt war um 1950 herum verkündet worden, wenn er sich recht erinnerte, und das damalige italienische Kirchenleben hatte sich vermutlich gewaltig von den religiösen Gepflogenheiten des heutigen Englands unterschieden, selbst denen der High Church, jetzt, wo es im Land ohnehin kaum mehr Gläubige gab und die wenigen Kirchgänger im Zweifel im Sommerurlaub waren. Manche Leute fanden, Father G. gehe etwas zu weit – überschlage sich quasi – in seiner Einhaltung dieser »gebotenen Feiertage«, aber Edwin würde heute Abend selbstverständlich zur Stelle sein, unter den zweien oder dreien, die da in Jesu Namen versammelt wären, und das war das Entscheidende.

»Vielleicht komme ich mit Mr Olatunde ja bestens aus«, sagte Letty mit heller, tapferer Stimme. »Ich werde auf jeden Fall nichts überstürzen.«

7. Kapitel

Janice musste sich immer erst Mut zusprechen, bevor sie Marcia besuchen ging. Sie war nicht so wie die anderen alten Damen, bei denen Janice nach dem Rechten sah; überhaupt schien der Begriff »alte Dame« nicht recht auf sie zu passen, wo sie ja nicht mal auf originelle oder liebenswerte Art schrullig war. Gut, es gab eben Leute wie sie – man musste es als Herausforderung sehen, zu ihnen durchzudringen, dahinterzukommen, was in einem Kopf wie dem von Marcia vorging.

Janice beschloss, ihren nächsten Besuch auf den Samstagvormittag zu legen statt auf einen Abend. Berufstätige Menschen waren am Samstagvormittag in der Regel zu Hause, und bei manchen, wenn auch natürlich nicht bei Marcia, hatte man, wenn man den Zeitpunkt richtig wählte, gute Chancen auf eine Tasse Tee. Immerhin machte sie ihr auf, besser als nichts.

»Und wie ist es Ihnen ergangen?«, fragte Janice und trat auch schon über die Schwelle, unaufgefordert, aber es war nun einmal wichtig, dass man Zutritt gewann. »Kommen Sie mit Ihrer Hausarbeit zurecht?« Der Staub auf dem Dielentisch sprach stark dagegen, und den Boden überzog ein regelrechter Grauschleier. Wobei »Schleier« fast zu zart klang für solch grobkörnigen Dreck. Janice lächelte über ihre eigene Spitzfindigkeit. Aber Lächeln ging natürlich nicht an – wie *war* es Marcia denn nun ergangen? Sie wünschte, sie würde eine Bemerkung machen, ganz gleich wie nichtssagend, statt sie auf diese enervierende Art anzustarren. Auf einem der Dielenstühle stand ein Einkaufskorb. Das konnte ein Anknüpfungspunkt sein, und Janice griff ihn dankbar auf.

»Sie waren einkaufen, wie ich sehe?«

»Ja. Samstag ist mein Einkaufstag.«

Dass sie einen Einkaufstag hatte wie andere Frauen auch, war ermutigend. Aber was hatte sie gekauft? Ausschließlich Konserven, so wie es aussah. Hier schienen eine taktvolle kleine Kritik und ein paar wohlmeinende Hinweise am Platz. Frisches Gemüse, selbst wenn es nur Kohl war, hatte allemal mehr Nährwert als Dosenerbsen, und Äpfel oder Orangen waren gesünder als eingelegte Pfirsichhälften. Marcia sollte sich eine vernünftige Ernährung eigentlich leisten können, aber vielleicht lehnte sie sie aus Prinzip ab, das war oft das Ärgerliche und Befremdliche bei den Leuten, um die man sich kümmerte. Aber gut, sie war im Krankenhaus gewesen, sie war nach wie vor in Behandlung. Ob ihr Arzt sie je nach ihren Essgewohnheiten fragte?

»Ich habe einfach gern genügend Konserven im Haus«, erklärte Marcia von oben herab, als Janice behutsam vorbrachte, dass frische Produkte besser für sie wären.

»Aber ja, natürlich. Konserven sind sehr nützlich, gerade, wenn Sie nicht nach draußen kommen oder Ihnen mal nicht nach Einkaufen ist.« Was sollte sie weiter an jemanden hinreden, der so resistent gegen Anleitung und gute Ratschläge war wie Marcia? Janice wurde immer klarer, dass sie ein Mensch war, der sich nichts sagen ließ und den man nur unaufdringlich im Blick behalten konnte. Auch einen Kommentar über die Hausarbeit oder deren Unterbleiben schenkte sie sich lieber. Manchen Leuten lag so etwas einfach nicht.

»Dann auf Wiedersehen«, sagte sie. »Ich schaue bald mal wieder vorbei.«

Als sie weg war, trug Marcia ihre Einkaufstasche in die Küche, um sie dort auszupacken. Sie kaufte jede Woche neue Dosen für ihren Vorratsschrank, und nun brachte sie eine ganze Weile damit zu, sie einzuräumen. Es gab einiges zu sortieren und umzustellen; die Dosen wollten nach Größe und Inhalt gruppiert sein – Fleisch, Fisch, Obst, Gemüse, Suppen und Vermischtes. In diese letzte Rubrik fielen unbestimmbare Produkte wie Tomatenpüree, gefüllte Weinblätter (ein Spontankauf) und Tapiokapudding. Es war echte Arbeit, und sie befriedigte Marcia sehr.

Danach ging sie, da das Wetter schön war, in den Garten und bahnte sich durch das hohe, ungemähte Gras einen Weg zu dem Schuppen, in dem sie die Milchflaschen hortete. Auch auf die musste sie ab und zu einen Kontrollblick werfen, und vereinzelt ging sie sogar so weit, sie abzustauben. Gelegentlich stellte sie eine für den Milchmann vor die Tür, aber sie durfte ihren Vorrat nicht zu sehr schrumpfen lassen, denn sollte es zu einem nationalen Notstand der Art kommen, wie sie dieser Tage so häufig zu sein schienen, oder sogar zu einem neuen Krieg, dann konnte es bei den Milchflaschen leicht Engpässe geben, und es hieß wieder: »Keine Flasche, keine Milch«, wie im letzten Krieg. Als sie die Flaschen nun durchsah, entdeckte Marcia unter denen des Zentralen Molkereiverbands zu ihrer Entrüstung eine Fremdflasche – »County Dairies« stand da. Wie konnte die sich bei ihr eingeschlichen haben? Sie erinnerte sich nicht, sie zuvor bemerkt zu haben, und der Milchmann würde sie natürlich nicht zurücknehmen – die nahmen nur ihre eigenen Flaschen mit. Sie stand da, die Flasche in der Hand, und kramte mit gerunzelter Stirn in ihrem Gedächtnis. Dann dämmerte es ihr. Letty hatte ihr im Büro irgendwann einen Rest Milch geschenkt. Sie hatte diese Freundin von ihr auf dem Land besucht und von dort einen halben Liter Milch mitgebracht, einen Teil davon zum Mittagessen getrunken und den Rest Marcia gegeben. Das war es also. Marcia fühlte einen jähen Groll gegen Letty in sich aufsteigen, die diese fremde Flasche auf sie abgewälzt hatte. Sie musste dazu gebracht werden, sie zurückzunehmen.

Nigel, der junge Mann von nebenan, sah sie mit einer Milchflasche in der Hand aus dem Schuppen kommen und sagte sich, dass dies ein guter Zeitpunkt war, um ein wenig von der nachbarlichen Freundlichkeit zu zeigen, zu der seine Frau Priscilla ihn immer ermahnte.

»Soll ich vielleicht kurz bei Ihnen den Rasen mähen, Miss Ivory?«, fragte er und trat an den Zaun. »Ich habe den Mäher gerade noch draußen.« Wobei ihr Gras aus der Nähe betrachtet so hoch war, dass man fast schon eine Sense brauchte.

»Nein danke«, sagte Marcia höflich, »ich mag mein Gras lieber hoch«, und ging ins Haus. Die Sache mit Lettys Milchflasche wurmte sie immer noch. Damit hatte sich jeder Gedanke daran, Letty ein Zimmer in ihrem Haus anzubieten, erledigt; mit einer solchen Person wollte sie ganz gewisslich nicht unter einem Dach wohnen.

An diesem Abend kauerte Letty in ihrem Zimmer und horchte. Als lärmende Party konnte man es schlecht bezeichnen, diese Schwälle von Gesang und Freudenrufen, denn Mr Olatunde, ihr neuer Vermieter, war Priester einer religiösen Sekte. »Aladura«, hatte Miss Embrey gemurmelt, aber der Name an sich bedeutete nichts, nur ein ständiges Kommen und Gehen im Haus, plus den Lärm. Jetzt kam sich Letty in der Tat wie eine

Ertrinkende vor, vor deren Augen die Ereignisse ihres vergangenen Lebens vorbeizogen, die konkreten Ereignisse, die sie dahin gebracht hatten, wo sie nun war. Wie konnte es sein, dass sie, eine Engländerin aus Malvern, 1914 in einem bürgerlichen Elternhaus geboren, jetzt in diesem Londoner Zimmer hockte, umzingelt von ausgelassen jauchzenden und singenden Nigerianern? Der einzige denkbare Grund war, dass sie nicht geheiratet hatte. Kein Mann hatte sie mit sich genommen und sie in einem gediegenen Vorort weggesperrt, wo fromme Lieder nur sonntags gesungen werden durften und in niemanden der Geist Gottes fuhr. Warum war dies nicht geschehen? Weil sie geglaubt hatte, dass zu einer Ehe zwingend auch Liebe gehörte? Nun, nachdem sie seit vierzig Jahren ihre Beobachtungen machte, war sie da nicht mehr so sicher. All diese Jahre, vergeudet mit dem Warten auf die Liebe. Der Gedanke allein reichte aus, um im Haus jähe Ruhe zu erzeugen, und während dieser Stille fasste sie sich ein Herz, ging nach unten und klopfte – zu schüchtern, schien ihr – an Mr Olatundes Tür.

»Ich wollte fragen, ob Sie vielleicht etwas weniger laut sein könnten«, sagte sie. »Manche von uns stört das ein bisschen.«

»Christentum *ist* störend«, war Mr Olatundes Antwort.

Dem ließ sich nur schwer etwas entgegenhalten. Genauer gesagt, sah sich Letty außerstande dazu, und so fuhr Mr Olatunde lächelnd fort: »Sie sind selbst Christin, ja?«

Letty zögerte. Instinktiv hätte sie die Frage erst einmal bejaht, denn natürlich war sie Christin, auch wenn sie sich selbst nicht unbedingt als solche bezeichnet hätte. Wie sollte sie diesem kraftvollen, lebensstrotzenden Schwarzen ihre spezielle Form von Christlichkeit erklären – diesen grauen, konventionellen, achtbaren Verschnitt aus gemäßigter Regeltreue und einer generellen, sanften, anspruchslosen Freundlichkeit ihren

Mitmenschen gegenüber? »Tut mir leid«, sagte sie und wich einen Schritt zurück. »Ich wollte nicht …« Aber was hatte sie gewollt? Angesichts dieser Schar lächelnder Leute wagte sie es kaum, ihre Beschwerde über den Lärm zu wiederholen.

Eine schöne Frau mit langem buntem Gewand und einem Tuch um den Kopf trat auf sie zu. »Wir essen jetzt«, sagte sie. »Sind Sie unser Gast?«

Ein intensiver Gewürzgeruch zog zu Letty heraus, und sie musste an Norman denken. Sie dankte der Frau höflich; sie habe schon gegessen, sagte sie.

»Ich fürchte, unser nigerianisches Essen würde Ihnen auch nicht schmecken«, sagte Mr Olatunde fast ein bisschen selbstgefällig.

»Ja, das kann sein.« Letty trat den Rückzug an, peinlich berührt von der Vielzahl der Gesichter, die hier auf sie einlächelten. Wir sind zu verschieden, dachte sie mutlos. Was hätten wohl Edwin, Norman und Marcia in so einer Situation gemacht?, überlegte sie, kam aber zu keinem Ergebnis. Die Reaktionen anderer Menschen waren nicht ausrechenbar, und während sie sich bei Edwin gut vorstellen konnte, dass er sich auf den religiösen Aspekt des Abends einließ und sogar am Gottesdienst teilnahm, schien ihr nicht ausgeschlossen, dass sich auch Norman und Marcia, so festgefahren sie für gewöhnlich in ihrer Abschottung waren, auf irgendeine unverhoffte Art in den freundlichen Kreis hätten hineinziehen lassen. Nur sie, Letty, blieb draußen.

8. Kapitel

Im Büro war schon mehrfach über Lettys Situation und mögliche Auswege daraus debattiert worden, und je mehr Zeit verging, desto drängender wurde die Frage, besonders als Marya eine Stelle als Haushälterin bei einer Familie in Hampstead fand und Miss Spurgeon Anstalten traf, in ein Altersheim umzuziehen.

»Das heißt, Sie werden allein im Haus sein«, sagte Norman frohgemut. »Daran werden Sie sich auch erst gewöhnen müssen.« Vielleicht war dies das dritte Unglück, das er vorausgesagt hatte, und damit der Beweis, dass auch aller Katastrophen drei waren.

»Ihr neuer Vermieter ist Geistlicher, richtig?«, fragte Marcia.

»Ja, gewissermaßen.« Letty sah wieder David Lydell vor sich, in Marjories Armsessel zurückgelehnt, mit geschlossenen Augen an seinem Orvieto nippend, ein solcher Gegensatz zu Mr Olatunde. Offenkundig gab es solche Geistliche und solche. »Ich möchte ihm ungern zu nahe treten«, meinte sie, »indem ich mich über die Leute im Haus beschwere. Er wirkt ja eigentlich sehr nett.«

»Gibt es nicht eine Freundin, zu der Sie ziehen könnten?«, regte Edwin an. »Außer der mit den Heiratsplänen?« Jemand wie Letty musste doch reihenweise Freundinnen haben, eine ganze Armee netter Frauen wie die Damen von der Bahnhofsmission oder etliche – wenn auch beileibe nicht alle – der weiblichen Gemeindemitglieder in seiner Kirche. Die Welt war schließlich voll von solchen Frauen. Man begegnete ihnen auf Schritt und Tritt.

»In so einem Fall hilft nur, Verwandte zu haben«, sagte Norman. »Die können sich nicht rauswinden. Blut ist immer dicker als Wasser, egal um wie viele Ecken, darauf können Sie wetten.«

Letty ging im Geist einige Cousinen durch, die sie seit der Kindheit nicht mehr gesehen hatte und die irgendwo im Westen lebten. Von ihnen würde ganz sicher keine sie bei sich aufnehmen wollen.

»Haben Sie schon mal darüber nachgedacht, ein Zimmer in Ihrem Haus zu vermieten?«, wandte sich Edwin an Marcia.

»Das Geld könnten Sie vielleicht ganz gut brauchen, wenn Sie erst im Ruhestand sind«, sekundierte ihm Norman.

»Oh, Geld wird kein Problem sein«, sagte Marcia unwirsch. »Es gibt für mich keinerlei Notwendigkeit, Zimmer zu vermieten.« »Undenkbar« war das Wort, das ihr bei Edwins Vorschlag durch den Kopf schoss – diese Vorstellung, dass Letty bei ihr einziehen könnte, allein schon wegen der Sache mit der Milchflasche. Aber Letty wollte es ja genauso wenig. Schon jetzt erhob sie Einspruch, offenbar ebenso peinlich berührt um Marcias wie um ihrer selbst willen.

»Es gibt ja Vereine, und auch Individuen, die Damen beistehen«, sagte Edwin gewunden.

»So eine junge Frau kommt jetzt schon bei mir vorbei – die denkt anscheinend, ich bräuchte Hilfe.« Marcia stieß ein freudloses Lachen aus. »Mir scheint es ja eher umgekehrt zu sein.«

»Aber Sie waren im Krankenhaus«, erinnerte Edwin sie. »Ich könnte mir vorstellen, dass sie deshalb ein Auge auf Sie haben.«

»Schon, aber dafür habe ich ja die Sprechstunde von Mr Strong.« Marcia lächelte. »Da brauche ich keine jungen Leute, die mir verbieten wollen, Dosenerbsen zu kaufen.«

»Trotzdem ist es doch beruhigend zu wissen, dass jemand sich Gedanken macht«, sagte Letty, der die Dosenerbsen etwas zu kurz gegriffen schienen, unbestimmt. »Irgendwas wird sich schon ergeben, wenn ich im Ruhestand bin – noch bin ich es ja nicht.«

»Aber bald«, sagte Norman, »und von hier werden Sie nicht viel auf Ihre staatliche Pension obendrauf kriegen. Und die Inflation müssen Sie schließlich auch noch einrechnen«, fügte er wenig hilfreich hinzu.

»Inflation ist nichts, was man einrechnen kann«, erwiderte Letty. »Die kommt über einen, ob man damit rechnet oder nicht.«

»Wem sagen Sie das«, sagte Norman und fischte auch schon seinen jüngsten Kassenbon heraus. »Hören Sie sich das an«, und er machte sich ans Vorlesen. Am meisten schienen ihn die Preiserhöhungen bei Dosensuppen und Wachsbohnen zu erzürnen, was doch einiges über seinen täglichen Speiseplan verriet.

Niemand ging darauf ein oder hörte auch nur zu. Marcia dachte voll Behagen an ihren wohlgefüllten Vorratsschrank, und Letty beschloss, heute früher zum Essen zu gehen und danach mit dem Bus zum Einkaufen in die Oxford Street zu fahren. Nur Edwin, der sich wohl zu den Individuen rechnete, die Damen gern beistehen wollten, grübelte weiter über Letty und ihr Problem nach.

Allerheiligen fiel dieses Jahr auf einen Wochentag. Es wurde mit einer Abendmesse begangen, die sogar gut besucht war, und am darauffolgenden Sonntagmorgen blieb Edwin nach dem Kommunionsgottesdienst einer Gemeinde, in deren Sprengel er einmal gewohnt hatte, zum Kirchenkaffee. Es war nicht seine reguläre Kirche, aber er hatte sie extra im Hinblick auf Letty ausgewählt.

Mit dem Kaffeekochen – ein Ritual für sich – war ein Grüppchen von Damen betraut, die Edwin von seinen gelegentlichen Besuchen her kannte, und schon beim Betreten des Gemeindesaals, eines tristen, vom Jugendclub in schreienden Farben dekorierten Raums, hörte er eine alte Frau mit scharfer Stimme gegen das Reichen von Keksen protestieren.

»Niemand braucht zu seinem Kaffee auch noch Kekse«, erklärte sie. »Ein heißes Getränk reicht mehr als aus.«

»Ich knabbere sehr gern etwas zu meinem Kaffee«, widersprach eine kleine Frau mit grauem Mantel und Damenbart. »Wir wissen alle, dass Mrs Pope für ihr Alter fabelhaft beieinander ist, aber ältere Menschen brauchen nun mal weniger zu essen. Wenn wir rechtzeitig gewusst hätten, dass die Keksdose leer ist, dann hätte man doch etwas tun können ... Man hätte sie auffüllen können ... neue Kekse besorgen.«

In diese Kontroverse schaltete sich nun Edwin mit einem Vorstoß von geradezu brutaler Direktheit ein. »Eine der Damen hier hat doch sicher ein Zimmer zu vermieten«, verkündete er.

Schweigen trat ein, ein betretenes Schweigen, schien ihm, worauf sämtliche Frauen Ausflüchte vorzubringen begannen wie die Gäste, die der himmlische Hausvater zum Hochzeitsmahl lädt – das Zimmer sei kaum mehr als ein Schrank, es sei vollgestellt mit all den Sachen für den Weihnachtsbasar, und eigentlich werde es für eine Verwandte gebraucht. Dieses letzte Argument war die Trumpfkarte, aber Edwin ließ sich dadurch nicht beirren. Er hatte seinen nächsten Schritt nicht geplant und erkannte nun, dass er wohl besser daran getan hätte, den Damen zunächst Letty und die Natur ihrer Zwangslage zu schildern, um so an ihr Gewissen zu appellieren und ihre Herzen zu rühren. Aber als was konnte er Letty beschreiben? Als eine Freundin? Das traf wohl kaum zu und konnte, da sie alleinstehend war, Gerüchten Nahrung geben. Eine Dame, die ich kenne? Nein, das hätte zu zweideutig geklungen! Eine Arbeitskollegin aus meinem Büro? Das zog sicher am ehesten. Die Worte Arbeit, Kollegin, Büro fügten sich zu dem beruhigenden Bild einer Person des bevorzugten Geschlechts, die den ganzen Tag außer Haus sein würde, aber die, wenn sie doch da war, durchaus eine passende Gefährtin abgeben könnte.

Also fuhr Edwin fort, in einem vertraulichen Tonfall jetzt: »Sehen Sie, es ist nämlich so. Eine Kollegin, die bei mir im Büro arbeitet, befindet sich in einer recht heiklen Lage. Das Haus, in dem sie wohnt, wurde mitsamt den Mietern verkauft, und der neue Besitzer und seine Familie sind nicht ganz das, was sie gewohnt ist, lärmmäßig, meine ich.«

»Schwarze?«, erkundigte sich Mrs Pope streng.

»Sie haben den Nagel auf den Kopf getroffen«, bestätigte Edwin jovial. »Wohlgemerkt, gegen Mr Olatunde ist an sich nichts einzuwenden. Er ist Priester, gewissermaßen.«

»Wie kann man gewissermaßen Priester sein?«, wollte Mrs Pope wissen. »Entweder er ist ein Priester, oder er ist keiner. Da kann es keine Einschränkung geben.«

»Er ist Priester einer afrikanischen Sekte«, erklärte Edwin. »Und die Gottesdienste entsprechen natürlich nicht ganz den unsrigen – da wird viel und laut gerufen und gesungen.«

»Und dieser Frau – dieser Dame – denn das wird sie doch wohl sein …?«

»Oh, unbedingt. In dieser Hinsicht gäbe es ganz bestimmt

keinerlei Schwierigkeiten«, versicherte Edwin lässig; wenn das als Maßstab angelegt wurde, war Letty ja wohl über jeden Zweifel erhaben.

»… ihr ist ihre jetzige Unterkunft zu laut?«

»Ja. Sie ist selbst ein sehr leiser Mensch, müssen Sie wissen.« Das musste natürlich betont werden.

»Nun gut, ich habe ja dieses große Zimmer nach hinten hinaus, und vielleicht wäre es nicht verkehrt, noch jemanden im Haus wohnen zu haben.«

Mrs Pope lebte allein, erinnerte sich Edwin.

»Wenn man irgendwann die Treppe hinunterfiele oder über eine Falte im Teppich stolpern würde und nicht aus eigener Kraft aufstehen könnte …«

»Dann würden Sie stundenlang daliegen, bevor jemand käme«, warf die bärtige kleine Frau begierig ein.

»In unserem Alter sind die Knochen so schwach«, sagte Mrs Pope. »Da könnte ein Bruch zu ernsthaften Komplikationen führen.«

Edwin hatte das Gefühl, dass sie vom Thema abkamen. Er wollte den Handel besiegelt und Letty sicher in ihrem Zimmer untergebracht wissen. Mrs Pope war zwar alt, aber sie war selbstständig und rührig, und er zweifelte nicht daran, dass Letty in ihrer Eigenschaft als Frau im Falle von Krankheit oder Unfall höchst nützlich sein könnte. Ein Muster begann sich vor seinen Augen abzuzeichnen, bei dem Lettys Leben durch den tröstlichen Rhythmus des Kirchenjahres bestimmt sein würde. Heute Allerheiligen, morgen Allerseelen; am Gedenken an die Heiligen und die Verstorbenen konnte jeder teilhaben. Als Nächstes dann die Adventszeit, dicht gefolgt – zu dicht, wollte es oft scheinen – von Weihnachten mit seinen gedrängten Feiertagen, dem Stephanustag am 26., den kaum jemand beging, es sei denn als Namenstag, dann dem Tag der Unschuldigen Kindlein, dem Johannistag und schließlich Epiphanias. Nach der Bekehrung des Paulus und Lichtmess (ein Anlass, zu dem für gewöhnlich eine von Kebles weniger geglückten Kompositionen gesungen wurde) kamen allzu bald die Fastensonntage, aber immerhin wurden in der Passionszeit die Tage schon länger. Der Aschermittwoch war ein wichtiger Eckpunkt, mit seiner Abendmesse und dem Aufmalen des Aschekreuzes auf die Stirn, »von Staub bist du genommen, zu Staub kehrst du zurück« – manche hatten damit ihre Schwierigkeiten, fanden es »morbide« oder auch »unappetitlich«.

»Sie hätte ein Waschbecken mit fließend warmem und kaltem Wasser im Zimmer, und das Bad dürfte sie natürlich auch ab und zu nutzen. Sie wird doch nicht jeden Abend baden wollen, oder?« Zu häufiges Baden war schlecht für die Haut, das ständige Einweichen in heißem Wasser entzog ihr die natürlichen Öle … Mrs Pope freundete sich zunehmend mit dem Gedanken an Letty an, aber für Fragen nach ihren Badebedürfnissen war Edwin entschieden nicht der richtige Mann; er war vollauf damit beschäftigt, sie im Geist durch das Kirchenjahr zu geleiten.

Zumindest die Passionszeit sagte ja wohl allen etwas, selbst wenn sie nicht fasteten, mit dem Palmsonntag als Auftakt zur festlichen Karwoche – nicht mehr ganz das, was sie einmal gewesen war, aber die Zeremonien von Gründonnerstag, Karfreitag und Karsamstag konnten sich durchaus noch sehen lassen, und Ostern natürlich erst recht. Der Weiße Sonntag fiel immer ein wenig ab gegen die vorangegangenen Feierlichkeiten, aber von da war es zum Glück nicht mehr lange bis Himmelfahrt und dann Pfingsten, gefolgt von Fronleichnam mit seiner Prozession, wenn das Wetter denn mitspielte, und dem Trinitatisfest mit seinem Rattenschwanz langer, heißer Sommersonntage, für die die grünen Messgewänder vorgeschrieben waren, und dazwischen dem gelegentlichen Namenstag … So war es immer gewesen, und so würde es immer bleiben, trotz aller Bemühungen fortschrittlicher Geistlicher, sogenannte zeitgemäßere Formate einzuführen, Rock 'n' Roll und Gitarren und Diskussionen über die Dritte Welt anstelle der Abendandacht. Der einzige Wermutstropfen war, dass Edwin sich alles andere als sicher war, ob Letty je in die Kirche ging. Wenn er im Büro von diesen Dingen sprach, war von ihr jedenfalls nie ein Echo gekommen. Aber wenn sie erst in Mrs Popes Hinterzimmer untergebracht und in Rente war, wer konnte wissen, welche Wendung ihr Leben dann nehmen würde.

9. Kapitel

»Miss Crowe, richtig?«

Kein allzu herzliches Willkommen, fand Letty, aber was half's, sie konnte nur bestätigen, dass sie, ganz richtig, Miss Crowe sei, und annehmen, dass die Frau, die durch den schmalen Türspalt spähte, dann wohl Mrs Pope war. Sie würden Hausbesitzerin und Mieterin sein, woher sollte da Herzlichkeit kommen? Herzlichkeit war nichts Selbstverständliches. Und nach der langen Taxifahrt immer weiter nach Norden war Wärme ohnehin das Letzte, was man erwarten konnte, selbst wenn die Postleitzahl noch NW6 lautete.

Es war kurz vor Weihnachten, der Luciatag, wie ihr Edwin mit auf den Weg gegeben hatte, wobei die Heilige keine weiterreichende Bedeutung für den Umzug zu haben schien. Norman für seinen Teil hatte natürlich viel Wesens darum gemacht, dass es der kürzeste Tag im Jahr war. »Planen Sie einen Puffer ein«, hatte er sie gewarnt. »Sie wollen doch in einem fremden Stadtteil nicht im Dunkeln rumirren.«

»Man muss heutzutage so vorsichtig sein«, fuhr Mrs Pope fort und öffnete den Türspalt etwas weiter. »Es sind so viele Betrüger unterwegs.«

Dem konnte Letty nicht widersprechen, auch wenn Mrs Pope keineswegs so wirkte, als wäre sie leichte Beute für einen

85

Betrüger. Nachdem Edwin sie ihr lediglich als eine Dame in den Achtzigern beschrieben hatte, die »für ihr Alter fabelhaft beieinander« sei, sah sich Letty nun einer ziemlich imposanten Erscheinung mit klassischen, fast römisch anmutenden Gesichtszügen und vollem weißem Haar gegenüber – »Haarpracht« war vielleicht das richtige Wort –, das sie zu einer altmodischen Flechtfrisur aufgesteckt trug.

Nach der Lebendigkeit und Wärme vom Mr Olatundes Haus erschien das von Mrs Pope düster und stumm mit seinem schweren, dunklen Mobiliar und der hohen Wanduhr, an deren Ticken man sich erst würde gewöhnen müssen, ehe es einen schlafen ließ. Letty bekam die Küche gezeigt, in der sie sich ihre Mahlzeiten zubereiten durfte, und einen Schrank, wo sie ihre Vorräte aufbewahren konnte. Auf Bad und Klosett wurde mittels Gesten hingewiesen; solche Räumlichkeiten waren kein präsentabler Teil einer Besichtigungstour. Durch das Klosettfenster, stellte Letty fest, als sie hineinging, sah man die Gärten hinter den Häusern, wo aus der frostigen Erde schwärzliche Strünke wuchsen, und gleich dahinter das Bahngleis, auf dem die frisch aus dem U-Bahn-Schacht auftauchenden Züge entlangratterten. Nicht unbedingt eine Gegend, die man sich freiwillig aussuchte, aber es war ja nicht für immer, und manchmal musste man sich eben »nach der Decke strecken«, wie Norman ihr umgehend hingerieben hatte.

Das Zimmer selbst war nicht hässlich, sparsam möbliert, was immer ein Vorteil war, und wie von Edwin versprochen, hatte es ein Waschbecken mit fließend warmem und kaltem Wasser. Letty fühlte sich wie eine Gouvernante aus einem viktorianischen Roman, die einen neuen Posten antritt, nur dass es hier weder Kinder gab noch Aussichten auf eine Romanze mit dem verwitweten Hausherrn oder mit einem gutaussehenden Sohn der Familie. Lettys konkrete Situation fand sich so in der Vergangenheit nicht wieder, denn dieser Tage war es die ledige Berufstätige, die »unabhängige Geschäftsfrau« aus den Anzeigen, die am ehesten im Haus Fremder ankam. Für Letty war es nicht das erste Mal, dass sie ihre Kleider in die bereitgestellten Schubladen und Schränke räumte, ihre persönlichen Gegenstände auspackte, all diese Dinge, mit denen sie etwas über sich selbst preisgab: ihre Bücher – Gedichtbände, wenn auch keine jüngeren Datums als der zweite Band von *Lyrik der Moderne* –, ihr aktuelles Büchereibuch, ihr Transistorradio, eine Schale Hyazinthen kurz vor dem Aufblühen und ihr Strickzeug in seinem geblümten Cretonne-Beutel. Fotografien besaß sie keine, nicht einmal solche, die ihre Freundin Marjorie oder ihr Elternhaus zeigten, Vater oder Mutter, Katze oder Hund.

Wenigstens schien Mrs Pope sie an diesem ersten Abend in Ruhe lassen zu wollen, dachte sie, während sie sich in der stillen Küche ein Ei pochierte und dazu ein Stück Brot röstete. Später, als sie im Bett lag, schlaflos in dieser ersten Nacht in einer fremden Bettstatt, die ihr bald so vertraut sein würde wie der eigene Körper, machte sie sich klar, dass sie das Heft in die Hand genommen hatte; sie hatte die Initiative ergriffen, die Krise gemeistert. Irgendwann hörte sie Schritte auf dem Treppenabsatz und ein plötzliches Poltern. Was war, wenn Mrs Pope stürzte? Sie war alt und schwer, ihr aufzuhelfen würde schwierig werden. Letty hoffte, dass ihr diese Art von Bewährungsprobe erspart blieb, aber schließlich kam der Schlaf doch, und sie hörte nichts mehr.

Am nächsten Morgen empfing sie im Büro eine erwartungsvolle, geradezu feierlich-gespannte Stimmung. Alle wollten wissen, wie es Letty in ihrem neuen Zimmer ergangen war. Edwin stand dem Umzug mit einem gewissen Besitzerstolz gegenüber, wie es ja sein gutes Recht war, da er ihr das Zimmer verschafft hatte, und die anderen schienen der Meinung, dass er sich sehr verdient damit gemacht hatte, sie von Mr Olatunde zu erlösen. »Ich hoffe ja bloß, Sie kommen nicht vom Regen in die Traufe«, unkte Norman. »Sie müssen gut aufpassen, dass Sie nicht plötzlich als Altenpflegerin enden.«

»Oh, Mrs Pope ist noch sehr aktiv«, versicherte Edwin eilig. »Sie ist Mitglied im Gemeindekirchenrat, und zwar ein äußerst rühriges.«

»Das mag sein«, versetzte Norman, »aber das heißt noch lange nicht, dass ihre Beine ihr noch ganz gehorchen – sie könnte jederzeit hinfallen.«

»Ja, das habe ich letzte Nacht auch gedacht«, gestand Letty, »aber das könnte jedem passieren. Wir alle könnten fallen.«

Niemand schien erpicht darauf, den Gedanken zu vertiefen, doch Edwin sprach nun aus, was ihm durch den Kopf gegangen war, als er die Verhandlungen mit Mrs Pope in Angriff genommen hatte. »Oh, als Frau weiß man mit derlei Dingen umzugehen«, erinnerte er Norman mit einer gewissen Schärfe im Ton. »Es ist nicht nötig, sich so dumm anzustellen, wie Sie oder ich es täten, wenn wir uns in einer solchen Situation wiederfänden.«

»So weit die Chancengleichheit«, lautete Normans Kommentar. »Das gehört zu den Dingen, die wir Männer ganz gern den Damen überlassen. Trotzdem, wie weit reicht unsere Verantwortung in so einem Fall, können Sie mir das sagen?«

»Das ist einfach die ganz gewöhnliche Verantwortung eines Menschen für seinen Nächsten«, sagte Letty. »Ich würde hoffentlich das tun, was die Lage erfordert.«

»Aber manchmal ist es ein Fehler, einen Gestürzten zu bewegen«, beharrte Norman. »Das könnte ihm mehr schaden als nützen.«

»Sie sollten den Krankenwagen rufen«, sagte Marcia, ihr erster Beitrag zu dem Gespräch. »Die Sanitäter kennen sich aus. Haben Sie denn jederzeit Zugang zur Küche?«, fuhr sie fort, noch immer ein klein wenig schuldbewusst, weil sie Letty kein Zimmer bei sich im Haus angeboten hatte, aber natürlich wäre das, wie sie sich wiederholt vorsagte, nie und nimmer gut gegangen. Und nun hatte sie schon wieder vergessen, die Milchflasche mit ins Büro zu bringen.

»Doch, das klappt alles. Ich habe mir mein Abendessen und mein Frühstück gemacht – es gibt einen Elektroherd, so wie ich ihn gewohnt bin, und genügend Platz für meine eigenen Kochsachen.«

»Am wichtigsten ist, dass Sie Ihre Konserven unterbringen«, sagte Marcia. »Darauf sollten Sie bestehen. Man will schließlich nicht sämtliche Sachen in dem Zimmer aufbewahren, in dem man schläft.«

»Ich muss alles in meinem einen Zimmer aufbewahren«, schob Norman ein.

»Tja, wie Sie so gern sagen, man muss sich nach der Decke strecken«, bemerkte Edwin. »Ich hoffe ja nur, dass sich dieser Umzug als gute Idee erweist«, setzte er hinzu. »Ich würde mich sehr schuldig fühlen, wenn Schwierigkeiten aufträten.«

»Das dürfen Sie nicht«, beruhigte ihn Letty. »Es liegt immer bei einem selbst, was man aus seinen Umständen macht.«

»Ja, jeder ist seines Glückes Schmied«, sagte Norman aufgekratzt. »Das ist die richtige Einstellung.«

Mrs Pope wartete, bis Letty aus dem Haus war, bevor sie aus ihrem Wohnzimmersessel aufstand und die Treppe hinaufstieg.

Sie wird zur Bushaltestelle gehen oder die U-Bahn nehmen, sagte sie sich, als sie das Zimmer betrat; vor halb sieben rechnete sie nicht mit Lettys Rückkehr.

Letty hatte keinen Schlüssel für das Zimmer verlangt, und Mrs Pope empfand es als ihre Pflicht, sicherzustellen, dass alles seine Ordnung hatte. Außerdem konnten Lettys Habseligkeiten ihr eine erste Ahnung davon vermitteln, was für ein Mensch ihre neue Mieterin war.

Der vorherrschende Eindruck war der von Sauberkeit und Ordnung. Das enttäuschte Mrs Pope, denn sie hatte auf den einen oder anderen aufschlussreichen Gegenstand gehofft, der offen herumlag. Bei einer Dame, die ihr von Mr Braithwaite empfohlen wurde – sie dachte Mr Braithwaite, nicht Edwin –, ging sie selbstredend davon aus, dass sie eine achtbare Person und religiös war, deshalb wunderte es sie, auf dem Nachttisch keinerlei fromme Lektüre vorzufinden, nicht einmal eine Bibel, sondern nur einen Roman aus der Stadtbücherei Camden. Eine Biografie hätte Mrs Pope noch akzeptiert, aber von Romanen hielt sie nichts, und so würdigte sie das Buch keines weiteren Blicks. Sie nahm sich das Waschbecken vor: Talkumpuder und Deodorant, eine Tube Gesichtscreme, ein Röhrchen Gebissreinigungs-Tabletten, Zahnbürste und -pasta und dazu ein neuer, geblümter Waschlappen. In dem Schränkchen über dem Becken fanden sich nur Aspirin und ein pflanzliches Abführmittel, keine exotischen Drogen irgendwelcher Art, wobei sie die natürlich in der Handtasche mit sich herumtragen konnte. Auf dem Frisiertisch stand eine Auswahl an Kosmetikprodukten, alle schön säuberlich aufgereiht. Mit einem raschen Blick über die Schulter zog Mrs Pope die oberste Schublade auf und sah mehrere sauber zusammengelegte Paar Strumpfhosen oder Strümpfe, Handschuhe, Schals und eine kleine lederne Schmuckschtulle. Letztere enthielt eine kurze Perlenkette (eindeutig nicht echt), zwei oder drei Strang Holzperlen, Ohrringe sowie zwei Ringe, der eine golden mit einem Halbrund kleiner Brillanten (der Verlobungsring ihrer Mutter?), der andere ein billiger blauer Schmetterlingsflügel in einer silbernen Fassung. Nichts von Wert oder Interesse, befand Mrs Pope. In der Kommode Unterwäsche, ausnahmslos pieksauber und tadellos gefaltet, und Pullover und Blusen von ähnlicher Reinlichkeit. Der Schrankinhalt entsprach mehr oder weniger dem, was der Rest des Zimmers erwarten ließ, und Mrs Pope musterte nur flüchtig die auf den Bügeln hängenden Kleider, Kostüme und Röcke. Auch einen Hosenanzug gab es, wie ihn heutzutage viele Frauen in Lettys Alter trugen, genauso respektabel und zweckdienlich wie alles Übrige. Nur ein Kleidungsstück stach heraus, ein untypisch buntgemusterter Baumwollkimono, ganz und gar nicht Miss Crowes sonstiger Stil. Ein Mitbringsel aus dem Ausland vielleicht, das Geschenk irgendeines Verwandten, der als Missionar tätig war? Manche Fragen verboten sich leider, aber früher oder später würde sie Miss Crowe ja sicher damit aus dem Bad kommen sehen … Leicht verstimmt stieg Mrs Pope die Treppe wieder hinunter. Unterm Strich ließ sich nur sagen – ein äußerst dürftiges Fazit –, dass Miss Crowe die ideale Mieterin zu sein schien, zumindest war nichts Gegenteiliges festzustellen gewesen.

10. Kapitel

»Weihnacht wird's jährlich einmal bloß, / schenkt Freude allen klein und groß ...« Norman deklamierte den Reim mit einem Anflug von Häme in der Stimme. Niemand bestritt die Tatsache oder nahm Anstoß an seinem Ton, denn Weihnachten ist eine heikle Zeit für alle, die nicht mehr jung sind und weder eigene Familie noch nahe Verwandtschaft haben, und jeder im Büro dachte an die speziellen Prüfungen und Schwierigkeiten, die die sogenannte Festzeit für ihn bereithielt. Nur Edwin als Vater und Großvater würde Weihnachten auf die traditionelle und anerkannte Weise begehen. »Weihnachten gehört den Kindern«, sagten die Leute gern, und dem fügte er sich und machte gute Miene dazu, auch wenn er die Feiertage weit lieber allein daheim verbracht hätte, allenfalls mit einem raschen Glas mit Father G. zwischen den Gottesdiensten, um dem säkularen Aspekt des Festes Rechnung zu tragen.

Norman selbst war zum Weihnachtsessen bei seinem Schwager Ken und dessen Bekannter eingeladen, der Frau, die vermutlich bald den Platz von Kens verstorbener Ehefrau einnehmen würde, Normans Schwester. »Schließlich hat er außer uns niemanden«, hatten sie gesagt, wie schon seinerzeit, als sie Norman erlaubt hatten, Ken im Krankenhaus zu besuchen. »Irgendwer muss ihnen bei ihrem Truthahn ja helfen«, so sah Norman die

Sache, und da an Weihnachten keine öffentlichen Verkehrsmittel fuhren, würde Ken ihn mit dem Wagen abholen und wieder zurückbringen, sodass auch da alles glatt ging. Das verhasste Auto hatte gelegentlich doch sein Gutes.

Die Frauen, Letty und Marcia, waren es, die einem Sorgen bereiten konnten oder, in Janice Brabners Worten, »Magendrücken«. Sie hatten keine Verwandten, die sich für sie zuständig fühlten, und für beide waren die Feiertage nun schon seit Jahren eine Zeit, die man so schnell wie möglich hinter sich zu bringen trachtete. In der Vergangenheit war Letty oft zu ihrer Freundin aufs Land gefahren, doch nun hatte Marjorie ja Father Lydell, der sich in seinem bequemen Sessel zurücklehnte und ein Gläschen passenden Weins an die Lippen führte, zweifellos einen Burgunder oder, der Jahreszeit noch angemessener, einen Glühwein, aber egal was es war, sie selbst würde sich diesmal unerwünscht fühlen, und ohnehin war die Einladung ausgeblieben. Dass dies so sein musste, war Marjorie sicher peinlich, womit das Fest auch für sie kein Anlass zu ungetrübter Freude und Entspannung sein konnte. Im Krieg gibt es keine Gewinner, hieß es, und so verfehlt die Assoziation einerseits war, schien sie Letty in gewisser Weise doch treffend.

Für Marcia war Weihnachten schon seit einer Weile nichts mehr, worüber sie sich Gedanken machte. Bereits zu Lebzeiten ihrer Mutter war es bei ihnen über die Feiertage ruhig zugegangen, nur der Vogel, den sie in den Ofen schoben, war etwas größer gewesen als unterm Jahr – ihr Metzger hatte meist »einen schönen Kapaun« als das passende Gericht für zwei Damen empfohlen, die Weihnachten allein zubrachten –, und natürlich hatten sie auch Snowy, dem alten Kater, sein eigenes Festtagsfutter besorgt, zusätzlich zu den Häppchen, die er vom Kapaun abbekam. Nach dem Tod ihrer Mutter war Snowy Marcia Gesellschaft genug gewesen, und seit es ihn nicht mehr gab, hatte der Weihnachtstag alles Besondere verloren und verschmolz zusehends mit dem Rest der Ferien, bis er sich schließlich durch nichts mehr von ihnen abhob.

»Irgendwas müssen wir mit Miss Ivory machen.« Da waren sich Nigel und Priscilla einig. Weihnachten war die Zeit im Jahr, in der »was gemacht« werden musste mit den alten Leuten – den »Betagten«, wie die vornehmere Formulierung lautete, die freilich für Priscilla eher Bilder zerbrechlicher chinesischer Greisinnen heraufbeschwor als jemanden wie Miss Ivory.

»Das Schlimmste daran ist offenbar die Einsamkeit«, sagte Priscilla. »Die Ärmsten haben einfach keine Menschenseele zum Reden.« Eines Abends hatte sie mitbekommen, wie Janice Brabner vergeblich bei Marcia klingelte und klopfte. »Keinen Funken Freude«, so hatte sie es genannt, wobei man auf das Wort »Freude« erst einmal kommen musste. Janice fuhr über Weihnachten weg und sorgte sich um Marcia, darum hatte Priscilla versprochen, ein Auge auf sie zu haben und sie an einem der Tage zu sich zum Essen einzuladen, und was bot sich da mehr an als der Truthahn am Weihnachtstag?

Nigel hatte den Plan skeptisch gesehen. »So alt ist sie auch wieder nicht«, hatte er eingewandt. »Und sie schafft es noch, arbeiten zu gehen, trotz ihrer Schrullen. Gut, vielleicht sollten wir sie fragen, aber irgendwie sehe ich sie nicht richtig mit deinen Großeltern zusammen.«

»Vielleicht lehnt sie ja ab«, sagte Priscilla, »aber ich habe das Gefühl, einladen muss ich sie.«

»Ihren Rasen wollte sie auch nicht von mir gemäht bekommen«, erinnerte Nigel sie hoffnungsvoll.

»Aber Weihnachten ist etwas anderes«, sagte Priscilla, und

anscheinend empfand das auch Marcia so, denn sie brachte sogar ein Lächeln zuwege, als Priscilla sie einlud.

Natürlich waren die Großeltern überströmend nett zu ihr, so dankbar waren sie, nicht die Art alter Leute zu sein, mit denen »etwas gemacht« werden musste. Priscillas Großmutter mit ihrer gepflegten Frisur und den adretten Pastelltönen, die sie trug, war eine derart elegante rosa-weiße Erscheinung, ein derartiger Kontrast zu Marcia mit ihren brutal gefärbten Haaren und einem besonders unvorteilhaften Kleid in einem unüberbietbar scheußlichen Hellblau; die Großeltern führten ein so nützliches und ereignisreiches Ruhestandsleben in Buckinghamshire, jeder ihrer Tage war so anregend und interessant, und ihr Besuch bei Priscilla würde vollgepackt sein mit spannenden Aktivitäten, Theaterstücken, Museumsbesuchen ... Womit beschäftigte sich Marcia nur den ganzen Tag über, oder vielmehr, womit würde sie sich beschäftigen, wenn sie nächstes Jahr nicht mehr arbeitete? Man mochte kaum darüber nachdenken, und die mit allem Zartgefühl und aller Behutsamkeit gestellte Frage wurde denkbar unbefriedigend beantwortet. Und auch dem traditionsgemäßen Weihnachtsmahl wurde Marcia in keiner Weise gerecht. Die Entdeckung, dass sie keinen Alkohol trank, hatte schon den ersten kleinen Schatten auf den Fortgang der Ereignisse geworfen, und die Hoffnung, sie würde dem Essen zusprechen, zerschlug sich angesichts der Mengen, die sie von ihrer bescheidenen Portion übrig ließ. Sie sei keine große Esserin, murmelte sie, aber Priscilla fand, sie hätte wenigstens so tun können, als schmeckte es ihr, nachdem man sich so sichtbar Mühe um sie gab. Nun gut, Janice hatte sie darauf ja schon vorbereitet: Bei solchen Menschen musste man am Ball bleiben, ohne mit Dankbarkeit zu rechnen. Möglicherweise wäre es leichter mit Marcia gewesen, wenn sie noch einmal ein Stück älter wäre, wirklich *hochbetagt*.

Nach dem Essen saßen sie mit ihrem Kaffee ums Feuer und knabberten Pralinen. Eine wohlige Schläfrigkeit überkam alle, der sie gern nachgegeben hätten, aber in Marcias Beisein fühlten sie sich unfrei. Irgendwie schien es unmöglich, einzunicken, solange der Blick dieser übergroßen Augen sie fixierte. Sie waren alle erleichtert, als sie abrupt aufstand und sagte, sie müsse jetzt gehen.

»Wie verbringen Sie denn das restliche Fest?«, fragte Priscilla, als hätte sie es darauf angelegt, sich noch mehr zu kasteien. »Haben Sie etwas für den zweiten Weihnachtsfeiertag geplant?«

»Das restliche Fest?« Marcia schien nicht zu verstehen, was damit gemeint sein könnte, aber nach einer Pause erklärte sie in geradezu hochtrabendem Ton: »Uns, die wir im Büro arbeiten, ist unsere freie Zeit zu kostbar, als dass wir es nötig hätten, große Pläne zu schmieden«, und das mussten sie natürlich alle schlucken, erleichtert, dass Marcias Weihnachten ihnen nicht noch mehr Einsatz abfordern würde.

Am nächsten Morgen stand Marcia spät auf und verbrachte den Vormittag damit, eine Schublade mit alten Zeitungen und Papiertüten neu zu ordnen, etwas, was sie sich schon lange vorgenommen hatte. Dann überprüfte sie den Inhalt ihres Vorratsschranks, aß aber nichts, bis sie sich abends eine kleine Dose Sardinen aufmachte. Es war eine noch aus Snowys Beständen, sie riss also in dem Sinn kein Loch in ihre Reserven. Irgendwo hatte sie gehört oder gelesen, dass Sardinen wertvolles Eiweiß enthielten, was jedoch nicht der Grund war, weshalb sie diese Dose nun öffnete. Sie dachte auch nicht mehr daran, dass der junge Arzt im Krankenhaus ihr aufgetragen hatte, mehr zu essen.

Letty sah Weihnachten bewusst unerschrocken entgegen, fest entschlossen, keiner Anwandlung von Einsamkeit Raum zu geben. Das Alleinsein als solches machte ihr nichts aus, daran war sie gewöhnt; sie sorgte sich eher, jemand könnte dahinterkommen, dass sie von niemandem eingeladen worden war, und deshalb Mitleid mit ihr haben. Sie ließ die Zeitungsartikel und Radiosendungen über sich ergehen, in denen die kollektiven Schuldgefühle all derer geschürt wurden, die nicht alt, nicht einsam und auch nicht im glücklichen Besitz irgendwelcher überzähliger Verwandter oder Nachbarn waren, die sie für das Fest zu sich einladen konnten; *sie* wenigstens brauchte in dieser Weihnachtszeit kein schlechtes Gewissen zu haben, sagte sie sich. Marjorie, so ihr Eindruck, war von solchen Gefühlen ebenfalls frei, denn sie hatte mit keiner Silbe die Möglichkeit erwähnt, dass Letty das Fest bei ihr verbringen könnte, und hatte ihre Karte und das Geschenk (Badeschaum und Handcreme in einer aufwendigen Verpackung) extra früh geschickt, um jedem diesbezüglichen Missverständnis vorzubeugen. Ich hätte sowieso keine Lust gehabt, hinzufahren, dachte Letty beherzt, nicht, wenn David Lydell bei ihr ist. Selbst mit der Vielzahl an Weihnachtsgottesdiensten, die er zweifellos bestreiten musste, würde er bestimmt reichlich Zeit für seine Verlobte finden, und Letty, die an das Picknick dachte, verspürte wenig Lust auf die Rolle des Anstandswauwaus.

Sie stellte sich deshalb darauf ein, an Weihnachten allein zu sein; Mrs Pope war bei ihrer Schwester eingeladen, die in einem Dorf in Berkshire lebte. Aber in letzter Minute kam alles anders, es wurde hin und her telefoniert, und schließlich verkündete Mrs Pope, dass sie gar nirgends hinfahren werde. Die Kehrtwende war das Resultat eines Streits über das Heizen, denn Mrs Popes Schwester war offenbar zu geizig, um ihre Nachtspeicheröfen vor Januar anzustellen, weshalb ihr Häuschen nicht nur kalt war, sondern auch klamm und ungemütlich.

»Ich fahre *nicht* hin, und wenn sie sich auf den Kopf stellt«, schwor Mrs Pope, kriegerisch neben dem Telefon aufgebaut in der ganzen Würde ihrer achtzig Jahre.

»Wärme ist so wichtig«, sagte Letty, die an ihre Bürogespräche über Hypothermie denken musste.

»Haben Sie irgendwas Besonderes zum Essen geplant?«, wollte Mrs Pope als Nächstes wissen.

Dass Mrs Pope irgendein festliches Teilen von Mählern oder Zusammenlegen von Vorräten vorschlagen könnte, war Letty nicht in den Sinn gekommen; bisher hatten sie nie gemeinsam gegessen, selbst wenn sie sich bei der Zubereitung ihrer jeweiligen Früh- und Abendmahlzeiten in der Küche trafen. Sie mochte gar nicht zugeben, dass sie in der Tat ein Huhn gekauft hatte; schon die bloße Idee, auch nur den kleinsten Vogel im Alleingang bewältigen zu wollen, hatte etwas Barbarisches, aber als klar war, worauf Mrs Pope hinauswollte, blieb ihr nichts übrig, als Farbe zu bekennen.

»Ich habe Schinken da und einen Plumpudding, den ich letztes Jahr gemacht habe, also essen wir am besten zusammen«, verfügte Mrs Pope. »Zwei Frauen im selben Haus mit zwei getrennten Weihnachtsmählern, das wäre absurd. Nicht dass ich an Weihnachten groß aufkochen würde – alte Leute sollten sich grundsätzlich nicht zu voll stopfen.«

Und so hatte Letty keine andere Wahl, als Mrs Popes Ausführungen zu ihrem Lieblingsthema zu lauschen, der Völlerei, der so viele Menschen frönten. Einer gelösten Stimmung war das nicht förderlich, und Letty ertappte sich bei dem Gedanken, dass sie unter diesen Umständen in Mr Olatundes Haus vielleicht besser aufgehoben gewesen wäre. Ein fröhliches nigerianisches Weihnachtsfest hätte sie sicherlich mit eingeschlossen, und nicht zum ersten Mal fragte sie sich, ob der Umzug wirklich die richtige Entscheidung gewesen war. Trotzdem, der Weihnachtstag war weitgehend überstanden und würde bald um sein, das war die Hauptsache.

Im Radio hatte sie die Wahl zwischen einer Unterhaltungssendung mit viel eingespieltem Gelächter, für die sie nicht in der Stimmung war, und Weihnachtsliedern mit ihren wehmütigen Reminiszenzen an die Kindheit und all die Tage, die nie mehr zurückkehren würden. Also nahm sie ihr Büchereibuch zur Hand und fragte sich beim Lesen, wie wohl die anderen aus dem Büro das Fest verbracht hatten. Dann fiel ihr ein, dass gleich nach den Feiertagen der Winterschlussverkauf in Kensington losgehen würde, und ihre Laune hob sich schlagartig.

»Du lässt's heute ja ganz schön krachen«, sagte Norman ungewohnt fidel, als Ken ihm nachschenkte.

»Ich finde einfach, wenn man schon so feudal isst, lässt man sich mit dem Rest auch nicht lumpen«, sagte Ken.

»Tja, hoffen wir, dass du's nicht noch bereuen musst.« Diesen kleinen Warnschuss konnte sich Norman doch nicht verkneifen. Bei ihrer letzten Begegnung hatte Ken immerhin in der Chirurgie flachgelegen und sich ordentlich leidgetan. Aber jetzt hatte er allem Anschein nach das große Los gezogen mit dieser Freundin – Joyce hieß sie, kurz Joy genannt –, die nicht nur ziemlich gut aussah und hervorragend kochte, sondern auch eigenes Geld besaß und zudem die Prüfung des Instituts für fortgeschrittene Automobilisten bestanden hatte, was immer das sein mochte. Ken hatte somit allen Grund, es krachen zu lassen.

Na, sollen die beiden Turteltäubchen ruhig abspülen, dachte Norman, der behaglich am Feuer zurückblieb, nachdem die zwei sein halbherziges Hilfsangebot ausgeschlagen hatten.

»Nein, Sie ruhen sich einfach aus«, hatte Joy gesagt. »Legen Sie schön die Füße hoch, Sie gehören schließlich zur arbeitenden Bevölkerung.«

Tun wir das letztlich nicht alle?, fragte sich Norman – wobei er und Ken ihr Arbeitsleben ja weitgehend sitzend zubrachten, Ken als der ewige Beifahrer bei den Prüfungen, die er abnahm, und er, Norman, Däumchen drehend an seinem Schreibtisch … Dennoch hatte er nichts gegen ein Päuschen einzuwenden, besonders nach so einem guten Essen, und es war immer eine feine Sache, ein Kohlenfeuer brennen zu sehen, ohne darüber nachdenken zu müssen, ob er die passenden Münzen für den Zähler hatte.

»Wo genau wohnt er eigentlich?«, fragte Joy, ihre Hände in den rosa Gummihandschuhen tief im Abwaschwasser.

»Norman? Ach, der hat ein möbliertes Zimmer in der Nähe von Kilburn Park.«

»Und immer allein? Ist das nicht ziemlich einsam für ihn?«

»Viele Leute leben allein«, betonte Ken.

»Trotzdem, an Weihnachten … Irgendwie ist das traurig.«

»Na gut, heute ist er ja hier bei uns. Sehr viel mehr können wir nicht machen.«

»Du hast ihn nie gefragt, ob er nicht eventuell zu dir ziehen will?«

»Zu *mir* ziehen? Soll das ein Witz sein?«

»Ich meine ja nicht jetzt. Aber als deine Frau, als Marigold …« Joy brachte den Namen nur zögernd über die Lippen, denn sie kam schwer darüber hinweg, dass Kens Frau allen Ernstes einen so altbackenen Vornamen gehabt hatte. »Als sie gestorben war und du ganz allein zurückgeblieben bist …«

Ken wartete in grimmigem Schweigen. Sollte sie nur aussprechen, was sie da dachte: dass er, Ken, seinen Schwager Norman – mit dem ihn nichts auf der Welt verband außer der Tatsache, dass er mit seiner Schwester verheiratet gewesen war – zu sich ins Haus hätte holen sollen. War das ihr Ernst? Mit Norman zusammenwohnen! Die bloße Vorstellung verursachte ihm eine Gänsehaut, er musste fast lachen, so aberwitzig war es; sein Schweigen verlor ein wenig von seinem Grimm, und er schlug mit dem Geschirrtuch spielerisch nach seiner Zukünftigen.

Ja, ja, in der Küche poussieren, dachte Norman, als er das Gelächter hörte, aber es machte ihn nicht neidisch, »Besser er als ich«, war seine Devise. Nachdem Ken ihn mit seinem nagelneuen butterblumengelben Auto vor der Haustür abgesetzt hatte, kehrte Norman zurück in seine engen vier Wände, recht zufrieden mit seinem Los. Diese Weihnacht hatte ihm tatsächlich einiges an Freuden beschert, aber die heutigen Festivitäten waren ihm mehr als genug, und er freute sich schon darauf, ins Büro zurückzukommen und zu hören, was die anderen zu berichten hatten.

Im Zug, der ihn von seiner Tochter und ihrer Familie nach Hause zurückbrachte, fühlte sich Edwin müde und ausgelaugt, aber befreit. Sie hatten ihn natürlich zum Bleiben überreden wollen, doch er hatte diverse dringende Verpflichtungen vorgeschützt, denn nach dem Weihnachtstag mit einer mehr als dürftigen »Familienandacht« als Hauptgottesdienst (ein Hochamt gab es nicht) und dem zweiten Feiertag mit seinem Übermaß an kaltem Truthahn und Kindergequengel reichte es ihm. Sein Schwiegersohn setzte ihn am Bahnhof ab, woraufhin die Familie zu einem Weihnachtsspiel weiterfuhr, wo die anderen Großeltern und noch mehr Kinder zu ihnen stoßen würden. Ein Riesenspaß für Jung und Alt, aber nicht so ganz Edwins »Kragenweite«, wie Norman es möglicherweise ausgedrückt hätte.

Edwin zückte seinen Kalender und ging die Tage nach Weihnachten durch. Heute, am 27., war der Gedenktag des Evangelisten Johannes, der in der St.-John's-Kirche auf der anderen Seite des Stadtparks bestimmt mit einem prächtigen Hochamt begangen wurde – es war schließlich ihr Patronatsfest, und der Priester dort war ein Freund Father G.s. Morgen, am Tag der Unschuldigen Kindlein, würde er es dann in Hammersmith versuchen. Die Leute machten sich gar nicht klar, was an Weihnachten alles geboten wurde, zusätzlich zu dem Fest selbst.

11. Kapitel

Der erste Arbeitstag war der zweite Januar. Keiner der vier hatte den Neujahrstag gebraucht, um sich vom Feiern zu erholen, denn keiner war irgendwo eingeladen gewesen; dabei hatte es auch unter ihnen, als sie an dem Tag noch im Büro hatten antreten müssen, regelmäßig Gemurre gegeben. Nun waren ihnen ihre Ferien fast etwas lang erschienen, und so waren alle froh, wieder bei der Arbeit zu sein.

»Beziehungsweise, was man so Arbeit nennt.« Norman kippte seinen Stuhl nach hinten und trommelte mit den Fingern auf dem leeren Schreibtisch.

»Um die Jahreszeit ist nie viel los«, sagte Letty. »Man versucht ja, die Dinge möglichst noch vor Weihnachten zu erledigen.«

»Seinen Tisch leer zu räumen«, brachte Marcia wichtig eine Formel von früher ins Spiel, die mit ihrer jetzigen Situation herzlich wenig zu tun hatte.

»Und wenn man zurückkommt, liegt nichts drauf«, sagte Norman mürrisch. Die erste Anteilnahme an den Weihnachtserlebnissen der anderen war verflogen, und er langweilte sich.

»Das hier ist immerhin eingegangen«, sagte Edwin und hielt eine hektografierte Mitteilung hoch. Er reichte sie Norman, der sie laut vorlas.

»Ein Gedenkgottesdienst für einen Mann, der schon im Ruhestand war, als wir hier angefangen haben?«, sagte er. »Was sollen wir damit?«

»Ich habe gar nicht mitbekommen, dass er gestorben ist«, sagte Letty. »War er nicht früher im Vorstand?«

»Es stand in der *Times*«, bemerkte Edwin. »Man denkt ja doch, unsere Abteilung sollte vielleicht vertreten sein.«

»Wie können sie das erwarten, wenn keiner ihn kannte?«, fragte Marcia.

»Sie kündigen es wohl einfach an, falls jemand hingehen möchte«, meinte Letty auf ihre übliche friedfertige Art. »Irgendwen gibt es sicher, der noch mit ihm zusammengearbeitet hat.«

»Aber es ist heute«, sagte Norman verdrossen. »Wie soll das gehen, mit so wenig Vorlauf? Was wird aus der Arbeit?«

Niemand antwortete ihm.

»Um zwölf Uhr mittags«, las Norman höhnisch. »Na großartig. Wofür halten die uns?«

»Ich glaube, ich gehe hin«, sagte Edwin mit einem Blick auf die Uhr. »Es ist in der Universitätskirche, wie ich sehe. Ein sehr passender Rahmen für den Gedenkgottesdienst für einen Agnostiker.«

»Sie kennen die Kirche wahrscheinlich – Sie waren schon dort?«, fragte Letty.

»Oh, ja, ich kenne sie«, erwiderte Edwin beiläufig. »Ziemlich konfessionslos, um es mal so zu sagen. Die müssen da alle möglichen Geschmäcker bedienen, aber es wird schon jemanden geben, der weiß, was er zu tun hat.«

»Hoffen wir's! Sonst müssen Sie den Gottesdienst eben selber abhalten«, sagte Norman sarkastisch. Es ärgerte ihn, dass Edwin so dreist seinen Vorteil aus der Situation schlug, wobei ihm selbst unklar war, was für ein Vorteil das sein sollte.

Die Kirche war noch weihnachtlich dekoriert, mit steifblättrigen Weihnachtssternen und Stechpalmenzweigen auf den Fenstersimsen, aber neben dem Altar stand ein kostspieliges Floristengesteck aus weißen Chrysanthemen, wie um die heutige Doppelfunktion der Räumlichkeit zu betonen.

Gedenkgottesdienste waren eigentlich nicht Edwins Sache, schon gar nicht solche für Menschen, mit denen ihn wenig bis gar nichts verband. Sie waren nicht wie Beerdigungen, von denen er mittlerweile einige erlebt hatte: Vater, Mutter, seine Frau, dazu verschiedene angeheiratete Verwandte. Und auch ein richtiges Requiem war es ja nicht; mit all den eleganten Damen in Hüten und Pelzen, all den Herren in dunklen Anzügen mit guten, schweren Mänteln darüber schien es eher ein gesellschaftliches Ereignis. Mit dem kleinen Häufchen Hinterbliebener bei den Beerdigungen, wie Edwin sie gewohnt war, hatte das nichts zu tun. Gut, die Trauerzeit an sich war um, der Gottesdienst diente dazu, Leben und Leistung des Verstorbenen zu würdigen, schon das machte einen Unterschied aus. Ein weiterer erheblicher Unterschied war die Wärme des Kirchenraums an diesem Januartag. Heiße Luftströme umspielten tröstlich Edwins Füße, und die Frau vor ihm lockerte sogar den Kragen ihres Pelzmantels.

Zwei Lieder wurden gesungen: »Er, der der Fährnis trotzt« und ein anderes, dessen Melodie keiner kannte, mit einem modernen Text, der eigens so gedichtet worden zu sein schien, dass sich auch der militanteste Agnostiker oder Atheist nicht daran stoßen konnte. Es gab eine Lesung aus dem Prediger und einen kurzen Nachruf, vorgetragen von einem jüngeren Kollegen des Verstorbenen, der allein schon durch den Altersunterschied etwas Sieghaftes ausstrahlte. Edwin hatte diesen Mann ein-, zweimal im Büro gesehen und fühlte sich dadurch zusätzlich legitimiert. Schließlich war er stellvertretend für Norman, Letty und Marcia hier, und das war nur recht und billig so.

Beim Hinausgehen bemerkte Edwin, dass einige der Versammelten, statt durch das Portal ins Freie zu treten, durch eine halbgeöffnete Seitentür in eine Art Gemeindesaal schlüpften. Es waren beileibe nicht alle, was den Eindruck erweckte, dass es sich um einen Kreis von Privilegierten handelte, und Edwin sah bald, warum dies so war: Auf einem Tisch warteten Reihen von Gläsern mit einer Flüssigkeit darin, die wie Sherry aussah (dass es Whisky war, konnte er sich schwer vorstellen). Edwin mischte sich kurzerhand unter die Hineinschlüpfenden, und niemand stellte ihn zur Rede; groß, grau und gravitätisch, schien er jedes Recht darauf zu haben, hier zu sein.

Er nahm sich einen Sherry – es gab Medium und Trocken; Süß wurde offenbar nicht als dem Anlass angemessen empfunden – und schaute um sich, um ein paar Eindrücke zu sammeln, die er später im Büro zum Besten geben könnte. In erster Linie registrierte er das übliche Zubehör anglikanischen Kirchenlebens, das er aus so vielen anderen Räumen dieser Art kannte: Blumenvasen und Kerzenhalter, unordentliche Stapel zerfledderter Gesangbücher, in denen sicher auch Seiten fehlten, und ein verschnörkeltes Kruzifix, das vermutlich die Kirchendamen hierher verbannt hatten, weil es sich so schlecht putzen ließ. An einem Haken sah er ein gestärktes Synthetik-Chorhemd auf einem Reinigungsbügel, an einer Stange rote Soutanen und dazwischen ein paar alte, staubige schwarze. Aber so etwas würde Norman, Letty und Marcia kaum interessieren. Sie würden wissen wollen, was für Leute bei dem Gottesdienst gewesen waren und wie sie sich nun benahmen, was sie sagten und taten.

»Jetzt haben wir ihn doch halbwegs gebührend verabschiedet«, meinte ein älterer Mann neben Edwin. »Und dass wir hier einen Sherry auf ihn trinken, wäre bestimmt auch in seinem Sinne.« Er stellte sein leeres Glas ab und nahm sich ein neues.

»Das sagen die Leute immer«, entgegnete eine Frau, die zu ihnen getreten war. »Sehr praktisch gedacht – *wir* machen etwas, also muss es im Sinn des Verstorbenen sein. Aber Matthew hat sein Lebtag keine Kirche von innen gesehen, insofern könnte der Sherry das Einzige sein, was er gutheißen würde.«

»Er wird ja wohl getauft worden sein, und als Kind war er sicher auch manchmal in der Kirche«, wandte Edwin ein, aber die anderen ließen ihn einfach stehen, sodass er das Gefühl hatte, zu weit gegangen zu sein, nicht nur mit seiner Bemerkung, sondern durch seine bloße Gegenwart beim Gottesdienst. Dabei war er doch unleugbar ein Mitarbeiter der Firma, wenn auch ein unbedeutender, und damit genauso berechtigt wie alle anderen, einem Mann, den er nicht persönlich gekannt hatte, die letzte Ehre zu erweisen.

Er trank sein Glas leer und stellte es behutsam auf den Tisch zurück. Über den Tisch war ein weißes Tuch gebreitet, sah er, und er überlegte müßig, ob das eine liturgische Bedeutung hatte. Er entschied sich gegen ein zweites Glas, obwohl er sich leicht eins hätte nehmen können. Vielleicht war es ja doch unpassend. Und möglicherweise sprach es sich in der Firma herum – bei so etwas wusste man nie.

Die Frage war nun, was machte er mit dem Mittagessen? Im Büro wartete ein belegtes Brot auf ihn, aber er fühlte sich noch nicht bereit, zu den anderen zurückzukehren, also ging er in ein Café in der Southampton Row, wo er brütend in einer vorhangverhängten Nische saß und sich einen starken brasilianischen Kaffee zu Gemüte führte.

Ein Liebespaar saß ihm gegenüber, aber er hatte keine Augen für die beiden. Er dachte an sein eigenes Begräbnis – zu einem Gedenkgottesdienst würde es bei ihm sicherlich nicht reichen, aber zu einer anständigen Totenmesse doch allemal, mit orangefarbenen Kerzen und Weihrauch und allem Zeremoniell, das sonst dazugehörte. Ob Father G. ihn wohl überleben würde? Und welche Lieder würde er für ihn aussuchen? … Eine Uhr schlug zwei und erinnerte ihn daran, dass er sich langsam auf den Weg machen sollte.

Norman hob griesgrämig den Kopf, als Edwin zur Tür hereinkam. Irgendetwas war ganz offenkundig angefallen und an Norman »hängen geblieben«.

»So eine Arbeit hätte man auch gern – Gedenkgottesdienste um zwölf, von denen man erst drei Stunden später zurückkommt«, sagte er süffisant.

»Zwei Stunden und zwölf Minuten«, berichtigte Edwin nach einem Blick auf seine Uhr. »Sie hätten ja auch gehen können.«

»War es eine schöne Veranstaltung?«, fragte Letty. Ihr als Gelegenheitskirchgängerin schwebte vor, dass Gottesdienste dieser Art immer besonders schöne Veranstaltungen sein mussten.

»Ganz so würde ich es nicht ausdrücken«, sagte Edwin und hängte seinen Mantel an einen Haken.

Marcia, an der Edwin auf seinem Weg zum Schreibtisch vorbeimusste, fing einen Hauch von Kaffee vermischt mit Alkohol auf. »Was haben Sie denn gemacht?«, fragte sie, ohne jedoch mit einer Antwort zu rechnen.

12. Kapitel

Die Firma, für die Letty und Marcia arbeiteten, sah es als ihre Pflicht an, die beiden an ihrem letzten Tag mit einer Feier zu verabschieden. Auf eine Abendveranstaltung hatten sie als ungelernte, ältere Mitarbeiterinnen keinen Anspruch; ein mittägliches Zusammensein, das die übliche Nachmittagsschläfrigkeit verstärkte, würde es für sie bestens tun. Die Mittagszeit hatte überdies den Vorteil, dass nur halbtrockener zyprischer Sherry bereitgestellt werden musste, wohingegen der Abend nach Exotischerem, Teurerem verlangte, nach Wein und der gelegentlichen, sorgfältig versteckten Flasche Whisky oder Gin – »den harten Sachen«, wie Norman, der sich nur schwer mit ihrem Fehlen abfand, sie bitter nannte. Dazu kam, dass man mittags Sandwiches reichen konnte, wodurch sich die Mittagspause erübrigte, und wenn man aß, hatte man gleich etwas zu tun – auch das ein Plus bei einem solchen Anlass, fanden viele.

Das Rentenalter galt gemeinhin als eine ernste, respektheischende Angelegenheit; dennoch hatten weite Teile der Belegschaft nur unklarste Vorstellungen davon. Als Lebenslage wollte es studiert und vorbereitet sein – »erforscht«, wie man heutzutage sagte –, und in der Tat war es bereits Gegenstand eines Seminars gewesen, doch die dort erarbeiteten Erkenntnisse und Empfehlungen blieben ohne Wirkung auf das Ausscheiden von

Letty und Marcia, das so unumgänglich schien wie das Fallen der Blätter im Herbst, bei dem ebenfalls keine Vorbereitung nötig war. Falls die beiden Frauen befürchtet hatten, das Herannahen des Datums könnte Hinweise auf ihr Alter liefern, war dies eine unnötige Angst, denn sie waren so komplett jenseits von Gut und Böse, dass darüber längst niemand mehr spekulierte. Beide würden eine kleine Abfindung erhalten, aber ihre Grundbedürfnisse (die so groß nicht sein konnten) wurden vom Staat abgedeckt. Ältere Frauen brauchten nicht viel zu essen, Wärme war wichtiger als Nahrung, und Menschen wie Letty und Marcia hatten mit Sicherheit etwas zurückgelegt, privates Vermögen oder Erspartes, einen Notgroschen auf der Post oder bei einer Bausparkasse. Es war beruhigend, sich derlei vorzustellen, doch selbst wenn sie nichts in der Hinterhand hatten: Das soziale Netz war so viel engmaschiger geworden, zu hungern oder zu frieren brauchte da keiner. Und sollte der Staat wider Erwarten hinter seinen Pflichten zurückbleiben, so gab es immer noch die Medien – aufstachelnde Berichte im Fernsehen, verstörende Artikel in den Sonntagszeitungen, Farbbeilagen mit schrecklichen Bildern darin. Es bestand kein Grund, sich wegen Miss Crowe und Miss Ivory Sorgen zu machen.

Der stellvertretende Direktionsassistent, der gehalten war, ein paar Abschiedsworte zu sprechen, war sich nicht sicher, worin Miss Crowes und Miss Ivorys Arbeit für die Firma bestand oder bestanden hatte. Die Aktivitäten ihrer Abteilung schienen in Dunkel gehüllt – irgendetwas mit Akten oder Archiven anscheinend, Genaueres wusste niemand, aber es war eindeutig »Frauenarbeit«, die Art von Tätigkeit, die leicht einem Computer übertragen werden konnte. So oder so würde niemand sie ersetzen; die gesamte Abteilung wurde stufenweise abgebaut und nur noch so lange weitergeführt, bis die beiden Männer ebenfalls in Rente gingen. Doch mit einem raschen Glas Sherry zur Beflügelung ließ sich selbst aus diesem eher undankbaren Material etwas machen.

Der stellvertretende Direktionsassistent stellte sich in die Zimmermitte und ergriff das Wort.

»Der Clou an Miss Crowe und Miss Ivory, zu deren Ehren wir uns heute hier versammelt haben, ist, dass niemand genau weiß, oder jemals genau wusste, was sie tun«, behauptete er kühn. »Sie waren – sie sind – Menschen, die ihre Werke still und heimlich vollbringen, die sozusagen im Verborgenen Gutes tun. Gutes?, fragen Sie jetzt vielleicht. Ja, ich wiederhole es, Gutes, und das meine ich genau so, wie ich es sage. In diesen Zeiten industrieller Unruhen sind es Menschen wie Miss Ivory und Miss Crowe« – die Namen hatten ihre Reihenfolge vertauscht, aber sei's drum –, »die uns allen als leuchtendes Beispiel dienen. Sie werden uns sehr fehlen, so sehr, dass sich niemand findet, der sie ersetzen kann, aber wir wären die Letzten, die ihnen den Lohn eines wohlverdienten Ruhestandes vorenthalten wollten. Es ist mir eine große Freude, ihnen heute im Namen der Firma und der ganzen Belegschaft jeder ein kleines Zeichen unserer Wertschätzung ihrer so langjährigen wie aufopferungsvollen Dienste zu überreichen, mit dem unsere aufrichtigsten Wünsche für ihre Zukunft einhergehen.«

Letty und Marcia traten daraufhin vor und nahmen jeweils einen Umschlag mit einem Scheck und einer passend beschrifteten Karte entgegen, der Festredner erinnerte sich eines Lunchtermins und stahl sich davon, Gläser wurden aufgefüllt, und ein allgemeines Stimmgewirr brach los. Small Talk wollte gemacht sein und erwies sich als keine ganz einfache Sache, nachdem die naheliegenden Themen einmal abgegrast waren. Im Lauf der Zeit fanden sich die Gäste verstärkt in den gewohnten Gruppierungen zusammen, und es ergab sich ganz natürlich, dass Letty und Marcia bei Edwin und Norman zu stehen kamen und Letzterer einen Kommentar zu der Rede abgab und bemerkte, wenn das alles so stimmte, würden sie ihren Ruhestand ja wohl damit verbringen, der Automobilindustrie unter die Arme zu greifen.

Marcia war froh, bekannte Gesichter um sich zu sehen. Wenn sie auf andere Mitarbeiter traf, spürte sie jedes Mal sehr stark, dass sie inkomplett war, unvollkommen, brustlos, und sie hatte das Gefühl, alle merkten es ihr an. Gleichzeitig genoss sie es, von sich zu erzählen, die Sprache auf Krankenhäuser und Chirurgen zu bringen und mit gesenkter Stimme den Namen Mr Strongs zu erwähnen. Ja, vereinzelt sagte sie sogar mit einer gewissen Genugtuung »meine Mastektomie« – das Wort »Brust« mit all seinen Assoziationen war es, das sie aus der Bahn warf. Keine der Reden und Unterhaltungen rund um ihr Ausscheiden aus dem Beruf hatte irgendwelche Anspielungen auf Brust (»Stets währt die Hoffnung in des Menschen B.«) oder Busen (»das Widerhall in jedem B. weckt«) enthalten, wie es bei einer literarischeren Ansprache als der des stellvertretenden Direktionsassistenten leicht der Fall hätte sein können.

Natürlich war allgemein bekannt, dass Miss Ivory eine schwere Operation hinter sich hatte, aber das Kleid, das sie heute trug – aus leuchtendem hyazinthenblauem Courtelle-Jersey –, war mehrere Nummern zu groß für ihren mageren Körper, sodass von ihrer Figur kaum etwas zu erahnen war. Diejenigen unter den Anwesenden, die sie nicht kannten, waren fasziniert von ihrem skurrilen Äußeren, diesem gefärbten Haar und den riesigen, starr blickenden Augen, und ein Gespräch mit ihr hätte bestimmt Unterhaltungswert besessen, hätte jemand den Mut gehabt, sich ihr zu nähern. Aber diesen Mut brachte im entscheidenden Augenblick niemand auf. Alt, leicht verrückt und an der

Schwelle zum Ruhestand, das war eine prekäre Kombination; kein Wunder, dass die Leute einen Bogen um sie machten oder es bei den oberflächlichsten Bemerkungen beließen. Man mochte gar nicht darüber nachdenken, was sie ohne ihre Arbeit machen würde – die bloße Vorstellung hatte etwas Gruseliges.

Letty hinwiederum war geradezu anödend normal. Bei ihr stimmte alles, von dem hübschen grüngemusterten Jersey-Kostüm bis hin zu dem ordentlich frisierten mausfarbenen Haar. Ihre Einordnung stand fest: eine typisch englische alte Jungfer, die ihren Lebensabend in einem Häuschen auf dem Land verbringen würde, um sich dort zusammen mit anderen alten Jungfern für die Kirche zu engagieren, Veranstaltungen des Frauenfördervereins zu besuchen und ansonsten zu gärtnern und zu sticken. Die übrigen Gäste unterhielten sich mit ihr deshalb über all diese Dinge, und Letty war zu höflich und bescheiden, um ihnen zu sagen, dass es für sie kein Häuschen auf dem Land mehr gab, das sie mit einer Freundin teilen würde, sondern dass sie voraussichtlich für den Rest ihrer Tage in London bleiben würde. Sie wusste, dass sie kein sehr interessanter Mensch war; was sollte sie die jungen Leute mit solchen Details langweilen, wenn sie so nett zu ihr kamen und sich nach ihren Plänen erkundigten? Selbst Eulalia, das schwarze Lehrmädchen, hatte ein unerwartet strahlendes Lächeln für sie. Eine andere von den Jungen, mit einem Hals so fest, glatt und gerade wie eine Alabastersäule (unvorstellbar, dass sich so ein Mädchen mit profaner Büroarbeit wie Tippen oder Katalogisieren abgab), sagte munter, ab jetzt könne sie dann ja auch nachmittags fernsehen, und Letty machte sich klar, dass derlei ganz offensichtlich unter die Hauptfreuden des Ruhestands zu rechnen war. Wie hätte sie diesem freundlichen Mädchen gestehen sollen, dass sie nicht einmal einen Fernsehapparat besaß?

Früher oder später mussten alle wieder an die Arbeit, und zu guter Letzt kehrten auch Letty und Marcia mit Edwin und Norman zurück in ihr eigenes Büro.

Die beiden Männer wirkten hochzufrieden. Sie hatten schon etliche Abschiedsfeiern miterlebt, und anscheinend entsprach diese hier vollauf dem Standard, der sich daraus errechnete, wie oft der Sherry die Runde gemacht hatte.

»Sherry am Mittag ist natürlich nicht das Gelbe vom Ei«, sagte Norman, »aber besser als gar nichts. Er tut seine Wirkung.« Und er tat so, als würde er schwanken.

»Mir reichen zwei Gläser völlig«, sagte Letty, »und ich glaube, jemand muss mir heimlich nachgeschenkt haben, weil ich mich so ein bisschen …« Sie wusste selbst nicht recht, wie sie sich fühlte, sie konnte es nicht beschreiben; betrunken war sie sicherlich nicht, aber beschwipst oder angesäuselt klang entschieden zu würdelos für den Anlass.

Marcia, die nur ein kleines Glas Orangensaft zu sich genommen hatte, lächelte schmallippig.

»Na, wenigstens werden Sie in Ihrem Ruhestand kein Alkoholproblem haben«, zog Norman sie auf.

»Ich hasse das Zeug«, sagte sie vehement.

Letty dachte an die einsamen Abende, die ihr in Mrs Popes stillem Haus bevorstanden. Gut möglich, dass es schlauer war, keinen Sherry bei sich im Zimmer zu haben … Bisher war sie problemlos mit Mrs Pope ausgekommen, aber sie war natürlich den ganzen Tag außer Haus gewesen; wie würde es sein, wenn sie mehr Zeit dort verbrachte? Nein, eine Dauerlösung war das nicht. Den Rest seines Lebens in einem Nordwest-Londoner Vorort festsitzen, wer wollte das schon? Es gab keinen Grund, warum sie nicht ein Zimmer in einem Dorf irgendwo in der Nähe des Pfarrhauses mieten konnte, wo Marjorie mit ihrem

Mann wohnen würde – Marjorie hatte in ihrem letzten Brief angedeutet, dass ihr etwas in der Art sehr recht wäre; sie wolle den Kontakt nach all den Jahren nicht völlig abreißen lassen … Oder sie ging zurück in den Westen, wo sie geboren war. Das Leben war immer noch voll der Möglichkeiten, sagte sie sich pflichtbewusst; das war die Haltung, die für den Ruhestand empfohlen wurde.

Sie begann ihre Schreibtischschublade zu leeren und die Sachen sorgsam in ihre Einkaufstasche zu packen. Viel gab es für sie nicht auszuräumen: ein Paar leichte Slipper für die Tage, an denen sie die Schuhe wechseln musste, eine Schachtel Papiertaschentücher, Schreibbögen und Kuverts, eine Packung Verdauungstabletten. Marcia folgte Lettys Beispiel; unter leisem Gemurmel fing sie an, die Sachen aus ihrer Schublade in eine große Plastiktüte zu stopfen. Letty wusste, dass Marcias Schublade sehr voll war, auch wenn sie nie einen richtigen Blick ins Innere hatte tun können, sondern nur aus dem Augenwinkel allerlei herausquellende Dinge erspäht hatte, wenn Marcia sie öffnete. Von den Klapperlatschen hatte sie gewusst, Marcia war damit herumgestapft, als sie neu gekauft waren, aber es überraschte Letty, etliche Konservenbüchsen zum Vorschein kommen zu sehen – Fleisch, Bohnen und Suppen.

»Das ist ja eine richtige Schlemmerauswahl«, bemerkte Norman. »Wenn wir das geahnt hätten!«

Marcia lächelte, erwiderte aber nichts. Norman lässt sie diese frotzelnden Kommentare durchgehen, dachte Letty. Sie hatte sich zur Seite gedreht, um nicht alles zu sehen, was Marcia da zutage förderte. Es fühlte sich wie eine Verletzung von Marcias Privatsphäre an, besser, sie bekam nicht zu viel davon mit.

»Das wird merkwürdig sein ohne Sie beide«, äußerte Edwin unbeholfen. Nun da der Zeitpunkt gekommen war, wusste er nicht recht, was er sagen sollte. Keiner von ihnen wusste es. Mit dem üblichen »Also dann« oder »Gute Nacht« am Ende eines normalen Arbeitstages schien es bei dem jetzigen Anlass nicht getan. Vielleicht hätten sie den Frauen zum Abschied doch etwas schenken sollen – aber was? Er und Norman hatten darüber gesprochen, waren jedoch zu dem Schluss gekommen, dass es mehr Probleme schaffen als lösen würde. »Sie würden es nicht erwarten – es würde sie nur verlegen machen«, hatten sie gesagt. »Und es ist ja nicht so, als würden wir sie nie wiedersehen.« Das setzten sie einfachheitshalber voraus, wohlweislich ohne sich näher mit dem Wie und Wo zu befassen. Denn selbstverständlich würden sie sich alle wiedersehen, Letty und Marcia würden im Büro vorbeischauen, »sich einmal blicken lassen«. Oder sie trafen sich außerhalb des Büros – zum Mittagessen oder »etwas in der Art …«. Zwar war schwer vorstellbar, worin »etwas in der Art« bestehen sollte, dennoch ließ dieses unbestimmte Bild einer gemeinsamen Zukunft sie einigermaßen getrost ihrer getrennten Wege gehen.

13. Kapitel

»Sie gehen ja jetzt in Rente«, hatte Janice Brabner gesagt. »Haben Sie denn schon mal überlegt, was Sie dann machen?«

»Machen?« Marcia starrte sie verständnislos an. »Wie meinen Sie das?«

»Na ja …« Janice geriet kurz ins Stocken, ließ sich aber, wie sie hinterher berichtete, nicht von ihrem Kurs abbringen. »Sie werden ab jetzt ja recht viel Zeit haben. Zeit, die Sie bisher für die Arbeit aufgewendet haben.« Marcia hatte nie enthüllt, worin ihre Arbeit eigentlich bestand, aber Janice ging davon aus, dass es nichts sonderlich Spannendes sein konnte. Was für einen Beruf konnte jemand wie Marcia schon haben? Wenn sie sie bloß nicht auf diese irritierende Art anstarren würde, als wüsste sie beim besten Willen nicht, worauf Janice mit ihrer Frage abzielen könnte.

»Einer Frau mangelt es nie an Beschäftigung«, sagte Marcia schließlich. »Das ist nicht, wie wenn ein Mann in Rente geht, wissen Sie? Ich habe ein Haus, um das ich mich kümmern muss.«

»Natürlich, das stimmt.« Wenn sie's nur täte, dachte Janice. Aber war Marcia überhaupt in der Lage dazu? Körperlich schien sie der Hausarbeit durchaus gewachsen, ihr eine Haushaltshilfe zu organisieren, kam daher nicht infrage, selbst wenn eine aufzutreiben gewesen wäre, aber ein Haus in Schuss zu halten, setzte

119

eine bestimmte innere Einstellung voraus, und an der fehlte es Marcia ganz eindeutig. Bemerkte sie den Staub nicht, oder war er ihr schlichtweg egal? Möglicherweise brauchte sie eine neue Brille – vielleicht war da ein Hinweis angebracht? Janice seufzte, wie so oft, wenn sie über das Thema Marcia nachdachte. Vorerst blieb ihr wohl nichts anderes übrig, als sie im Blick zu behalten und immer mal wieder einen Kontrollbesuch bei ihr zu machen.

Am ersten Montagmorgen wurde Marcia um die übliche Zeit wach und begann schon halb, sich für die Arbeit fertig zu machen, als ihr klar wurde, dass heute der erste Tag ihres Ruhestands war. »Ich zähle die Tage«, hatte man damals gesagt, als die Rente noch in unendlich weiter Ferne zu liegen schien, ein Ereignis so unwahrscheinlich wie ein Gewinn beim Fußballtoto oder sechs Richtige im Lotto. Gut, aber jetzt war es so weit, das Ereignis war eingetreten. Einer Frau mangelt es nie an Beschäftigung.

Marcia nahm das Tablett für ihren Morgentee mit nach unten, die Tasse allerdings vergaß sie auf dem Frisiertisch, wo sie mehrere Tage stehen bleiben sollte, bis die Milchreste ausgeflockt waren. Da sie nicht ins Büro musste, vertauschte sie das Kleid, das sie schon angezogen hatte, gegen ihren alten Sonntagvormittagsrock und eine verknitterte Bluse, die gebügelt gehört hätte, aber es war ja niemand da, der sich daran hätte stören können, und durch ihre Körperwärme würden sich die Knitter bestimmt bald glätten. Unten an der Spüle wollte sie gerade beginnen, das Geschirr vom Vorabend abzuwaschen, als ihr Blick auf eine Plastiktüte fiel, die auf dem Küchentisch lag. Wo kam die plötzlich her? Und was war darin gewesen? So viele Dinge wurden heutzutage in Plastiktüten verpackt, dass es schwer war, den Überblick zu behalten. Das Wichtigste war, sie nicht achtlos wegzuwerfen; noch besser war es, man verwahrte sie sicher, denn sie war mit einem Warnhinweis versehen: »Von Kleinkindern und Säuglingen fernhalten: Erstickungsgefahr!« Menschen mittleren und fortgeschrittenen Alters hätten sie ruhig gleich mitnennen können, dachte Marcia, schließlich konnte auch die ein unbezähmbarer Drang packen, sich die Tüte über den Kopf zu ziehen. Also trug Marcia sie hinauf in das ehemalige Gästezimmer, jetzt ihr Sammelort für Dinge wie Pappschachteln, Packpapier und Paketschnüre, und stopfte sie in eine Schublade voll zahlloser anderer Plastiktüten, die hier gewissenhaft so aufbewahrt wurden, dass sie weder Kleinkinder noch Säuglinge bedrohten. Nicht, dass die Gefahr bestanden hätte; Kleinkinder waren schon viele Jahre nicht mehr ins Haus gekommen, Säuglinge vielleicht noch nie.

Marcia brauchte lange, um all die Sachen in dem Raum herauszuholen und neu zu ordnen. Sämtliche Plastiktüten mussten aus der Schublade genommen und nach ihren unterschiedlichen Formen und Größen sortiert, also sozusagen klassifiziert werden. Das hatte sie schon längst einmal vorgehabt, aber irgendwie hatte die Zeit nie dafür gereicht. Jetzt, am ersten Tag ihres Ruhestands, schien sich die Ewigkeit vor ihr zu erstrecken. Es amüsierte sie, an Janice Brabner zu denken, an diese affektierte, zickige Stimme, mit der sie gefragt hatte: »Haben Sie denn schon mal überlegt, was Sie dann machen?«

Als sie endlich fertig war, wäre es im Büro Mittagszeit gewesen, und Marcia überlegte kurz, was wohl Edwin und Norman gerade taten, aber natürlich würde es das Gleiche sein wie sonst auch, sie würden die Brotzeit essen, die sie sich mitgebracht hatten, Edwin etepetete wie immer, Norman mit einem Kaffee zum Abschluss – Marcia hatte ihm die große Gemeinschaftsbüchse dagelassen. Danach würde sich Edwin zu einer seiner Kirchen aufmachen, und Norman schlenderte vielleicht hinüber ins Britische Museum und setzte sich vor die Tiermumien. Oder er ging nur bis zur Bücherei, um in den Zeitungen zu blättern, und der Gedanke an die Bücherei erinnerte sie daran, dass sie nach wie vor nichts wegen der Milchflasche unternommen hatte, die Letty ihr untergeschoben hatte. Im schlimmsten Fall konnte sie sie immer noch in der Bücherei loswerden, oder in irgendeiner anderen Bücherei, denn in diese kam sie ja nun nicht mehr …

An ihr eigenes Mittagessen dachte Marcia nicht, und es wurde Abend, ehe sie etwas zu sich nahm, nur eine Tasse Tee allerdings und einen Brotrest, den sie in der Brotbüchse entdeckt hatte. Den grünlichen Schimmel, der über die Rinde wucherte, bemerkte sie gar nicht, aber sie war ohnehin nicht hungrig und aß nur das halbe Stück; die andere Hälfte legte sie zum späteren Verzehr zurück in die Büchse. Irgendwann würde sie natürlich auch einkaufen gehen, vielleicht morgen, heute jedenfalls nicht, obwohl der indische Laden um die Zeit noch offen hatte. Es wollte noch so viel an Kleinkram erledigt sein, und eine große Esserin war sie noch nie gewesen.

Letty hatte an ihrem ersten Morgen eigentlich ausschlafen wollen, aber sie wurde zur üblichen Zeit wach, früher sogar, weil Mrs Pope schon um sechs Uhr aufstand und im Haus herumrumorte, im Zweifelsfall, um den Namenstag irgendeines unbekannten Heiligen mit einem Gottesdienst in ihrer Kirche zu begehen. Vermutlich wäre sie sowieso aufgewacht, vierzig Jahre hinterließen nun einmal ihre Spuren. Und ältere Menschen wachen ja angeblich generell früher auf, dachte sie, sodass die Gewohnheit ihre Macht über sie vielleicht niemals verlieren würde.

»Was haben Sie in Ihrem Ruhestand denn *vor*?«, hatten etliche Leute von ihr wissen wollen, manche aufrichtig interessiert, andere mit einer Art makabrer Neugier. Und natürlich hatte sie die Standardantworten gegeben: wie angenehm es sein würde, nicht ins Büro zu müssen, Zeit für die Dinge zu haben, zu denen sie bisher nie gekommen war (was für »Dinge« das waren, blieb offen), und all die Bücher zu lesen, für die ihre Zeit nie gereicht hatte, *Middlemarch* und *Krieg und Frieden*, vielleicht sogar *Doktor Schiwago*. Im Prinzip hätte sie antworten können wie Marcia: »Einer Frau mangelt es nie an Beschäftigung« – das war das Wunderbare, wenn man eine Frau war. Die Männer waren es, die einem leidtun konnten, wenn sie in Rente gingen. In einem unterschied sie sich natürlich von Marcia, sie hatte kein Haus, um das sie sich kümmern musste, nur dieses Zimmer im Haus einer anderen Frau, das doch deutlich eingeschränkte Betätigungsmöglichkeiten bot. Umso besser die Gelegenheit, sich der ernsthaften Lektüre zu widmen, und das bedeutete einen Besuch in der Bücherei. Es würde ihr guttun, an diesem ersten Morgen aus dem Haus zu kommen, einen Weg zu haben und ein Ziel.

Als Letty schließlich hinunter in die Küche ging, um sich ihr Frühstück zu machen, war Mrs Pope aus der Kirche zurückgekehrt. Sie brachte eine Aura von Tatkraft und Tugendhaftigkeit mit sich. Es war kalt draußen, aber der Marsch hatte ihr gutgetan. Sie seien beim Frühgottesdienst nur zu dritt gewesen, zu fünft, wenn man den Priester und den Messdiener mitzählte. Letty wusste nicht recht, was sie dazu sagen sollte, denn sie hatte Edwin immer so verstanden, dass diese Frühgottesdienste heutzutage ganz aus der Mode waren und man stattdessen auf Abendmessen setzte. Immerhin lieferte der Gedanke an Edwin ihr einen Anknüpfungspunkt, und so fragte sie Mrs Pope nach seiner Verbindung zu ihrer Kirche.

»Ach, der ist kein festes Gemeindemitglied, er zeigt sich nur bei besonderen Anlässen.« Mrs Pope kratzte energisch an einer verbrannten Toastscheibe herum. »Wir sind ihm nicht hochkirchlich genug. Ihm fehlt der Weihrauch.«

»Der Weihrauch?«, wiederholte Letty ratlos.

»Den verträgt nicht jeder, verstehen Sie? Wenn Sie's irgendwie an den Bronchien haben … Ziehen Sie sich fürs Frühstück gar nicht an, Miss Crowe?«

Letty, die in ihrem guten Hauskleid aus blauer Wolle heruntergekommen war, fasste dies als die Kritik auf, als die es gemeint war. »Ich bin heute den ersten Tag in Rente«, erklärte sie, und es erschien ihr selbst eine höchst schwächliche Rechtfertigung.

»Nun, ich denke, Sie tun besser daran, sich nicht gehen zu lassen. Für so viele Menschen ist der Ruhestand Gift, das habe ich etliche Male beobachtet. Ein Mann, der einen verantwortungsvollen Posten bekleidet, geht in Rente, und schon …«

»Aber ich bin eine Frau, und mein Posten war kein bisschen verantwortungsvoll«, erinnerte Letty sie. »Und gleich nachher fahre ich in die Bücherei – ich habe jetzt endlich Zeit, mich ernsthafter Lektüre zu widmen.«

»Lektüre, na ja …« Der Plan überzeugte Mrs Pope sichtlich nicht, und das Gespräch, wenn es denn diese Bezeichnung verdient hatte, versiegte. Mrs Pope hatte vor dem Gottesdienst nichts gegessen und machte sich nun mit Appetit über ihren Speck und abgekratzten Toast her, und Letty zog sich mit einem gekochten Ei und zwei Scheiben Knäckebrot in ihr Zimmer zurück.

Später kleidete sie sich an, deutlich sorgfältiger als Marcia am ersten Tag ihrer Rente. Es schien eine gute Gelegenheit, das neue Tweedkostüm zu tragen, das fürs Büro eine Spur zu fein war, und mehr Zeit als sonst auf die Auswahl des dazu passenden Pullovers und Schals zu verwenden. Insofern unterschied sich ihr Tag von anderen Tagen, doch als es an den nächsten Schritt ging, wurde ihr klar, dass sie ja zu der Bücherei ums Eck ihres alten Büros fuhr, für die ihr Bibliotheksausweis galt, und dass der Weg dorthin der gleiche sein würde wie bisher auch immer. Aber jetzt, zwei Stunden später, war die U-Bahn weniger voll, und als sie an ihrer Station ausstieg, ließen sich die Leute, statt sich die Treppen hinaufzudrängen, gemächlich von der Rolltreppe tragen.

Um zur Bücherei zu gelangen, musste sie an ihrem Büro vorbeigehen, und natürlich sah sie an der gesichtslosen grauen Fassade hoch und fragte sich, was Edwin und Norman oben im dritten Stock wohl machten. Es fiel ihr nicht schwer, sie bei der Kaffeepause vor sich zu sehen. Wenigstens würde niemand auf ihrem und Marcias Platz sitzen und ihre Arbeit tun, denn sie sollten ja nicht ersetzt werden. Aber irgendwie schien ihr eine Existenz, für die es in der Gegenwart keine Rechtfertigung gab, auch in der Vergangenheit fraglich; ihr war, als hätte man Marcia und sie von der Bildfläche gefegt, als wären sie niemals gewesen. Mit diesem Gefühl der eigenen Nichtigkeit betrat sie die Bücherei. Der junge Mann mit der schulterlangen goldenen Mähne saß nach wie vor am Auskunftstresen – zumindest etwas, was Bestand hatte. Schon selbstbewusster steuerte sie die Soziologie-Sektion an, um dort mit ihrer ernsthaften Lektüre zu beginnen. Der Begriff »Gemeinschaftskunde« zog sie an, und nun wollte sie herausfinden, was sich dahinter verbarg.

»Was wohl die Mädels gerade machen?«, sagte Norman.

»Die Mädels?« Edwin wusste natürlich genau, wen er meinte, aber er wäre nie darauf gekommen, von Letty und Marcia als »den Mädels« zu sprechen oder auch nur zu denken.

»Gemütlich ausschlafen, dann Frühstück im Bett, kleines Gabelfrühstück in der Stadt, danach ein Ladenbummel – Mittagessen bei Dickins & Jones, oder vielleicht auch bei D.H. Evans. Dann heim, bevor der Berufsverkehr losgeht, und dann …« Hier versagte Normans Fantasie, und Edwin vermochte die Lücken auch nicht zu füllen.

»Zu Letty passt das«, sagte er, »aber Marcia – nein.«

»Stimmt, so ein Ladenbummel wäre nichts für sie«, räumte Norman ein. »Das war immer nur Letty, die in der Mittagspause in die Oxford Street gefahren ist – und wenn der Bus noch so lange nicht kam.«

»Ja, wir haben ein paarmal zusammen angestanden, wenn ich zu All Saints in der Margaret Street wollte.«

»Aber zum Mitgehen haben Sie sie nie gekriegt«, sagte Norman spöttisch.

Darauf wurde Edwin verlegen, fast so, als hätte er es tatsächlich einmal versucht, aber Norman strapazierte das Thema nicht weiter. »Schon seltsam ohne die zwei«, sagte er.

»Vielleicht schauen sie ja mal vorbei«, meinte Edwin.

»Ja, versprochen haben sie es.«

»So richtig vorstellen kann ich es mir ja nicht – sie müssten im Lift hochfahren, oder? Und das ist einfach nicht dasselbe.«

»Tja, wenn wir im Erdgeschoss säßen und durchs Fenster zu sehen wären …«, sagte Norman beinahe wehmütig.

»Wenigstens haben wir jetzt mehr Platz.« Edwin begann sein Mittagessen auf Lettys ehemaligem Tisch auszupacken, breitete Brotscheiben aus, eine Dose Margarine mit mehrfach ungesättigten Fettsäuren, Käse und Tomaten. Als er die Tüte mit den Geleepüppchen herauszog, stand ihm jäh und lebhaft das Bild Lettys vor Augen, aber warum gerade jetzt, und mit solcher Intensität auch noch, blieb ihm unverständlich. An den Geleepüppchen konnte es ja wohl kaum liegen.

Der Tag war lang gewesen und auf eigenartige Weise anstrengend, so anstrengend wie ein Arbeitstag, empfand Letty. Vielleicht lag es an dem frühen Aufwachen und dem ungewohnt langen Abend, dieser Zeitspanne zwischen Tee und Abendessen, die es ihr bislang so nicht gegeben zu haben schien. Sie hatte pflichtschuldig versucht, eines der Bücher zu beginnen, die sie aus der Bücherei mitgebracht hatte, aber sie hatte sich schwergetan mit dem Lesen. Ernsthafte Lektüre war offenbar etwas, das gelernt sein wollte, und vielleicht sollte sie sich lieber am Morgen daransetzen, wenn sie ausgeruht war.

Marcias Tag war wie im Flug vergangen, wobei Geschwindigkeit keine bewusste Größe in ihrem Leben war. Sie hatte gar nicht gemerkt, wie die Zeit verflog, und wunderte sich, wie bald es dunkel wurde. Ihre größte Sorge war, dass die naseweise Sozialarbeiterin sie heimsuchen könnte, darum knipste sie kein Licht in der Küche an, sondern saß im Dunkeln und ließ das Gebrabbel und Gelärme von Radio I nur ganz leise laufen. Der erste Tag ihres Ruhestands blieb in ihrem Gedächtnis nicht haften.

14. Kapitel

Letty arbeitete schon eine Woche nicht mehr und hatte bereits ihren ersten Rentenscheck eingelöst, ehe sie sich eingestand, dass ihr die Soziologie nicht die erhoffte Erfüllung brachte. Vielleicht hatte sie die falschen Bücher ausgesucht, denn dass »Gemeinschaftskunde« so uninteressant war, konnte doch eigentlich nicht sein. In ihrer Vorstellung hatte sie in ihren Studien geschwelgt, völlig mesmerisiert – gut, ein klein wenig extravagant war diese Wortwahl vielleicht für das, was sie sich vorgestellt hatte –, statt gelähmt vor Langeweile und verwirrt und angeödet von unverständlichem Fachjargon alle paar Minuten auf die Uhr zu schauen, ob es nicht langsam Zeit für eine Tasse Kaffee wurde. Es musste daran liegen, dass sie zu alt war, um noch etwas Neues zu lernen. Ihr Hirn war verkümmert. Hatte sie überhaupt je ein Hirn besessen? Wenn sie an ihr bisheriges Leben zurückdachte, fiel ihr kaum etwas ein, das wirklichen geistigen Einsatz erfordert hätte. Offenkundig war sie für akademische Arbeit nicht gemacht, dabei belegten doch Menschen, die noch viel älter als sie waren, Kurse an der Fernuniversität. Mrs Pope kannte eine über Siebzigjährige, die schon im zweiten Studienjahr war. Aber Mrs Pope kannte in jedweder Lebenslage jemanden, der irgendetwas vorbildlich machte, und im Lauf der Zeit ertappte Letty sich dabei, dass sie ihr aus dem Weg ging und sich ihre Mahlzeiten lieber dann kochte, wenn sie davon ausgehen konnte, ihr nicht zu begegnen. Sie kauerte in ihrem Zimmer, lauschte auf Küchengeräusche, versuchte Kochgerüche auszumachen, wobei dies oft schwierig war, denn Mrs Pope briet sich allenfalls ein paar Scheiben Speck. Es kam vor, dass Letty sich ein zweites Glas Sherry eingoss, während sie darauf wartete, dass die Küche frei würde. Aber sie hielt sich nach wie vor an ihre Regeln: Man trank keinen Sherry, bevor es nicht Abend war, genauso wenig, wie man vormittags Romane las – dies Letzte das Diktum einer alten Schulleiterin, dem sie seit über vierzig Jahren getreulich anhing.

Als der Rückgabetermin für die Soziologiebücher herankam, gab Letty sie schuldbewusst und unzufrieden wieder ab. Aber es wurde von einem erwartet, dass man seinen Ruhestand genoss, wenigstens in den ersten Wochen. Treten Sie kürzer, nehmen Sie sich Zeit für all das, was Sie schon immer gern machen wollten, hatten die Leute zu ihr gesagt. Warum sollte sie also nicht einfach lesen, Radio hören, stricken und über ihre Kleider nachdenken? Sie fragte sich, womit Marcia wohl ihre Zeit verbrachte, wie es ihr erging. Ein Jammer, dass sie kein Telefon hatte, damit wäre es so viel einfacher, einmal einen Schwatz zu halten oder sich zu verabreden.

»Sie könnten reisen«, hatten die Leute vorgeschlagen, und da hatten sie natürlich recht. Doch auch das war eine schwierige Vorstellung: Sie allein auf einer Pauschalreise, nun da Marjorie mit David Lydell beschäftigt war. Bei einer Hörersprechstunde im Radio erkundigte sich jemand nach Urlauben für Alleinstehende, und die Antwort ließ vor Lettys innerem Auge das Bild einer großen Menge sympathischer mittelalter und älterer Menschen beiderlei Geschlechts mit lauter gemeinsamen Interessen erstehen – Botanik, Archäologie und »Wein« (keine einsamen Trinker also). Letzten Ende verließ sie der Mut jedoch, und wie Norman mit seinen Träumen vom Schatztauchen in Griechenland kam sie über das Studium der Prospekte nicht hinaus. Ihre Reiseambitionen erschöpften sich in einem Wochenendbesuch bei einer entfernten Cousine in dem Städtchen, in dem sie geboren war.

Die Cousine, eine Frau etwa in ihrem Alter, nahm sie sehr freundlich auf; abends saßen sie friedlich beisammen und strickten. Letty hatte sich seit vielen Jahren damit abgefunden, keinen Mann in ihrem Leben und, infolgedessen, auch keine Kinder zu haben. Die Cousine war selbst verwitwet und weckte in Letty darum keine Unzulänglichkeitsgefühle. Dennoch war es dieser Aufenthalt, der ihr eine ganz neue Dimension ihres Versagens bewusst machte. Bisher war ihr der Gedanke nie gekommen, aber als sie nun im Fotoalbum der Cousine blätterte, wurde es ihr erbarmungslos klar: Sie hatte keine Enkelkinder! Das war das Problem! Wie hätte sie so etwas vor all den Jahren ahnen sollen?

Nach ihrer Rückkehr überlegte sie erneut, ob sie sich nicht bei Marcia melden sollte. Sie würde ihr ein Briefchen schicken, beschloss sie, und ihr vorschlagen, sich zu einem Mittagessen oder zum Tee in der Stadt zu treffen. Um Ruhestandserfahrungen zu vergleichen, war es vielleicht noch ein wenig früh, aber zumindest könnten sie über die alten Zeiten im Büro plaudern.

Janice wartete einige Wochen, bevor sie wieder bei Marcia vorbeischaute – sie wollte ihr Zeit lassen, sich an ihren Ruhestand zu gewöhnen, in einen neuen Rhythmus zu finden. Bestimmt vermisste sie die Geselligkeit im Büro – das war etwas, das viele von »ihnen«, den Rentnern, erwähnten – und auch die Struktur, die selbst eine langweilige Arbeit den Tagen verleiht. Aber wie

Marcia selbst gesagt hatte, einer Frau mangelt es nie an Beschäftigung, und sie hatte ja das Haus, um das sie sich kümmern musste. Sie hatte auch einen Garten, und der hätte ein wenig Pflege dringend gebraucht, dachte Janice bei sich, während sie vor der Haustür stand und die verstaubten Lorbeerbüsche betrachtete, deren wildwucherndes Laub das große Erdgeschossfenster fast völlig verdeckte.

Als Marcia widerwillig aufmachte und sie hereinließ, erschrak Janice richtiggehend über ihr verändertes Aussehen. Sie brauchte ein paar Sekunden, um zu begreifen, woran es lag. Seit sie nicht mehr zur Arbeit ging, hatte sich Marcia auch nicht die Mühe gemacht, ihre Haarwurzeln nachzufärben, die sich jetzt schneeweiß von dem steifen Dunkelbraun des Rests abhoben. Vielleicht ließ sie die Farbe ja ganz bewusst herauswachsen, um irgendwann so zarte weiße Löckchen zu haben wie die meisten von Janice' Schützlingen, obwohl einen das bei Marcia gewundert hätte. Aber den gefärbten Teil sollte sie unbedingt abschneiden lassen und den weißen als adrette Kurzhaarfrisur tragen, wie das so viele ältere Damen machten. Janice überlegte, wie sie am taktvollsten durchblicken lassen konnte, dass es mehrere Frisiersalons ganz in der Nähe gab, die Rabatte für Senioren anboten. Doch war Takt nicht eigentlich verkehrt? Bei Leuten wie Marcia musste man direkt sein, und besser jetzt gleich als später.

»Sie wissen aber schon, dass Sie im Salon Marietta einen Vorzugspreis bekommen, wenn Sie montags oder dienstags zwischen neun und zwölf hingehen?«, fragte sie mit ihrer allerfreundlichsten Stimme. So viele von ihnen wissen nicht, worauf sie alles Anspruch hätten, wie viele Leute sich förmlich *überschlagen*, um ihnen zu helfen, lautete das ständige Lamento der Sozialarbeiter.

»Ich habe eine Broschüre aus der Stadtbücherei, wo alle solche Sachen drinstehen«, sagte Marcia ungnädig, und Janice musste einsehen, dass sie wieder einmal abgeblitzt war.

»Denken Sie dran, Sie können jederzeit im Nachbarschaftszentrum vorbeikommen«, sagte sie, schon halb im Gehen. »Zu uns kommen sehr viele Rentner, und es tut ihnen gut, sich mit anderen austauschen zu können, die im selben Boot sitzen wie sie.« Das war vielleicht nicht das glücklichste Bild, es hatte fast etwas Komisches, die Vorstellung all dieser Rentner zusammen in einem Boot. Wobei man manchmal schon Lust bekommen konnte, sie alle miteinander irgendwohin zu verfrachten. Tony, Janice' Mann, machte Witze darüber, aber Altwerden war nicht lustig, das sagte sich Janice immer wieder. Wenn die Idee mit dem Boot Marcia wenigstens ein Lächeln entlockt hätte. Aber sie hatte ja nicht einmal auf die Einladung ins Nachbarschaftszentrum reagiert. Janice seufzte.

Marcia sah ihr nach, als sie in ihr Auto stieg und wegfuhr. Keinen Schritt können sie zu Fuß gehen, diese jungen Leute von heute, dachte sie. Und was sollte das mit dem Friseur? Janice' eigenes Haar hatte Strähnen in lauter verschiedenen Farben, da musste sie grade reden! Marcia hielt nichts von Friseuren, sie war seit Jahren bei keinem mehr gewesen. Nicht wie Letty, die jede Woche ging. Die nutzte die Seniorenrabatte mit Sicherheit aus … Marcia stand in ihrer Diele und spürte, wie sie beim Gedanken an Letty Unbehagen überkam. Daran war hauptsächlich die Geschichte mit der Milchflasche schuld, aber nicht allein. Letty hatte ihr eine Karte geschickt und gefragt, ob sie sich vielleicht einmal treffen wollten – als ob Marcia daran irgendein Interesse hätte! Wer konnte wissen, was Letty ihr diesmal unterzujubeln versuchte. Na, da konnte sie lange warten!

Mit irgendeiner Reaktion von Marcias Seite hatte Letty zwar gerechnet, aber als nichts kam, wunderte sie das auch nicht groß. Andere Menschen wurden einem schnell fremd, und der Alltag im Büro, wo sie ohnehin nie ein enges Verhältnis gehabt hatten, schien auch ihr endlos weit weg. Stattdessen – nicht, dass das vergleichbar gewesen wäre – erhielt sie einen Brief von Marjorie, in dem diese ankündigte, dass sie zum Einkaufen nach London kommen würde, und Letty zu einem gemeinsamen Mittagessen bestellte.

Sie trafen sich im Restaurant eines Geschäfts in der Oxford Street, fast so, wie es sich Norman für Lettys ersten Tag in Rente ausgemalt hatte. Marjorie, so erfuhr Letty, war nach London gereist, um Kleider für ihren Trousseau zu kaufen, was Letty nicht nur ungemein altmodisch vorkam, sondern auch reichlich unpassend für eine Frau über sechzig. Aber Marjorie war natürlich schon immer eine Romantikerin gewesen, die noch den unergiebigsten Umständen das Maximum abzugewinnen verstand. Und selbst Marcia, erinnerte sich Letty, hatte ja ein »Tendre« für den Chirurgen, der sie operiert hatte, wodurch ein Termin im Krankenhaus zum großen Ereignis wurde. Nur Lettys Leben, so schien es, war bar jeder Romantik, und Marjories Hochzeit etwas, das für sie jenseits des Vorstellbaren lag. Auch wenn sie ihre Enttäuschung über die Zerschlagung ihrer Ruhestandspläne inzwischen verwunden hatte – Marjories Enthusiasmus zu teilen war ihr unmöglich. Aber sie konnte sie in der Kleiderfrage beraten, und das war vielleicht auch etwas wert.

»Ich werde ein Kleid aus blauem Krepp tragen«, sagte Marjorie, »und ich dachte an ein Hütchen aus dem gleichen Stoff.«

»Vielleicht nimmst du lieber einen großen Hut«, meinte Letty. Bei Frauen ihres Alters schadeten ein paar kleidsame Schatten im Gesicht nie, dachte sie.

»Ach, findest du? Stimmt, es ist ja nicht wie bei einer Königshochzeit, die Leute erwarten nicht zwingend, das Gesicht der Braut zu sehen – oder wollen es vielleicht auch gar nicht.« Marjorie lachte. »Und es werden ja eh keine großen Menschenmassen da sein, es wird eine sehr stille Angelegenheit.«

»Das denke ich mir.« Das waren die Hochzeiten älterer Paare meistens.

»Es macht dir doch nichts aus, oder, Letty?«

»Was denn?« Die Frage verwirrte Letty.

»Dass ich dich nicht bitte, meine Brautjungfer zu sein.«

»Natürlich nicht. Darauf wäre ich nie gekommen.« Alte Frauen als Braut und Brautjungfer, die Idee schien ihr hochgradig unziemlich; dass Marjorie überhaupt daran dachte, verblüffte sie. Außerdem war Letty ja schon bei Marjories erster Hochzeit Brautjungfer gewesen. Sie fragte sich, ob Marjorie das am Ende vergessen hatte, war aber zu taktvoll, sie daran zu erinnern.

»Und Gäste werden wir auch keine haben, nur meinen Bruder, der mich übergibt, und einen Freund von David, der auch Priester ist, als Davids Trauzeugen.«

»Hat er gar keine Verwandten?«

»Nur seine Mutter. Er ist Einzelkind.«

»Und seine Mutter kommt auch nicht zur Hochzeit?«

Marjorie lächelte. »Sie wird neunzig, da wäre das etwas viel verlangt. Sie lebt in einer Glaubensgemeinschaft. Die Nonnen haben sie bei sich aufgenommen.«

»Als Altenteil? Das ist ja schlau.« Letty sah nun, dass die Frömmigkeit auch unerwartete Vorteile mit sich bringen konnte. Vielleicht hatte Mrs Pope ja ebenfalls dafür gesorgt, dass die Nonnen sie eines Tages zu sich nahmen?

»Und wie geht es dir, liebe Letty?«, wollte Marjorie wissen, als eine Pause im Gespräch eintrat. »Dir gefällt es an deiner neuen Adresse – in diesem Zimmer in … NW6 Hampstead war das, oder?«

»Eher West-Hampstead«, stellte Letty richtig. Hätte sie mit Hampstead aufwarten können, hätte sie das ganz offen gesagt.

»Ich glaube ja nach wie vor, bei uns in Holmhurst wärst du besser aufgehoben. Ich könnte dich immer noch auf die Liste setzen lassen, weißt du. Irgendwann demnächst wird sicher wieder ein Platz frei.«

»Ja, das hast du gesagt. Jemand könnte sterben. Aber da ist doch bestimmt schon wer nachgerückt?«

»Natürlich, aber es stirbt sicher bald noch jemand – eigentlich ständig«, versicherte Marjorie wohlgemut.

Sie tranken ihren Kaffee, und Letty sagte, fürs Erste würde sie lieber bleiben, wo sie war.

»Ja, es hört sich nach einer hervorragenden Lösung an«, schwenkte Marjorie um. »Mrs Pope muss eine großartige Frau sein.«

»Sie ist wirklich fabelhaft beieinander für ihr Alter«, wiederholte Letty das allgemeine Urteil über Mrs Pope. »Sie engagiert sich sehr in der Gemeinde. Das musst du wahrscheinlich auch, wenn du erst verheiratet bist.«

»Oh, darauf freue ich mich schon. Anderen Menschen *helfen* zu können, meinst du nicht auch, dass das der höchste Zweck im Leben ist, das, was jede Frau …« Marjorie zögerte – aus Taktgefühl, machte Letty sich klar, weil ihre eigene Position als Gefährtin und Gehilfin eines Mannes so beneidenswert war, verglichen mit Lettys nutzlosem Rentnerinnendasein.

»Ich denke manchmal, ich sollte mir eine neue Arbeit suchen«, sagte sie. »Vielleicht Teilzeit.«

»Ach, da würde ich an deiner Stelle nichts überstürzen«, war die rasche Antwort Marjories, die sichtlich ungern von dem wohligen Gefühl lassen wollte, eine Freundin zu haben, die unnützer war als sie. »Genieße deine Freizeit und die vielen Dinge, zu denen du jetzt endlich einmal kommst. Ich wünsche mir so oft, ich hätte Zeit für etwas mehr ernsthafte Lektüre.«

Letty dachte an ihre Soziologiebücher, die in die Bücherei zurückgewandert waren, aber Marjorie war schon beim nächsten Thema, den warmen Pantoffeln, die sie ihrem Gatten in spe kaufen wollte. Ob sie es bei Austin Reed versuchen sollten? Während sie zusammen zum Ausgang gingen, betrachtete Letty die füllige Gestalt ihrer Freundin und fragte sich, wo in all den Jahren sie, Letty, falsch abgebogen war.

15. Kapitel

»Mir geht's gar nicht ums Geld«, beteuerte Norman. »Wenn jemand unseren alten Damen ein Mittagessen gönnt, dann ich.«

Dann waren Letty und Marcia von »den Mädels« also schon zu »unseren alten Damen« avanciert, vermerkte Edwin bei sich. Eins schien so unpassend wie das andere, aber da er keinen besseren Vorschlag hatte, verzichtete er auf einen Kommentar. »Wir hatten schließlich ausgemacht, dass wir in Verbindung bleiben«, erinnerte er Norman, »und sie sind jetzt schon eine ganze Weile weg.«

»Ja, inzwischen müssten sie sich umgewöhnt haben – für so was muss man den Leuten Zeit lassen. Wir könnten natürlich unsere Gutscheine hernehmen. Wenn wir ins Rendezvous gingen, meine ich.«

»Gutscheine? Meinen Sie wirklich? Das wäre aber nicht sehr …« Edwin zögerte.

»Nicht sehr nobel? Sie denken doch nicht, dass das eine *noble* Veranstaltung sein wird?« Normans Ton triefte vor Sarkasmus. »Genau das habe ich ja gemeint – einfach die ganze Idee, nicht das Geld. Ich bin der Letzte, der nicht fünfzig Pence für ein Essen für die zwei springen lässt.«

»Ein bisschen mehr müssten Sie schon springen lassen, fürchte ich«, sagte Edwin. »Aber ein paar Gutscheine könnten wir natürlich trotzdem einsetzen. Ich habe ziemlich viele angespart, und wer sagt, dass sie es mitbekommen müssen. Im Rendezvous zahlt man ja an der Kasse, das heißt, einer von uns könnte das Geschäftliche regeln, ohne dass sie es sehen.«

»Es wird eine komische Situation sein«, fuhr Norman fort. »Wir waren noch nie zusammen im Restaurant. Stellen Sie es sich nur vor, wir alle vier um einen Tisch!«

»Sie wollen aber nicht sagen, dass wir belegte Brote im Büro essen sollen? Da würden sie sich schön bedanken.«

»Aber worüber sollen wir denn reden, wenn wir sie erst mal gefragt haben, wie es ihnen geht und so weiter?«

»Da fällt uns schon etwas ein.« Edwin behauptete dies mit mehr Zuversicht, als er empfand, obwohl er doch so viele zähe Kirchenveranstaltungen mitgemacht hatte, dass ein Mittagessen mit zwei ehemaligen Kolleginnen eine leichte Übung für ihn hätte sein müssen. Letty und Marcia einzuladen, war seine Idee gewesen. Das schlechte Gewissen hatte ihm keine Ruhe gelassen, und so hatte er ihnen schließlich geschrieben (während der Bürozeit natürlich, denn es zählte ja wirklich als »Arbeit«) und die Einladung ausgesprochen. Letty hatte sogleich zurückgeschrieben, dass sie sich schon sehr auf das Wiedersehen freue. Marcias Antwort hatte länger gebraucht, und ihre Zusage war in einem Ton gehalten, als erwiese sie ihnen eine Gnade, da sie so unglaublich viel zu tun habe. Edwin und Norman fragten sich, was sie wohl machte, dass sie derart beschäftigt war. Vielleicht hatte sie eine neue Arbeit angenommen; nicht, dass das sehr wahrscheinlich schien.

»Bald werden wir mehr wissen«, sagte Edwin, als der Zeitpunkt näher rückte. Durch Mrs Pope hatte er in der Kirche erfahren (er war zu ihrem Kirchweihfest dort gewesen), dass Letty die Umstellung gut verkraftet zu haben schien, nur habe sie einen Hang dazu, »für sich zu bleiben« – als wäre das etwas Tadelnswertes. Von Marcia hatte seit ihrem Renteneintritt niemand etwas gehört, auch wenn Edwin gelegentlich an ihrer Straße vorbeikam und mehr als einmal mit dem Gedanken gespielt hatte, spontan bei ihr zu klingeln. Aber etwas – was, wusste er selbst nicht recht – hatte ihn jedes Mal davon abgehalten. Immer wieder kam ihm mahnend das Gleichnis vom barmherzigen Samariter in den Sinn, auch wenn das natürlich vollkommen abwegig war. Es konnte ja wohl keine Rede davon sein, dass er »vorüberging«, da er gar nicht in die Nähe ihres Hauses kam, und nach allem, was sie wussten, war Marcia glücklich und zufrieden. Selbstredend wussten sie nichts dergleichen, aber aus irgendeinem unklaren Grund empfand er, dass es, wenn schon, Normans Aufgabe gewesen wäre, den Kontakt aufrechtzuerhalten.

Es war ausgemacht, dass Letty und Marcia zu ihnen ins Büro kommen sollten; von dort würde man gemeinsam zum Essen aufbrechen. Letty kam als Erste, in ihrem besten Tweedkostüm, ein Paar neue Handschuhe in der Hand. »Ist das angenehm, keine Einkaufstasche mit sich herumschleppen zu müssen«, sagte sie und sah sich um. Edwin und Norman schienen ihr dieselben wie immer, aber im Raum hatte sich einiges verändert.

»Sie haben sich ein bisschen ausgebreitet, wie ich sehe«, sagte sie, denn die Männer beanspruchten nun den gesamten Platz, den sie sich früher zu viert geteilt hatten. Wieder überkam sie machtvoll dieses Gefühl der eigenen Nichtigkeit: Marcia und sie waren ausrangiert worden, als hätte es sie nie gegeben. Sie ließ den Blick durch den Raum wandern, bis er an einer Grünlilie hängen blieb, die sie irgendwann gekauft und bei ihrem Auszug nicht mitgenommen hatte. Sie war gut gediehen, hatte ein Netz zahlloser kleiner Ableger gebildet, die jetzt bis über die Heizung herabhingen. Lag darin ein verborgener Sinn, der Beweis, dass sie doch einmal existiert hatte, dass eine Erinnerung an sie fortdauerte? Die Natur würde immer bestehen, egal, was mit den Menschen geschah, zumindest darauf war Verlass.

»Ja, sie hat sich sehr gut gemacht, diese Pflanze«, sagte Edwin. »Ich gieße sie jede Woche.«

»Da haben Sie uns ein Stück von sich dagelassen«, sagte Norman gesprächig, doch wie in stummer Übereinkunft ließen sie das Thema damit fallen, als fürchteten sie alle, zu tief zu schürfen. »Marcia weiß, welche Uhrzeit wir vereinbart hatten?«, fragte Norman scharf. »Wenn wir einen guten Tisch haben wollen, sollten wir pünktlich sein.«

»Ja, ich hatte halb eins gesagt, und das muss es gleich sein«, sagte Edwin. »Ist da jemand an der Tür?«

Es war Marcia, und sie sah so sonderbar aus, dass ihr Auftritt einiges Aufsehen erregte.

Als sie Edwins Einladung erhalten hatte, war ihr erster Gedanke gewesen, dass es überhaupt nicht infrage kam – sie hatte schlicht nicht die Zeit für ein Mittagessen in der Stadt. Dann fiel ihr ein, dass es eine einmalige Gelegenheit sein würde, die untergeschobene Milchflasche wieder an Letty loszuwerden, also wickelte sie sie in eine Plastiktüte und packte sie in ihre Einkaufstasche. Anders als Letty hatte sie eine Tasche dabei, da sie noch zu Sainsbury's wollte, um ihre Konservenvorräte aufzustocken.

Die anderen starrten ein paar bestürzte Sekunden auf die Erscheinung vor ihnen. Marcia war dünner denn je, ihr heller Sommermantel schlackerte an ihrem ausgezehrten Körper. An den Füßen trug sie alte pelzgefütterte Schaflederstiefel über einer mehrfach geflickten Strumpfhose und auf dem Kopf einen ungehörig kessen Strohhut, unter dem ihr seltsam geschecktes Haar in verfilzten Strähnen heraushing.

Edwin, der kein scharfer Beobachter war, registrierte das merkwürdige Sammelsurium von Kleidern, das sie trug, bemerkte aber sonst keinen großen Unterschied zu vorher. Norman dachte: Armes altes Ding, jetzt schnappt sie endgültig über. Letty als modebewusste Frau war entsetzt; dass ein Mensch an einen Punkt gelangte, an dem er so wenig auf sich achtete, dass er gar nicht mehr wahrnahm, wie er aussah, verursachte ihr ein tiefes Unbehagen, ja, fast schon Gewissensbisse, als hätte sie sich jetzt, im Ruhestand, mehr um Marcia kümmern sollen. Aber sie hatte ihr ja geschrieben, ihr ein Treffen vorgeschlagen, und Marcia hatte nicht einmal geantwortet … Und nun musste sie sich auch noch für sich selbst schämen, weil ihr die Vorstellung, mit Marcia im Restaurant zu sitzen, peinlich war.

Zum Glück war im Rendezvous wenig los, und sie bekamen einen Tisch in einer abgeschirmten Ecke.

»Jetzt macht dieses Lokal seinem Namen endlich mal Ehre«, begann Norman im Plauderton, während sie die Speisekarte studierten. »Es dient als Treffpunkt für …« Er mochte nicht »Freunde« sagen, denn richtige Freunde waren sie ja nicht, und »Kollegen« klang zu förmlich und ein bisschen lächerlich.

»Als Treffpunkt für Menschen, die sich länger nicht mehr gesehen haben«, vollendete Letty, und die Männer waren ihr dankbar; dabei hatte sie das früher, als sie allein hier Mittag zu machen pflegte, keineswegs so gesehen. Für sie war es immer ein Lokal der einsamen Esser gewesen.

»Also, was wollen wir bestellen?« Edwin sah Marcia an, die ihm eine Mahlzeit, oder überhaupt Nahrung, musste man fast schon sagen, am dringendsten nötig zu haben schien.

»Sie sehen aus, als könnten Sie eine anständige Portion vertragen«, ergänzte Norman ungeschminkt. »Wie wär's mit einer Suppe vorweg, und dann Braten oder Hühnchen?«

»Für mich nur einen Salat«, sagte Marcia. »Ich esse mittags nie schwer.«

»Na, ich glaube, für uns andere muss es schon ein bisschen mehr sein«, sagte Edwin zupackend.

»Ja, für Salate ist es nicht ganz das richtige Wetter«, stimmte Letty ihm zu.

»Ich hätte ja eher Sie als Salatliebhaberin eingestuft«, sagte Norman zu ihr. »Sie haben ein bisschen zugelegt, kann das sein?« Er fragte es spaßend, aber Letty hörte einen boshaften Unterton heraus. Er hatte auf jeden Fall recht, denn seit sie nicht mehr arbeitete, war das Essen zu einem Hauptinteresse und -vergnügen für sie geworden. »Manche alten Leute bewahren sich ihren Appetit ja«, fuhr Norman fort, was die Sache nicht eben besser machte, denn »alt« fühlte sich Letty eigentlich bis heute nicht. »Und andere verlieren ihn völlig.«

»Dann wollen wir mal, ja?«, sagte Edwin, dem nicht entgangen war, dass die Kellnerin schon diskret im Hintergrund wartete. »Was soll's sein?«

Am Ende entschied sich Letty für die Hähnchenbrust *forestière*, Norman für den Schweinebraten und Edwin, dessen Vegetariertum Fisch nicht ausschloss, für die gebackene Scholle mit Pommes frites. Marcia blieb »unerbittlich«, wie Norman es ausdrückte, und nahm nur einen kleinen Käsesalat. Was die Getränke betraf, so bestellten die Männer Bier, und Letty konnte zu einem Glas Weißwein überredet werden. Marcia verweigerte natürlich alles und machte viel Wesens um ihre Enthaltsamkeit, sehr zur Erheiterung zweier junger Männer am Nachbartisch.

»Jetzt aber …« Edwins Erleichterung, als alle Speisen auf dem Tisch standen, war merklich, denn da die Unternehmung seine Idee gewesen war, fühlte er sich auch für ihr Gelingen verantwortlich. »Alles zu Ihrer Zufriedenheit? Möchten Sie nicht ein Brötchen und etwas Butter zu Ihrem Salat?«, fragte er Marcia.

»Ich nehme nie Brot zu meinen Mahlzeiten«, erklärte diese.

»Wenn Sie nicht aufpassen, können Sie irgendwann gar nichts mehr essen«, prophezeite Norman. »Magersucht nennt sich das – darüber habe ich einen Vortrag im Radio gehört.«

»Magersucht ist eine Krankheit für junge Mädchen«, korrigierte ihn Marcia aus ihrem überlegenen medizinischen Wissen heraus. »Ich war noch nie eine große Esserin.«

»Und Ihr Hühnchen schmeckt so, wie es soll?«, erkundigte sich Edwin bei Letty. Als ob *er* für den Geschmack von Lettys Essen zuständig wäre, dachte er leicht belustigt, aber bei diesem Anlass musste man nun einmal den Gastgeber spielen.

»Danke, es schmeckt ausgezeichnet«, bestätigte Letty höflich.

»Gemüse und alles das«, sagte Norman. »Das ist mit *forestière* ja wohl gemeint, Sachen aus dem Wald. Wobei Gemüse ja eigentlich nicht im Wald wächst, oder?«

»In der Soße sind Pilze«, sagte Letty, »und Pilze wachsen im Wald.«

»Aber dann will man sie nicht haben«, sagte Norman, »nicht, wenn sie aus dem Wald kommen.«

»Heutzutage sind die meisten Pilze Zuchtpilze«, wusste Edwin beizusteuern. »Was ich so gehört habe, ist das ein ziemlich einträgliches Hobby für viele Ruheständler.«

»Nicht für die in möblierten Zimmern«, sagte Norman. »Aber Sie und Marcia mit Ihren Häusern könnten sehr gut Pilzzüchter werden, wenn Sie einen Keller oder einen Gartenschuppen haben.«

Marcia warf ihm einen misstrauischen Blick zu. »Meinen Schuppen brauche ich für andere Zwecke.«

»Finstere Geheimnisse«, scherzte Norman, was Marcia aber offenbar nicht komisch fand.

»Edwin meinte ja auch nicht konkret, dass einer von uns unter die Pilzzüchter gehen soll«, sagte Letty. »Obwohl man da so einige Erfolgsgeschichten hört.«

»Kennen Sie denn jemanden, der Pilze züchtet?«, wollte Edwin wissen.

»Gott, nein«, sagte Letty hastig.

Damit schien auch dieses Gesprächsthema erledigt, und ein kurzes Schweigen trat ein, das Edwin mit der Frage unterbrach, was sie als Nächstes essen wollten, »Nachtisch, Süßspeise oder Dessert, wie es bei den Amerikanern heißt«.

»Für mich nichts, danke«, sagte Marcia mit fester Stimme. Sie hatte ihren Salat auf unschöne Weise zermanscht und das meiste davon auf dem Tellerrand liegen lassen.

Letty dachte an Normans Bemerkung über ihre Figur und beschloss, dass es nicht der Zeitpunkt für falsche Bescheidenheit war. Wenn schon, denn schon. Morgen Abend konnte sie dafür dann Schonkost essen. »Ich nehme den Apfelkuchen mit Schlagsahne«, sagte sie.

»Tante Betsys Apfelkuchen«, präzisierte Norman. »Ich glaube, den will ich auch.«

Edwin entschied sich für den Karamellpudding und versuchte, auch Marcia umzustimmen, aber vergeblich.

»Wir haben ja noch gar nicht gefragt, was Sie beide so machen, jetzt, wo Sie in Rente sind«, sagte Norman. »Was haben Sie alles getrieben?«

Die Ausdrucksweise verlieh der Sache eine lockere Note, und Letty erzählte von ihren Versuchen, sich mit Soziologie zu beschäftigen, und ihrem schändlichen Scheitern an ihrer Lektüre.

»Kein Wunder«, sagte Norman. »Warum tun Sie sich so was auch an? Sie sollten sich ausruhen. Das haben Sie nach der ganzen Arbeit mehr als verdient.«

Erneut fragte sich Letty, was für eine Arbeit das denn gewesen war, die so wenig Spuren in der Welt hinterlassen hatte, und fügte hinzu: »Aber insgesamt gehen meine Tage auf sehr angenehme Weise herum.« Niemand durfte auch nur den leisesten Verdacht schöpfen, dass sie einsam war oder dass ihr die Zeit lang wurde.

»Was ist mit dieser Freundin von Ihnen – die den Pfarrer heiraten sollte?«, fragte Edwin.

»Oh, noch haben sie nicht geheiratet. Ich war erst neulich mit ihr mittagessen.«

»Es eilt ihnen ja auch nicht, oder?«, sagte Edwin. Ihm selbst fiel gar nicht auf, wie anrüchig das klang; Norman dagegen bemerkte es sofort.

»Das will ich hoffen!«, sagte er. »Heirat in Eile bereut man in Weile.«

»Na, das trifft in diesem Fall doch wohl nicht zu«, meinte Edwin.

»Nein, ganz bestimmt nicht«, sagte Letty schnell. »Der Spruch ist nicht für Menschen über sechzig gedacht.«

»Er könnte es aber sein«, widersprach Norman, »warum denn nicht? Und hatten Sie uns nicht erzählt, dass die Dame einige Jährchen älter ist als ihr Bräutigam?«

»Habe ich das erzählt? Ich erinnere mich gar nicht.« Letty hoffte, dass sie nichts Liebloses über ihre Freundin gesagt hatte.

»Und was haben Sie in der letzten Zeit so gemacht, Marcia?« Edwin fragte es in einem aufrichtig bemühten Ton, der etwas anderes verdient gehabt hätte als Marcias schroffe Abfuhr.

»Das ist meine Sache«, sagte sie barsch.

»Waren Sie mal wieder im Krankenhaus?«, erkundigte sich Norman einlenkend. »Sie sind ja noch in Behandlung, oder?«

Marcia murmelte Mr Strongs Namen und begann sich dann vernehmlich über die lästigen Besuche der Frau von der Nachbarschaftshilfe zu beschweren.

Letty trank bedauernd den letzten Schluck von ihrem Wein. Es war kein sehr großes Glas gewesen. »Nach mir hat noch nie jemand von der Nachbarschaftshilfe geschaut«, sagte sie.

»Hinter Ihnen liegt ja auch keine schwere Operation, oder?«, sagte Marcia etwas zu laut. Die jungen Männer am Nachbartisch amüsierten sich wieder.

»Nun, das spricht aber doch sehr für den Nationalen Gesundheitsdienst und sein Konzept der Nachsorge«, sagte Edwin. »Dass sie Leute, die im Krankenhaus waren, so im Auge behalten. Ich finde das sehr ermutigend.«

»Sagen Sie bloß, Sie haben auch eine größere Operation vor – am Ende dieselbe wie Marcia!«, flachste Norman.

Das ging nun doch ein wenig zu weit, und Edwin fragte hastig, ob er für alle Kaffee bestellen solle.

»Für mich nicht«, sagte Marcia. »Ich sollte mich auf den Weg machen. Ich muss noch einiges einkaufen.«

»Ach, bleiben Sie doch noch kurz«, sagte Norman überredend. »Wann haben wir schon die Chance auf einen Schwatz?«

Über Marcias Gesicht huschte ein eigentümlicher Ausdruck, den allerdings nur Letty wahrnahm. Man hätte es fast Weichheit nennen können. Empfand sie also doch etwas für Norman? Aber es dauerte nur eine Sekunde, und während die anderen ihren Kaffee tranken, wurde sie wieder zappelig.

»Langsam müssen Sie zurück in Ihre Tretmühle, oder?«, sagte Letty zu den Männern, als klar war, dass sich das Treffen nicht noch mehr in die Länge ziehen ließ.

»Wenn man es so nennen kann«, sagte Edwin.

»Na, manchmal fühlt es sich schon so an«, sagte Norman. »Ich zähle die Tage bis zur Rente.«

Aber was würde er in seinem kleinen Zimmer anfangen, wenn er in Rente war, überlegte Letty. Fast hätte sie ihn gefragt, doch dafür reichte die Zeit nicht mehr – die Arbeit, oder was bei ihnen Arbeit hieß, rief, und die beiden Männer hatten ihre Mittagspause sowieso schon überzogen. Egal, sie hatten ja einen Grund, dies war ein besonderer Anlass, und weder Edwin noch Norman hätten eine Rüge so einfach eingesteckt, wären sie von jemandem zur Rede gestellt worden. Aber niemand hielt sie auf, und sie erreichten ihren Arbeitsplatz unbehelligt.

Marcia eilte hinüber in die Nebenstraße, in der es eine kleine Sainsbury's-Filiale gab. Als sie die Hand in ihren Einkaufsbeutel steckte, gleichsam zur Einstimmung auf die diversen Konservendosen, die sie zu kaufen gedachte, bekam sie die eingewickelte Milchflasche zu fassen, die sie Letty hatte zurückgeben wollen. Wie ärgerlich! Einen Augenblick lang erwog sie es, den anderen nachzulaufen, aber obwohl sie tatsächlich bis zur Ecke zurückhastete, kam sie zu spät: von den dreien war nichts mehr zu sehen. Frustriert kehrte sie wieder um.

Als sie vor dem Sainsbury's ankam, machte das Gebäude einen sonderbar unbelebten Eindruck; niemand kam heraus oder ging hinein. Hatte sie vergessen, dass die Geschäfte heute früher schlossen? Aber das taten sie doch nur samstags! Sie ging näher heran und spähte ins Innere. Ein bestürzender Anblick bot sich ihr – der Laden war kahl und leergefegt, fast schon zum

Abbruch bereit. Er war allen Ernstes zu, zu für immer, seit mehreren Wochen schon, und niemand hatte ihr Bescheid gesagt. Diese Sainsbury's-Filiale war dichtgemacht worden, es gab sie nicht mehr, und sie konnte die Konserven nicht kaufen, mit denen sie ihren Vorratsschrank hatte auffüllen wollen. Wider alle Vernunft grollte sie Edwin und Norman dafür, dass sie es ihr verheimlicht hatten. Ihr blieb nichts anderes übrig, als in die Bücherei zu gehen.

Auch Letty war nach ihrem Abschied von den beiden Männern hier gelandet und schmökerte in den Biografien, als Marcia sich von hinten an sie heranschlich.

»Die ist, glaube ich, von Ihnen«, sagte Marcia anklagend und hielt ihr die eingewickelte Milchflasche vors Gesicht.

»Eine Milchflasche?« Natürlich erinnerte sich Letty an nichts, und Marcia musste weit ausholen, was sie tat, mit erhobener Stimme, sodass die Leute sich nach ihnen umdrehten und der junge blonde Bibliotheksmitarbeiter Miene machte, einzuschreiten.

Letty, sich der angespannten Atmosphäre bewusst, nahm die Flasche ohne weitere Frage, und Marcia ging mit schnellen Schritten davon; auch wenn das Mittagessen in der Stadt Zeitverschwendung gewesen war, konnte sie mit dem Ausgang doch zufrieden sein, fand sie.

Letty, mit der Flasche beladen und ohne eine Einkaufstasche, in die sie sie hätte stecken können, verließ die Bücherei ohne Buch und entsorgte die Flasche in einem Kasten vor einem Lebensmittelgeschäft nahe dem Büro. Das hätte Marcia problemlos auch selbst machen können, dachte sie, aber anscheinend funktionierte ihr Hirn anders. Darüber, wie es wohl funktionierte, grübelte sie lieber nicht länger nach; besser, sie verlor sich nicht in Vermutungen. Doch der Vorfall hatte sie erschüttert, fast so sehr wie der Anblick der auf dem U-Bahnsteig zusammengesackten Frau an jenem Morgen, der nun so lange zurückzuliegen schien.

Als sie nach Hause kam, stand in der Diele Mrs Pope, ein Faltblatt in der Hand.

»Ein Spendenaufruf«, verkündete sie. »Für die alten Menschen in Übersee wird gute, gebrauchsfähige Kleidung benötigt.«

Letty wusste nichts zu erwidern.

Nachdem sie sich von den Frauen getrennt hatten, wandte sich Norman an Edwin. »Sagen Sie mir, was der Spaß gekostet hat, dann rechnen wir ab.«

»Ach, vergessen Sie's. Ich habe fast alles mit Gutscheinen bezahlt, der Rest ist kaum der Rede wert – lassen Sie mich das übernehmen«, sagte Edwin hastig, denn ihn verfolgte öfter das Bild von Norman in seinem einen Zimmer, während er selbst ein ganzes Haus für sich hatte.

»Äh, danke, sehr nett«, sagte Norman ungeschickt. »Das lief doch gar nicht so schlecht, oder?«

»Nein, das fand ich auch, besser, als ich zwischendurch befürchtet hatte, aber Marcia gefiel mir gar nicht.«

»Das können Sie laut sagen. Wenn Sie mich fragen, ist sie jetzt endgültig übergeschnappt. Aber sie steht noch unter ärztlicher Aufsicht, das ist besser als nichts. Und diese Frau von der Nachbarschaftshilfe kommt sie besuchen.«

»Ja, und offenbar öfter, als ihr lieb ist. Man hat definitiv ein Auge auf sie.«

Damit ließen sie die Sache auf sich beruhen, auch wenn Edwin noch nachschob, dass man das Ganze unbedingt wiederholen und Letty und Marcia wieder einmal zum Mittagessen einladen sollte. Aber es war angenehm zu wissen, dass das nicht so bald passieren musste; fürs Erste hatten sie ihrer Pflicht genügt.

16. Kapitel

Obwohl er inzwischen schon mehrere Jahre tot war, vermisste Marcia Snowy, den alten Kater, immer noch, und eines Abends übermannte die Erinnerung sie richtiggehend, als sie in dem Schrank unter der Spüle auf eins seiner Schälchen stieß. Was sie erstaunte und auch ein wenig erschreckte, war, dass noch ein paar angetrocknete Reste Kitekat daran klebten. Hatte sie es nach seinem Tod gar nicht abgespült? Anscheinend nicht. Das hätte einen Beobachter eher weniger überrascht, aber Marcia sah sich als die perfekte Hausfrau, und mit den Katzenschälchen hatte sie es immer besonders genau genommen; sie mussten, in ihren eigenen Worten, »blitzblank« sein.

Der Anblick des Schälchens weckte in ihr den Wunsch, das Grab des Katers aufzusuchen, das irgendwo am Ende des Gartens lag. Als Snowy gestorben war, hatte Mr Smith, der vor Nigel und Priscilla im Nachbarhaus gewohnt hatte, ein Grab ausgehoben, und Marcia hatte Snowy, eingeschlagen in ein Stück ihres alten blauen Zibeline-Bademantels, auf dem er immer geschlafen hatte, hineingebettet. Mitten im Leben sind wir vom Tod umfangen, hatte sie angesichts der neuen, aufgeladenen Bedeutung des Stofflappens gedacht. Sie hatte das Grab nicht gekennzeichnet, sie wusste ja, wo es war, und sooft sie den Weg entlangging, hatte sie gedacht: Snowys Grab, aber im Lauf der

Zeit vergaß sie die genaue Stelle, und jetzt, im Hochsommer, wo Gräser und Unkraut so hoch aufschossen, konnte sie es gar nicht mehr finden. Dieser Teil des Gartens war so überwuchert, dass sie kaum hätte sagen können, wo der Weg aufhörte und das Blumenbeet begann. An einem Fleck hier unten wuchs Katzenminze, und das Grab musste ganz in der Nähe sein, denn Snowy hatte sich immer so gern in dem Busch gewälzt, aber jetzt war das Kraut unauffindbar, obwohl Marcia die Blätter und Halme mit den Händen durchkämmte. Dann machte sie sich klar, dass sie ja eigentlich nur ein bisschen graben musste, und früher oder später würde sie auf das Grab treffen, vielleicht fand sich sogar ein Rest von dem blauen Zottelstoff, und darunter die Knochen.

Sie holte einen Spaten aus dem Schuppen, aber er war sehr schwer, und wenn sie ihn in der Vergangenheit hatte handhaben können, jetzt fehlte ihr entschieden die Kraft. Natürlich, die Operation, dachte sie, während sie ihn in die Erde und den dichten Bewuchs zu stoßen versuchte – Löwenzahn, Disteln und Winden, Pflanzen mit starkem, verfilztem Wurzelwerk.

So sah Priscilla sie, am Ende ihres Gartens zusammengekauert. Was machte sie da nur, mit diesem viel zu schweren Spaten? Es war bedenklich, ja beklemmend, denn die Alten – insbesondere Miss Ivory – lasteten beständig auf Priscillas Gewissen. Nicht nur war sie ihre Nachbarin, sie war auch, wie Janice Brabner es ausdrückte, »unterprivilegiert«, und das, was immer es bedeutete – ganz sicher war Priscilla sich da nicht –, war nun eindeutig ein Grund zur Sorge. Gut, Nigel hatte Miss Ivory angeboten, bei ihr zu mähen, aber das hatte sie abgelehnt, und es ging ja nicht an, den alten Menschen Vorschriften zu machen, ihre Unabhängigkeit war ihr kostbarstes Gut und musste respektiert werden. Trotzdem konnte man vielleicht etwas Hilfe im Garten anbieten, beim Graben zum Beispiel – aber nicht gerade jetzt, wo Priscilla Essensgäste erwartete und noch die Avocados zubereiten und eine Mayonnaise anrühren musste. Vielleicht würde es warm genug sein, um die Begrüßungsdrinks auf der kleinen Terrasse einzunehmen, die sie hatten anlegen lassen, aber der Anblick des verwahrlosten Nachbargartens tat der Eleganz des Ambientes Abbruch, und wenn Miss Ivory ihr verstörendes Gegrabe nicht einstellte, würden sie etwas unternehmen müssen. Doch jetzt ging sie, sehr zu Priscillas Erleichterung, zurück in ihr Haus; den schweren Spaten zog sie hinter sich her. Man konnte nur hoffen, dass sie wusste, was sie tat.

Wieder in der Küche, erinnerte sich Marcia im ersten Moment nicht, was sie draußen gewollt hatte, dann sah sie das eingeweichte Katzenschälchen in der Spüle, und es fiel ihr wieder ein. Von dem Grab fehlte jede Spur, und sie hatte nicht die Kraft zum Weitergraben. Wahrscheinlich sollte sie etwas essen, dachte sie, aber das Kochen war so eine lästige Sache, und sie wollte ihren Dosenvorrat nicht angreifen. Also machte sie sich nur einen Tee mit extra viel Zucker darin, so wie sie ihn im Krankenhaus bekommen hatte. »Ein Tässchen Tee, Miss Ivory? Mit Zucker, ja?« Es wurde Marcia warm ums Herz, wenn sie an diese Zeiten zurückdachte, an die nette Frau – Nancy hatte sie geheißen –, die mit dem Tee herumging.

Am selben Sommerabend half Letty Mrs Pope und der bärtigen kleinen Mrs Musson, die Kleider zu sortieren, die für die alten Menschen in Übersee gespendet worden waren.

»Was würden Sie denken, wenn Sie von jemandem so was bekämen?« Mrs Pope hielt einen knallroten Minirock hoch. »Manche Leute haben so gar kein Gespür für das, was benötigt wird.«

»Asiatinnen sind ja zum Teil sehr klein«, sagte Letty zweifelnd, »da könnten sie das vielleicht sogar tragen. Allzu viel weiß man natürlich nicht über ihre Bedürfnisse – es ist schwer, sich ein klares Bild zu machen ...« Die grauenvollen Aufnahmen auf Mrs Popes Fernsehbildschirm schienen so ganz und gar nichts zu tun zu haben mit den Haufen unpassender Kleidungsstücke, die über Mrs Mussons Wohnzimmerboden verteilt lagen. Mrs Pope waren die Spenden nicht ins Haus gekommen. »Von einer alten Frau über achtzig wird ja wohl niemand verlangen ...«, hatte sie argumentiert, und daran war auf jeden Fall etwas Wahres, auch wenn nicht ganz klar wurde, was. Letty vermutete, dass eine altmodische, tiefsitzende Angst vor »Fiebern und Seuchen« der Grund war, warum sie zu engen Kontakt mit den abgelegten Sachen Fremder mied. Die Frage, ob irgendwer von einer alten Frau über achtzig verlangte, diesen Altkleiderwust bei sich unterzubringen, erübrigte sich allerdings, denn Mrs Pope machte ausschließlich das, was ihr passte, was Letty vor Augen führte, dass das Älterwerden auch seine Vorteile haben könnte, so dünn diese gesät sein mochten.

In den Monaten seit ihrer Pensionierung hatte sich Letty alle Mühe gegeben, sich auf das Leben in dem Nordwest-Londoner Vorort einzulassen, in dem sie gelandet war. Das bedeutete, genau wie Edwin es sich ausgemalt hatte, dass sie an den Gemeindeaktivitäten teilnahm – möglichst weit hinten sitzend, während sie dahinterzukommen versuchte, was der Kirchgang den Menschen gab, das über Gewohnheit und Tradition hinausging, und sich fragte, ob er auch ihr etwas geben konnte, und falls ja, in welcher Form. An einem bitterkalten Märzabend schloss sie sich einem Grüppchen an, kaum mehr als die sprichwörtlichen zwei oder drei, das die Kreuzwegstationen zurücklegte. Es war der dritte Mittwoch in der Passionszeit, und es lag

Schnee, der den Boden als dünne, gefrorene Schicht bedeckte. In der Kirche war es eisig. Die Knie der alten Frauen beugten sich unter Knacken, bei jeder Station mussten die Hände die Bankkante umklammern, um den Körper wieder hochzuziehen. »Von Schmerz zu Schmerz, von Leid zu Leid …«, murmelten sie, aber Lettys Gedanken kreisten um ihre eigene Person und die Frage, wie sie mit dem Rest ihres Lebens verfahren sollte. Ostern war natürlich besser, die Kirche war mit Narzissen geschmückt, und die Leute gaben sich Mühe mit ihrem Äußeren, aber an Pfingsten war es wieder eiskalt, der Himmel bleigrau und die Kirche nicht mehr beheizt. Gingen die Menschen am Ende nur wegen der Helligkeit und Wärme danach hin, der Aussicht auf den Kirchenkaffee am Sonntagvormittag und ein freundliches Wort vom Herrn Pfarrer?

Einmal war Edwin im Gottesdienst gewesen, und Letty hatte ihn so freudig begrüßt, dass er sich offenbar erschreckt hatte, denn er hatte sich nicht wieder blicken lassen. »Oh, er macht die Runde in allen Kirchen, wie es ihm gerade passt«, hatte jemand gesagt, und das konnte Letty natürlich bestätigen. Nicht einmal Father G. gehörte seine uneingeschränkte Loyalität. »Er ist Witwer«, hatte Mrs Pope erklärt, »aber wem sage ich das, Sie waren ja Arbeitskollegen. Und er hat alle Hebel in Bewegung gesetzt, um Ihnen ein Zimmer zu verschaffen, nachdem das Haus, in dem Sie gewohnt haben, von diesem Schwarzen gekauft worden war. Er hält offenbar sehr viel von Ihnen – er hat Sie mir wärmstens empfohlen.« Für Mrs Pope waren das starke Worte, aber Edwins »Wärme« schien eine höchst zwiespältige Sache; wärmer ums Herz wurde es Letty dadurch nicht.

Zumindest fühlte sie sich jetzt, beim Sortieren und Verpacken von Kleidungsstücken für betagte Flüchtlinge, halbwegs nützlich. Etwas nicht gar so Fernes wäre ihr lieber gewesen,

Menschen, an denen sie sich die Kleider tatsächlich hätte vorstellen können, sogar den roten Minirock, aber das sollte nun mal nicht sein. Alles annähernd Brauchbare kam in schwarze Plastiksäcke, während das weniger Brauchbare für den Flohmarkt beiseitegelegt wurde.

»Da werden Sie hier drin nachher gründlich putzen wollen«, sagte Mrs Pope, und dem konnte Mrs Musson nur beipflichten, auch wenn sie es sich nicht nehmen ließ, anzumerken, dass sie das Zimmer sowieso jeden Tag putzte.

»Aber im Gemeindesaal hätte man die Kleider doch vielleicht auch sammeln können?«, schlug Letty vor.

»Um Gottes willen, wo denken Sie hin«, sagte Mrs Pope: wieder so ein Rätsel, für dessen Ergründung Letty bei aller frisch erworbenen Gemeindeerfahrung noch das Eingeweihtenwissen fehlte. Nichts war jemals so, wie es schien.

»Was für ein schöner Abend«, sagte sie und sah aus dem Fenster. »Der ganze Goldregen.«

Norman, der von der Arbeit heimkam, hatte kein Auge für den üppig blühenden Goldregen auf dem kleinen Platz, aber seine Stimmung hob sich, als er sah, dass ein altes Auto, das über eine Woche hier herumgestanden hatte, abgeschleppt worden war. Er hatte sich deshalb bei der Polizei und bei der Gemeindeverwaltung beschwert, und so fühlte er sich an diesem schönen Sommerabend sehr erfolgreich, für ihn eine ungewohnte und höchst annehmliche Empfindung. Letztere freilich schlug um in ein Gefühl der Unrast, weshalb es ihn, nachdem er sich Speck und Tomaten gebraten und eine kleine Dose seiner Lieblingsbohnen geöffnet hatte, nicht mit *Evening Standard* und Radio in seinem Kabäuschen litt. Es trieb ihn ins Freie, ja, es trieb ihn, einen Bus in einen anderen Teil Londons zu nehmen, irgend-

einen Bus, den ersten, der kam – wenn überhaupt einer kam, ergänzte er ironisch.

Es kam ein Bus, und er stieg ein und löste einen Fahrschein nach Clapham Common, wobei ihm erst nachträglich
einfiel, dass in dieser Ecke ja Edwin wohnte, aber das hieß natürlich noch lange nicht, dass er ihm begegnen würde. Wahrscheinlich feierte er gerade einen rauschenden Gottesdienst in
einer von seinen Kirchen.

Für die lange Fahrt suchte er sich einen Platz auf dem Ober-
deck – genug bezahlt hatte er ja, dachte er. Er setzte sich ganz
nach vorn, wie ein London-Tourist, und ließ die Blicke wandern, die Szenerie an sich vorüberziehen – bekannte Wahrzei-
chen, Gebäude, die Themse, dann Gärten mit Leuten darin, die
sich an Rasenflächen und Hecken zu schaffen machten, und auf
den Straßen Männer, die ihre Rituale rund um das Automobil
vollzogen. Als er eine geeignete Haltestelle erreicht hatte, klet-
terte er aus dem Bus und begann ziellos herumzuwandern. Jetzt
war er sich alles andere als sicher, wohin er unterwegs war oder
was er tun würde, wenn er dort ankam, was immer »dort« bedeutete. Er ließ den Stadtpark links liegen und gelangte zu einer Nebenstraße, und genau wie Edwin vor ihm stellte er fest,
dass er die Straße vor sich hatte, in der Marcia wohnte. Aber anders als Edwin machte er nicht kehrt, sondern bog in sie ein,
nach wie vor ohne klaren Plan. Sie besuchen wollte er ganz bestimmt nicht, er wusste ja nicht einmal ihre Hausnummer. Aber
müsste sich das Haus nicht ganz leicht erkennen lassen, überlegte er, würde es sich nicht abheben von den aufgemotzten viktorianischen Vororts-Doppelhäuschen mit ihren pastellfarbenen
Haustüren, Kutschenlampen, gefliesten Terrassen und Carports?

Genau so war es. Marcias Haus mit seinem abblätternden
grünen und cremeweißen Putz, den verstaubten Lorbeerbüschen

und schmuddeligen Gardinen war nicht zu verwechseln. Er stand auf der anderen Straßenseite und starrte es an, bestürzt und fasziniert, fast wie er im Britischen Museum auf die Tierpräparate gestarrt hatte. Das Haus wirkte leblos, die Vorhänge waren halb zugezogen, und obwohl es ein warmer Abend war, stand keines der Fenster auch nur den kleinsten Spalt offen. Der Garten, so weit Norman ihn sehen konnte, war völlig heruntergekommen, nur ein prächtiger alter Goldregen blühte, was das Zeug hielt. Seine Zweige hingen über einen baufälligen kleinen Schuppen herab, und während Norman noch dastand und schaute, trat Marcia aus dem Schuppen, beide Arme voller Milchflaschen. Ihr Haar war fast vollkommen weiß, und sie trug ein altes Baumwollkleid mit einem Muster aus großen rosa Blumen. Es war ein so bizarrer Anblick, dass er wie angewurzelt stehen blieb. Sie hat mich gesehen, dachte er, und den Bruchteil einer Sekunde war es, als würden sie einander anstarren – auch dies wie an dem Tag im Britischen Museum –, beide ohne jedwedes Anzeichen eines Erkennens. Dann verschwand Marcia aus seinem Blickfeld; sie musste zur Hintertür hineingegangen sein.

Norman überquerte die Straße, unschlüssig, was er nun tun sollte. Sollte er bei ihr klingeln, seine Gegenwart offiziell machen? Sein Impuls war eher, wegzulaufen, aber ehe er noch zu einem Schluss kommen konnte, bemerkte er eine junge Frau, die sich der Tür von der anderen Seite näherte. Sie ging mit zielstrebigen Schritten, und beim Anblick Normans, der sich vor dem Haus herumdrückte, fragte sie scharf: »Wollen Sie hier wen besuchen, oder wie?«

»Äh, nein, ich gehe nur spazieren«, sagte Norman rasch.

»Ich habe Sie beobachtet.« Janice ließ nicht locker. »Kennen Sie jemanden in diesem Haus?«

»Was geht Sie das an?«, schoss Norman zurück.

»Wir müssen die Augen offen halten, und zwar alle miteinander. Hier hat es in letzter Zeit einige Einbrüche gegeben.«

»Na, das ist ja reizend«, brach es aus Norman heraus. »Ich
wüsste nicht, was es bei Marcia Ivory zu stehlen geben sollte.«

»Ach so, Sie kennen sie? Oh, dann tut es mir leid – aber Sie
wissen ja, wie das ist. Man wird so misstrauisch.« Janice lächelte. »Rein zufällig bin ich gerade auf dem Weg zu Miss Ivory, ich
arbeite nämlich ehrenamtlich für die Nachbarschaftshilfe.«

»Ah, das heißt, Sie haben sie im Blick und so?«

»Genau. Ich schaue immer mal bei ihr vorbei.«

»Das ist gut. Also dann, für mich wird's langsam Zeit.« Norman wandte sich zum Gehen.

»Wollen Sie denn nicht bei ihr reinschauen, wo Sie schon
mal hier sind?«, fragte Janice.

»Oh, ich habe sie gesehen«, sagte Norman, schon aus sicherer Entfernung. Und gewissermaßen stimmte das ja auch. Der
Anblick Marcias mit den Milchflaschen zählte in jedem Fall als
»sehen«, und er hatte ihm gereicht. Einmal gesehen, nie vergessen, dachte er. Aber wenigstens würde er Edwin berichten können, dass Marcias Haus zwar reichlich »siffig« war, wie man
heute ja sagte, dass aber eine patente junge Ehrenamtliche ein
Auge auf sie hatte. Das musste schließlich nicht zwingend heißen, dass er Edwin Näheres über den Abend erzählte – er verspürte wenig Lust, zu erklären, was er in diesem Stadtteil gemacht hatte, welch jähe Eingebung ihn hierhergeführt hatte.
Solche Dinge überkamen einen eben, Edwin hätte wahrscheinlich kein Verständnis dafür.

Im Haus sagte Janice in ihrem muntersten Ton: »Dann hatten Sie also gerade Besuch!«

Marcia antwortete mit dem beunruhigenden Starren, mit
dem sie auf jede Bemerkung oder Frage reagierte.

»Der Herr, den ich auf der Straße getroffen habe.«

»Ach, *der*!« Marcia sagte es höhnisch. »Das war nur jemand aus dem Büro, in dem ich gearbeitet habe. Von so jemand brauche ich ganz bestimmt keinen Besuch.«

Janice seufzte. Also nichts mehr über den Besucher, dieses komische kleine Männchen. »Und wie geht es Ihnen so?«, fragte sie. »Waren Sie mal wieder beim Einkaufen, ja?«

17. Kapitel

Auf ihrem Waldspaziergang stieß Letty auf einen Flecken blühenden Bärlauchs. »Schau, wie hübsch!«, rief sie aus.

»Du hättest die Hasenglöckchen sehen sollen«, sagte Marjorie mit dem Besitzerstolz der echten Landfrau. »Sie waren dieses Jahr phänomenal, aber jetzt sind sie fast verblüht. Vor zwei Wochen, da hättest du hier sein müssen, da standen sie in voller Blüte.«

Aber vor zwei Wochen wolltest du mich nicht dahaben, dachte Letty, denn erst jetzt, wo David seine Mutter besuchen gefahren war (die neunzig wurde, wie Letty ja wusste), war es Marjorie eingefallen, sie zu fragen, ob sie nicht für ein paar Tage zu ihr aufs Land kommen wolle.

»Fast wie in alten Zeiten, nicht wahr?«, fuhr Marjorie fort.

»Hmm, ja«, sagte Letty, die das »fast« genauestens registrierte, »aber seitdem ist so viel passiert.«

»Ja, nicht wahr? Wer hätte erwartet … Als ich David damals kennengelernt habe, hätte ich nicht im Traum gedacht …« Und Marjorie erging sich in Erinnerungen an diese erste Begegnung und alle nachfolgenden Stadien ihrer Beziehung zu dem Mann, den sie heiraten würde. Letty ließ sie schwelgen und sah sich derweil im Wald um, stellte sich den herbstlichen Teppich aus Buchenblättern vor und fragte sich, ob dies wohl ein

Ort sein könnte, um sich niederzulegen und auf den Tod zu warten, wenn das Leben einmal nicht mehr erträglich wäre. War irgendein alter Mensch – im Ruhestand, was sonst – schon einmal in so einer Lage aufgefunden worden? Es wäre zweifellos keine leichte Übung, längere Zeit unentdeckt zu bleiben, denn das Wäldchen war ein beliebtes Ziel energischer Frauen mit Hunden. Überhaupt empfahl es sich nicht, in Marjories Gegenwart oder auch still für sich solchen Fantasien nachzuhängen. Auf diesem Pfad lauerte Gefahr.

Marjorie verfolgte noch immer den Plan, Letty nach Holmhurst zu holen, und an diesem Abend waren sie bei Miss Doughty, der Heimleiterin, zum Essen eingeladen.

Beth Doughty war eine flottgekleidete Mittvierzigerin mit stramm sitzender Frisur, scharfem Blick und einer dicken Schicht Make-up, das ihr eine merkwürdig altmodische Note gab. Sie goss ihnen allen großzügig Gin ein – in ihrem Beruf brauche man dringend »moralische Unterstützung«, erklärte sie dazu, was Letty eine etwas befremdliche Wortwahl fand. Sie ertappte sich bei der Frage, ob Miss Doughty alte Menschen überhaupt mochte, aber vermutlich war Effizienz wichtiger als Zuneigung, und höchst kompetent wirkte sie allemal.

»Glauben Sie, Letty hätte eine Chance auf einen Platz in Holmhurst?«, fragte Marjorie. »Sie meinten ja, es würde vielleicht demnächst wieder etwas frei.«

»Sie würden sich hier nicht wohlfühlen, nicht als Londonerin«, urteilte Beth. »Schauen Sie sich sie nur an – hier, kommen Sie ans Fenster.«

Letty stand da, ihr Glas in der Hand, und schaute hinaus. Drei alte Damen – eine problematische Anzahl, die ein Ungleichgewicht nahelegte – drehten ihre langsamen Runden im Garten. Es war nichts sonderlich Bemerkenswertes an ihnen, bis auf ihre absolute Lebensferne. Ein jäher Groll gegen Marjorie erfasste Letty: Wie kam sie auf die Idee, Letty könnte mit so einer Existenz zufrieden sein, wenn sie selbst einen gutaussehenden Geistlichen heiratete? Genau so war es vor vierzig Jahren gewesen, als Letty im Schlepptau ihrer Freundin mitgedackelt war, aber wer sagte, dass sie in alte Muster zurückverfallen musste? Während Beth ihr nachschenkte, beschloss sie bei sich, dass ein Zimmer in Holmhurst das Letzte war, was sie brauchte – lieber würde sie sich zwischen die Farne und Buchenblätter auf den Waldboden legen und still auf den Tod warten.

»Das ist eine von Father Lydells Leibspeisen«, sagte Beth, als sie einen abgedeckten Bräter auf den Tisch stellte. »Hähnchen à la Niçoise – ich hoffe, es schmeckt Ihnen.«

»Oh, unbedingt«, murmelte Letty und dachte an all die Male, die sie bei Marjorie schon Hähnchen à la Niçoise gegessen hatte. Hatte David Lydell die Runde im Dorf gemacht und die Kochkünste sämtlicher lediger Damen getestet, bevor er entschied, in welches Nest er sich setzen wollte? Das Huhn, das sie heute Abend serviert bekamen, konnte auf jeden Fall mit anderen seiner Art mithalten.

Hinterher sagte Marjorie: »Das war ja drollig, das mit dem Hähnchen à la Niçoise – dass sie uns partout wissen lassen musste, dass sie auch schon für David gekocht hat. Sie hat eine Weile richtig Jagd auf ihn gemacht, weißt du.«

»Und der Wein, den es dazu gab, das war Orvieto, oder?«

»Ja, Davids Lieblingswein. Zu komisch, findest du nicht?«

Letty konnte nicht recht zustimmen; der lächerliche kleine Vorfall, so schien ihr, ließ tiefer blicken, als ihr lieb war.

»Ich frage mich nur, wo Beth Doughty das Geld für den vielen Gin hernimmt«, fuhr Marjorie fort. »Gin ist heutzutage ja so teuer. Gottlob ist David kein Freund geistiger Getränke.«

»Ja, das ist wirklich ein Segen«, pflichtete Letty ihr bei, aber etwas an dieser Koppelung von geistigen Getränken, Segen und Gotteslob war ihr nicht ganz geheuer, auch wenn sie nicht gewusst hätte, auf welche Weise sie das Bild zurechtrücken sollte.

Am selben Abend ging Marcia zum Arzt. Sie hatte keinen Termin und wusste darum auch nicht, bei welchem der drei Ärzte sie landen würde, aber da keiner von ihnen Mr Strong war, spielte es letztlich keine Rolle. Klaglos wartete sie fast zwei Stunden, ohne auch nur einmal in den zerlesenen Zeitschriften zu blättern; ihr genügte es, die anderen Wartenden zu beobachten. Die meisten sahen aus, als müssten sie gar nicht hier sein. Wie viele von ihnen hatten überhaupt einen »schwerwiegenden Eingriff« hinter sich, so wie sie? Die Mehrzahl war jung, sie schienen direkt von der Arbeit zu kommen und wirkten in keiner Weise krank. Ihnen ging es doch nur um ein Attest. Pure Zeitverschwendung für die Ärzte, dachte sie rachsüchtig – kein Wunder, dass das Gesundheitssystem in finanziellen Nöten steckte.

Als sie aufgerufen wurde, war sie immer noch entrüstet, und hätte hinter dem Schreibtisch die junge Ärztin oder auch der Arzt aus dem Nahen Osten mit dem butterweichen Akzent gesessen, hätte sie sich sicher weiter empört. Aber es war keiner der beiden, sondern der Arzt, den sie bei sich »ihren« Arzt nannte, ein schon älterer Mann mit einem freundlichen, bemühten Ausdruck. Von ihm war sie damals ins Krankenhaus eingewiesen worden, er hatte den Knoten in ihrer Brust als Erster bemerkt.

»Ah, Miss Ivory …« Seine Hände hantierten mit einem Stoß Papiere. »Wie geht es Ihnen?« Brustamputation, dachte er, verschroben, schwierig: eine oberflächliche, wenngleich in diesem speziellen Fall zutreffende Diagnose. »Wie fühlen Sie sich?«

Marcia brauchte keine weitere Ermutigung, um ihm ihr Herz auszuschütten. Was sie sagte, war nicht immer zusammenhängend oder auch nur zur Sache gehörig, aber dass nicht alles zum Besten stand, wurde hinreichend klar. Sie beschwerte sich über die Frau von der Nachbarschaftshilfe, über die Leute von nebenan, die ihren Rasen mähen wollten, ihre vergeblichen Bemühungen, das Grab ihres toten Katers zu finden, und ihren Verdacht, dass »jemand« es verlegt haben könnte, die Schwierigkeit, den Überblick über ihre Milchflaschensammlung zu behalten, einen ehemaligen Arbeitskollegen, der bei ihr aufgetaucht war, um ihr nachzuspionieren, die Schließung einer Sainsbury's-Filiale in der Nähe ihres alten Büros – alles sprudelte als ein einziger bitterer Schwall aus ihr heraus. Der Arzt kannte diese Art von Klagelitaneien zur Genüge und hörte nur mit halbem Ohr zu, während er Marcia untersuchte, ihren Blutdruck maß und sich dabei fragte, was er mit ihr nur machen sollte. Sie erwähnte, dass bald ein Kontrolltermin im Krankenhaus anstand, was ihm die Sache ohnehin weitgehend aus der Hand nahm. Strongs Truppe würde sich schon etwas für sie einfallen lassen. In der Zwischenzeit, trug er ihr auf, solle sie gut auf sich aufpassen und mehr essen – sie sei viel zu dünn.

»Ich war noch nie eine große Esserin«, erklärte Marcia mit ihrem üblichen Stolz. »Aber niemand kann behaupten, dass ich keine gute Küche führe. Sie sollten meinen Vorratsschrank sehen!«

»Das glaube ich sofort, dass Sie eine ausgezeichnete Hausfrau sind«, sagte der Arzt diplomatisch, »aber versprechen Sie mir, dass Sie sich eine ordentliche Mahlzeit kochen, wenn Sie nach Hause kommen. Nicht nur einen Tee und eine Scheibe Butterbrot, Miss Ivory. Ich weiß nicht, was Mr Strong sagen wird, wenn er sieht, wie abgemagert Sie sind.«

Der Name »Mr Strong« hatte die gewünschte Wirkung, und Marcia versicherte dem Arzt, dass sie schnurstracks heimfahren und sich etwas kochen würde. Den ganzen Nachhauseweg dachte sie an Mr Strong – was mochte bei ihm heute Abend wohl auf den Tisch kommen? Steak vielleicht oder ein schönes Stück Fisch, Lachs oder Heilbutt, mit frischem Gemüse aus dem Garten. In seinem Garten wuchs ganz sicher Gemüse, auch wenn sie den hinteren Teil nicht hatte sehen können, als sie letztes Jahr zu seinem Haus gefahren war. Aber möglicherweise ließ sich ja ein Blick auf Bohnen und Kopfsalat erhaschen, oder auf Kohlköpfe und Brokkoli – Marcias Gärtnertage lagen so lange zurück, dass sie sich nur verschwommen erinnerte, was um die Jahreszeit wuchs. Am einfachsten war es sicher, sie fuhr mit dem Bus hin und sah nach. Vielleicht ließ sich ja durch einen Seiteneingang etwas erspähen …

Es dämmerte schon, und während sie noch zögerte, hielt vor ihr ein Bus, schimmernd wie eine geschmückte Galeone, die mit ihr in See stechen wollte zu großer Fahrt. Das hell erleuchtete Businnere war voller Frauen, die die langen Donnerstagsöffnungszeiten im West End genutzt hatten und nun schwatzten und die gekauften Waren verglichen – wertloser Plunder, dachte Marcia und steuerte einen leeren Sitz ganz vorne an, möglichst weit weg von den plappernden Frauen.

Als sie bei Mr Strongs Haus aus dem Bus stieg, wurde ihr klar, dass es, selbst wenn sie einen Gemüsegarten ausmachen konnte, zu dunkel sein würde, um irgendwelche Gemüsesorten zu erkennen, und ohnehin wusste sie nicht mehr, warum sie das so dringend hatte wissen wollen. Vielleicht war ja auch gar kein Gemüsegarten da, sondern nur ein Rasen mit einer Rabatte drum herum, oder sogar ein Tennisplatz. Aber das machte nichts, sagte sie sich im Näherkommen, denn nun sah sie, dass das Haus so strahlend erleuchtet war wie zuvor der Bus, nur dass es mehr einem großen Dampfer draußen auf dem Ozean glich als einer Galeone (in etwa so stellte sie sich die *Queen Mary* vor), und dass elegant gekleidete Leute aus Autos ausstiegen und den Weg zur Haustür hinaufgingen. Die Strongs gaben offenbar ein Fest.

Marcia postierte sich auf dem Gehsteig gegenüber, nicht unter der Straßenlaterne, die sie instinktiv mied, sondern in einer dunklen Ecke unter einem Baum. War das eine Essenseinladung? Eine Abendgesellschaft? Zu weiteren Vermutungen fühlte sie sich nicht befähigt, denn sie konnte nur »Käsehäppchen« denken, die natürlich weit unter Mr Strongs Würde wären.

Während ihrer Krankenhauszeit waren die verschiedenen Fachärzte, die zur Visite kamen, selbstredend Gegenstand des Interesses gewesen, und auch über ihre Frauen und ihre Familien war spekuliert worden. Manche der Ärzte hatten erwartungsgemäß Ärztinnen oder Krankenschwestern geheiratet, Frauen, die sie im Beruf kennengelernt hatten, aber Mr Strong, so hatte es geheißen, habe sich damit nicht begnügt. Angeblich war er mit der Tochter eines »Diplomaten« verheiratet, der ein Haus am Belgrave Square besaß. Marcia hatte das nie so recht glauben wollen – Mr Strongs Frau war kein Thema, dem sie zu viel Raum geben mochte –, aber als sie nun die Gäste eintreffen sah, musste sie zugeben, dass möglicherweise etwas daran war. Wie in einem Traum harrte sie auf ihrem Beobachterposten aus, bis die Kette der vorfahrenden Autos abriss und es so wirkte, als würden auch keine mehr nachkommen.

Mit einem Mal fiel ihr Norman ein, der auf der Straße vor ihrem Haus gestanden war, als sie neue Milchflaschen in den Schuppen gebracht hatte. Sie war zornig geworden bei seinem Anblick, zornig, dass er herkam und in ihren Angelegenheiten herumschnüffelte. Konnte es sein, dass jemand ihre Wache vor Mr Strongs Haus im gleichen Licht sah?

Sie richtete den Blick auf das Haus und überquerte die Straße, bis sie die Stimmen und das Gelächter hören konnte, die aus einem Raum im Erdgeschoss drangen. Dann ging sie langsam fort, zurück zur Bushaltestelle. Sie hatte Glück, der richtige Bus kam gerade zum Stehen, und sie musste rennen, um ihn noch zu erwischen.

Die Anstrengung war fast zu viel für sie, und sie ließ sich auf den nächstbesten Sitz fallen; einen Augenblick lang war sie zu benommen, um einen Fahrschein zu verlangen. Aber sie riss sich rasch wieder zusammen, allein schon aus Stolz. »Alles gut bei Ihnen?«, fragte die Schaffnerin sie doch tatsächlich, laut und gönnerhaft.

»Natürlich«, sagte sie steif.

Doch als sie daheim ankam, merkte sie, dass der Arztbesuch, direkt gefolgt von der Fahrt zu Mr Strongs Haus, sie stärker erschöpft hatte, als sie es sonst von sich kannte. Aber gut, so etwas ging eben an die Substanz … Der Satz hätte von Norman sein können, merkte sie. Und »solche Sachen schlauchen einfach«, das war auch so einer von seinen Sprüchen.

Erst als sie schon am Küchentisch saß, fiel ihr wieder ein, dass sie dem Arzt ja versprochen hatte, sich gleich nach dem Heimkommen etwas Anständiges zum Essen zu machen, aber die Vorstellung, jetzt kochen zu müssen, war schlicht zu viel. Ältere Menschen brauchten sowieso weniger zu essen – das musste der Arzt doch auch wissen? Eine Tasse Tee, das ja, Tee regte an, und seit sie die Teebeutel für sich entdeckt hatte, war auch der Aufwand viel geringer. Sie hatte sich im Supermarkt eine Großpackung mit 144 Teebeuteln gekauft, mit denen sie etwa sieben Wochen hinkommen sollte, sieben Wochen minus einen Tag. Aber ins Krankenhaus war sie schon ein ganzes Stück früher bestellt, das Terminkärtchen von Mr Strongs Ambulanz stand auf dem Kaminsims. Nicht, dass es dieser Erinnerung bedurft hätte, und nach dem heute Erlebten gleich gar nicht.

Der Gedanke daran trieb sie zu ihrem Vorratsschrank, um eine passende Dose herauszusuchen. Es gab noch eine Büchse Sardinen aus Snowys Beständen, aber vielleicht war Frühstücksfleisch besser? Der Deckel hatte einen kleinen Schlüssel zum Öffnen, aber nach nur ein paar Umdrehungen brach der Metallnippel ab, und zum Aufbiegen fehlte ihr die Kraft. Also ließ sie die Dose halboffen auf dem Abtropfbrett stehen und begnügte sich mit Vollkornkeksen, was ihr sowieso viel lieber war.

»Aber Sie waren nicht bei ihr drin oder haben sich sonstwie zu erkennen gegeben?«, fragte Edwin Norman.

»Bin ich lebensmüde? Können Sie sich vorstellen, was für einen Empfang sie mir bereitet hätte! Sie stand vor ihrem Schuppen, die Arme voller Milchflaschen, und eigentlich muss sie mich gesehen haben.«

»Ja, und so, wie wir beide sie kennen, kann ich verstehen, dass Sie sie lieber nicht stören wollten«, stimmte Edwin ihm zu.

»Sie stören!« Norman stieß sein bitteres kleines Lachen aus. »Das ist noch milde formuliert. Ich habe die Frau von der Nachbarschaftshilfe getroffen, und sie dachte, ich wollte den Laden ausbaldowern.«

»Nun ja, sie hat schon recht, vorsichtig zu sein – das Risiko besteht heutzutage immer«, sagte Edwin. »Ich werde demnächst abends mal durch ihre Straße gehen und schauen, ob es irgendwas gibt, was ich tun kann.«

Aber insgeheim wusste Edwin bereits jetzt, dass es für ihn nichts zu tun geben konnte. *Er* und etwas für Marcia »tun«, das passte so wenig zusammen, dass er es lediglich gesagt hatte, um sein Gewissen ein wenig zu entlasten. Denn immerhin waren Norman und er ehemalige Kollegen von ihr, da konnte ein Außenstehender schon auf die Idee kommen, sie beide wären die Richtigen, um ihr zu helfen oder zumindest helfen zu wollen – »ihre Dienste anzubieten«, wie Norman es vielleicht nennen würde. Allerdings stand bei Edwin am heutigen Abend, Fronleichnam, ein Gottesdienst in seiner eigenen Kirche an, eine Freilicht-Prozession, die um acht Uhr beginnen und bestimmt eine Stunde dauern würde. Danach würde er mit Father G. ins Pub gehen, ein Besuch bei Marcia war somit nicht mehr drin. Vielleicht war das Wochenende sowieso eine bessere Zeit. Samstagnachmittag oder Sonntag vor der Abendandacht. Dann würde er auch nicht zu lange bleiben müssen.

»Meine Richtung ist es ja eigentlich gar nicht«, stellte Norman noch einmal klar. »Nach Clapham Common verschlägt es mich normalerweise nie.«

»Sie wohnen letztlich näher bei Letty«, sagte Edwin.

»Und? Sie wollen jetzt aber nicht sagen, dass ich bei Letty hereinschneien soll?«

Bei der Idee brachen sie aus irgendeinem Grund beide in Gekicher aus, womit der zunächst ernsthafte Versuch, sich einem mitmenschlichen Problem zu stellen, ins Lächerliche kippte. Dabei war es ja, wie Norman sich ausdrückte, so witzig auch wieder nicht. Kein Grund, einen Lachkrampf zu kriegen. Reine Nervensache, mutmaßte er, aber Nerven weswegen? Irgendetwas Unterbewusstes, schlug Edwin vor, doch das brachte sie nur neuerlich zum Kichern, diese Vorstellung, Letty und Marcia könnten in ihrer beider Unterbewusstsein herumspuken. Nicht ohne Grund mieden sie solch ein Terrain in ihren Gesprächen und auch in Gedanken sonst stets.

18. Kapitel

»Miss Ivory, wollen Sie mir nicht aufmachen?«

Ob wohl irgendjemand während ihrer zwei Wochen Griechenland nach Marcia geschaut hatte, fragte sich Janice beim Warten. Unwahrscheinlich, denn es war ja nicht so, als wäre Marcia, bei aller Schrulligkeit, eine Invalide oder anderweitig außerstande, allein zurechtzukommen. Außerdem war sie Janice' ganz spezielles »Steckenpferd«, wenn man das so nennen konnte.

In den Gärten entlang der Straße leuchteten die Spätsommerblumen um die Wette, Dahlien und Astern, frühe Chrysanthemen und die zweite Rosenblüte, und selbst in Marcias Garten wuchsen hohe gelbe Margeriten üppig um das Milchflaschen-Häuschen, wie Nigel und Priscilla es getauft hatten. Sie hatten nie einen Fuß hineingesetzt, aber sie sahen Marcia dort mit den Flaschen regelmäßig ein und aus gehen. Es schien ein extrem spleeniger Zeitvertreib, aber harmlos – genau die Art Fimmel, die man bei Marcia erwarten würde, und sicherlich um nichts verwerflicher als die Streichholzschachteln oder Zigarettenbildchen, die andere Leute sammelten. Man musste die Menschen mit ihren Eigenheiten respektieren, das hatte die Bekanntschaft mit Marcia Janice gelehrt, wenn auch sonst nichts. Dennoch sagte sie sich, dass sie Marcia wirklich dazu überreden musste, einmal Urlaub zu machen. Nicht in Griechenland natürlich, oder überhaupt im Ausland – sie sah Marcia nicht so recht in einer Taverne, wo sie Oktopus aß oder sonst etwas, das nicht Fleisch mit zweierlei Gemüse war –, aber ein paar Tage in Bournemouth oder eine Busreise durch die Cotswolds wäre genau das, was sie fit für den Winter machen würde.

»Miss Ivory?« Janice klingelte noch einmal und schlug mit der Hand gegen die Tür. Sie würde doch wohl nicht ausgegangen sein – gut, unmöglich war es nicht. Sollte sie sich trauen, einfach die Klinke zu drücken? Sie drückte sie, aber es war abgesperrt. Wenn sie ums Haus herumging, konnte sie vielleicht schauen, ob die Hintertür offen war, was sie aber natürlich nicht sein würde, falls Marcia weg war. Wenn nur Nigel und Priscilla da wären, dann könnte sie bei ihnen nachfragen, aber die beiden waren auf Sardinien, wie Janice wusste – faulenzten dort am Strand und dachten nicht an ihr schickes Häuschen in dieser aufstrebenden Gegend gleich am Stadtpark oder an ihre wunderliche Nachbarin. Nichts ließ einen so komplett abschalten wie Urlaub, sagte sich Janice nicht ohne eine Spur Bitterkeit.

Erst da fiel ihr die Ansammlung von Milchflaschen auf, nicht auf der Türstufe, sondern in einer kleinen Holzkiste um die Ecke, zweifellos eine Abmachung noch aus der Zeit von Marcias Berufstätigkeit, um die Milch vor der Sonne oder vor Dieben zu schützen. Der Anblick erschreckte sie, und sie eilte ums Haus herum; am Ende lag Marcia krank im Bett, zu schwach, um sich nach unten zu schleppen und wenigstens die Milch hereinzuholen. Wenn sie durch die Hintertür ins Haus gelangte, konnte sie nach ihr rufen, und falls sie im Bett lag, konnte Marcia antworten. Oder sie war gestürzt und außerstande, sich zu rühren oder das Telefon zu erreichen. Hatte Marcia überhaupt Telefon? Vermutlich nicht. Die Nachbarn waren weg, vielleicht lag sie schon seit Stunden hilflos da … In der Theorie wusste Janice bestens, welche Notlagen eintreten konnten, trotzdem war sie, als sie durch das Guckfenster in der Hintertür spähte, nicht darauf gefasst, Marcia vornübergesunken am Küchentisch sitzen zu sehen, besinnungslos oder sogar tot.

Janice bemerkte die Tasse Tee und die Keksdose (»Bunte Vielfalt«) auf dem Tisch, als sie zaghaft an die Scheibe klopfte und in ängstlichem Ton »Miss Ivory« rief, ohne wirklich auf eine Antwort zu warten oder auch nur zu hoffen. Dann drehte sie probeweise den Türknauf. Er gab nach, und ihr wurde klar, dass sie bloß hindurchzugehen brauchte.

»Sie gehört aber nicht zu meinem Sprengel«, sagte Father G. mit einem Anflug von Ungeduld. »Sie wissen ja selbst, wie das ist mit diesen Sprengelgrenzen – eine Straße fällt darunter, die nächste nicht.«

»Das ist mir klar«, sagte Edwin. »Ich wollte einfach mal ihre Straße entlangbummeln, und ich dachte, vielleicht haben Sie Lust, mitzukommen – es ist so ein schöner Abend für einen Spaziergang. Sie ist eine merkwürdige Person, wie ich Ihnen ja erzählt habe, wir werden wahrscheinlich gar nicht hineingebeten.«

»Wer ist mein Nächster?«, sinnierte Father G., als er und Edwin die Straße erreichten, in der Marcia wohnte. »Über diesen Text hat man nun wahrlich oft genug gepredigt. Vielleicht gehen wir in diesem Punkt fehl – ganz offenkundig tun wir das –, wenn Sie von mir zur Antwort bekommen, dass die fragliche Person nicht in meinem Sprengel lebt.«

»Nun gut, in irgendjemands Sprengel muss sie ja leben«, konzedierte Edwin.

»Allerdings«, erwiderte Father G. prompt und nannte den Namen eines bekannten Gemeindepfarrers. »Aber ich glaube nicht, dass er Zeit für Nachbarschaftsbesuche hat. Der trendige Tony«, diesem Seitenhieb konnte er nicht widerstehen, »Rock'n' Roll und Gebets-Impros.«

»Wenigstens gibt es eine Frau von der Nachbarschaftshilfe, die regelmäßig nach ihr schaut, ein Auge auf sie hat, wie man so schön sagt, aber als ich sie vor einiger Zeit gesehen habe, bei diesem Mittagessen, bei dem wir alle zusammen waren, hatte ich das Gefühl, ich sollte vielleicht doch etwas unternehmen – mich mehr um sie bemühen, wissen Sie.«

»Was ist mit dieser anderen Frau, von der Sie erzählt haben – Sie hatten doch noch eine Kollegin, nicht wahr? Ich hätte gedacht …«, stellte Father G. optimistisch in den Raum; so vieles fiel ja letzten Endes in die Zuständigkeit der Frauen.

»Ja, gewissermaßen hätte man denken können …« Edwin lächelte. »Aber Sie kennen Marcia – Miss Ivory – nicht. Nun ja, wer kennt sie schon?«

»Wer kennt irgendjemanden wirklich?«, sagte Father G., was zur Lösung des Marcia-Problems nicht eben beitrug.

»So, das müsste es sein – das Haus, in dem sie wohnt. Man sieht gleich, wie es gegen die umgebenden Häuser absticht, und das sagt ja fast schon genug aus.«

Father G. hatte schon viele schäbige Häuser besucht, dennoch musste auch er zugeben, dass der Gegensatz zwischen Marcias Haus und den anderen in der Straße frappierend war. »Gehen Sie besser erst mal allein zur Tür«, sagte er. »Sie kennen sie, und wenn sie ein schwieriger Mensch ist, fühlt sie sich durch meine Gegenwart vielleicht auf den Schlips getreten und macht gar nicht erst auf.«

Janice, die in diesem Moment um die Hausecke kam, fühlte sich durch den Anblick des hinter Edwin stehenden Father G. in seinem Priestergewand keineswegs auf den Schlips getreten, sondern vielmehr getröstet. Auch wenn sie es nicht mit der anglikanischen Kirche hatte, oder mit irgendeiner Form institutionalisierter Frömmigkeit außer einem schwachen, abergläubischen Respekt vor den »Katholiken«, wie sie für sie vage hießen, konnte sie nicht abstreiten, dass die Kirche manchmal ihren Nutzen hatte. Dass ein seriös aussehender Fremder – denn den Eindruck machte Edwin – von einem Geistlichen begleitet wurde, hatte eine beruhigende Wirkung auf sie. Die beiden wussten sicher, was zu tun war.

»Wenn Sie zu Miss Ivory wollen«, sagte sie, »ihr geht es leider nicht gut. Sie scheint krank zu sein, oder …« Das Wort »tot« mochte sie nicht in den Mund nehmen. »Sie sitzt am Küchentisch, völlig starr. Ich hab sie durchs Fenster gesehen. Ich wollte gerade Hilfe holen.«

Zwei fähigere Helfer als die beiden hätte Janice in der Situation kaum finden können. Edwin hatte vor einigen Jahren seine Frau Phyllis abends beim Heimkommen bewusstlos vor dem Backofen vorgefunden, in den sie gerade einen Shepherd's Pie hatte schieben wollen; Father G. führte sein Beruf des Öfteren in Häuser, wo Menschen im Sterben lagen oder gestorben waren; tatsächlich zog er diese Situation den regulären Pfarrbesuchen mit ihrer schleppenden Konversation und dem unvermeidbaren Tee und Süßgebäck vor. Beide Männer waren sofort bereit, das Heft in die Hand zu nehmen.

Tot war Marcia nicht, das war erst einmal die Hauptsache. Sie erübrigte sogar ein blasses Lächeln für Janice, die hektisch eine Tasche für sie zu packen versuchte, während sie auf den Notarzt warteten.

»Es war völlig verrückt«, erzählte Janice hinterher. »Als ich ihre Sachen zusammengesucht habe, war eine von ihren Schubladen randvoll mit neuen Marks-&-Sparks-Nachthemden – überhaupt nicht das, was man bei Miss Ivory erwarten würde, so wie sie sich sonst anzieht. Alle nigelnagelneu und ungetragen – sie muss sie für irgendwas aufgespart haben.«

Nachdem der Krankenwagen mit Marcia und Janice abgefahren war, blieben die beiden Männer allein zurück. Sie hatten alle in der Küche gesessen und den Tee getrunken, den Janice gekocht hatte. Edwin fühlte sich befangen; er war schließlich nie zuvor in Marcias Haus gewesen, da schien es ihm nun, da sie fortgebracht worden war, unrecht, einfach hier zu sitzen.

»Das ist eine seltsame Beziehung, die entsteht, wenn man so mit Frauen zusammenarbeitet«, sagte er. »Die Form der Intimität, die der Büroalltag mit sich bringt, lässt sich ganz entschieden nicht auf das Leben außerhalb übertragen – es käme einem regelrecht anmaßend vor …« Er musste daran denken, wie Norman und er losgekichert hatten bei der Vorstellung, Norman sollte Letty besuchen oder zwischen den vieren könnte sich irgendein sonstiger Kontakt entspinnen. Ein Besuch bei Marcia war immer eine zu furchterregende Aussicht gewesen, um ihn ernsthaft zu erwägen.

»Sie haben nie daran gedacht, einfach bei ihr vorbeizuschauen, so nah, wie Sie wohnen, nur das kurze Stück durch den Stadtpark?« Father G. fragte es eher nachdenklich als vorwurfsvoll.

»Darüber nachgedacht habe ich – ein-, zweimal stand ich sogar kurz davor –, aber dann habe ich es doch nicht gemacht.«

Father G. trank seinen Tee aus und stand auf, die leere Tasse in der Hand. »Meinen Sie, wir sollten …?«

»Abspülen? Oh, darum wird sich sicher Mrs Brabner, die Nachbarschaftshelferin, kümmern wollen. Besser, wir mischen uns da nicht ein.«

Und so gingen die zwei, nicht ohne gewissenhaft hinter sich

abzusperren. Keiner von ihnen verlor ein Wort über den Zustand von Küche und Diele, über den Staub und die anderen Zeichen anhaltender Verwahrlosung. Father G. hatte für diese Dinge schlicht keinen Blick, und Edwin, der immerhin empfand, dass nicht alles so war, wie es sein sollte, bewahrte sich dennoch auch hier die gleiche innere Distanz wie gegenüber den restlichen Aspekten von Marcias Leben. Was ihm nachging, war ein nebensächliches Detail: eine halbgeöffnete Dose Frühstücksfleisch, die auf dem Abtropfbrett stand. Es hatte ihn immer erstaunt, wie untüchtig Frauen sein konnten, wenn es um etwas so Einfaches wie das Öffnen einer ganz normalen Blechbüchse ging.

Naturgemäß überkam sie beide, als sie eine kleine Strecke zwischen sich und Marcias Haus gebracht hatten, das Bedürfnis nach einem stärkenden und belebenden Drink. Hinter ihnen lag ein höchst aufwühlendes Erlebnis. Nie und nimmer hatte Edwin damit rechnen können, dass ein harmloser Parkbummel in Richtung von Marcias Haus einen solchen Ausgang nehmen könnte. Doch was genau war der Ausgang denn? Sie hatten Marcia in einem bedrohlichen Zustand vorgefunden, aber ein Krankenwagen hatte sie in die Klinik gebracht, wo sie die bestmögliche Pflege erhalten würde. Es gab nichts, was man darüber hinaus für sie tun konnte. Dennoch verlangte es ihn sehr heftig nach einem Drink, und dann nach einer Mahlzeit – die Ereignisse der letzten Stunde hatten sein Abendessen verzögert, und aufwühlende Erlebnisse konnten ja bekanntlich unerwartete Folgen zeitigen, und nicht zwingenderweise die wünschenswertesten. Sein Magen fühlte sich hohl an, und er machte sich klar, dass er seit dem Mittag nichts mehr zu sich genommen hatte.

»Kommen Sie noch mit und essen einen Happen mit mir?«, fragte er Father G.; im Pfarrhaus würde es mit den Tafelfreuden nicht weit her sein, und er selbst hatte wenigstens die Reste eines Auflaufs in der Speisekammer.

»Das ist sehr nett von Ihnen. Ich bin doch recht hungrig.«

Edwin füllte zwei Gläser mit Sherry. Ob ihr Erlebnis wohl aufwühlend genug gewesen war, um einen Brandy zu rechtfertigen? Im Großen und Ganzen bezweifelte er es, da es ja nicht ihn persönlich betraf. Trotzdem sollte er vermutlich Letty benachrichtigen; sie würde Marcia sicher besuchen wollen. Nun gut, das sollten sie wahrscheinlich alle drei, zu dritt sollten sie Marcias Krankenbett umstehen … Wieder ertappte er sich bei dem Wunsch zu schmunzeln, ja laut zu lachen, und wäre Norman bei ihm gewesen anstatt Father G., dann hätten sie, zu ihrer Schande sei es gesagt, sicher auch diesmal losgeprustet. Es konnte einem schon zu denken geben – alles die beiden Frauen Betreffende wurde bei ihnen sofort zur Farce. Aber in Father G.s Gegenwart war das anders. Inmitten des Lebens umgab ihn so beständig der Tod.

»Meinen Sie, ich sollte sie im Krankenhaus besuchen?«, fragte ihn Father G. jetzt. »Das ließe sich leicht einrichten, der Kaplan ist ein alter Freund von mir. Sie hat möglicherweise das Gefühl, da ich sie ja gesehen habe … da ich sie quasi gefunden habe …«

»Ich weiß nicht, ob Marcia so etwas denkt. Aber ich bin mir sicher, ein Besuch würde sie freuen«, sagte Edwin zögernd, denn er war sich alles andere als sicher. Wer konnte sich bei Marcia schon irgendeiner Sache sicher sein?

Am nächsten Morgen musste Edwin Norman die Nachricht beibringen.

»Na, Klapse wäre vielleicht passender gewesen als Klinik«, sagte der in einem Ton, dessen Rauheit womöglich eine unklare Emotion überdeckte. »Was wird jetzt von uns erwartet? Müssen wir Blumen per Fleurop schicken? Mit der Sammelbüchse durchs Büro ziehen?« Er stand am Fenster und schüttelte sich wie ein zorniger kleiner Hund, der aus dem Wasser kommt.

»Ich besorge einen Strauß und bringe ihn hin – das Krankenhaus ist nicht weit weg von mir«, sagte Edwin beschwichtigend. »Und Letty sage ich auch Bescheid.«

Norman kramte in seiner Hosentasche und brachte ein Fünfzig-Pence-Stück zum Vorschein. »Sagen Sie besser, er ist von uns allen, der Strauß. Da, ein kleiner Beitrag.«

»Danke. Ich werde auch gar nicht versuchen, sie zu sehen, ich gebe die Blumen einfach nur für sie ab«, sagte Edwin. Es erleichterte ihn, dass die Beklemmung der ganzen Situation nicht den befürchteten Lachanfall bei ihnen ausgelöst hatte. Offenbar gab es ein paar Dinge, insbesondere Krankenhäuser, die noch heilig waren.

»Irgendwie besuche ich sie, glaube ich, lieber nicht«, sagte Norman. »Meinen Schwager Ken habe ich besucht, als er im Krankenhaus lag, aber er hatte sonst niemand, und er ist blutsverwandt und alles das, da musste ich hin.«

Edwin wollte schon darauf hinweisen, dass ein Schwager genau genommen nicht zu den Blutsverwandten zählte, ließ die Sache dann aber doch lieber auf sich beruhen; wenn sie schon über Menschen sprachen, die niemanden hatten, durfte vielleicht nicht ganz vergessen werden, dass Marcia ebenfalls in diese Kategorie fiel.

Bei Mrs Pope klingelte das Telefon just in dem Moment, als sie und Letty vor dem Fernseher Platz nahmen. Sie sahen jetzt recht oft zusammen fern; ursprünglich hatte Mrs Pope Letty zwar nur nahegelegt, doch einmal die Nachrichten oder die eine oder andere lehrreiche Kultur- oder Wissenschaftssendung mit ihr zu sehen, aber inzwischen verging kaum mehr ein Abend, ohne dass Letty herunterkam und mit ihr ansah, was immer lief, ob es die Aufmerksamkeit nun wert war oder nicht.

»Wie lästig, wer kann das sein?«, murmelte Mrs Pope und ging hinaus in die Diele. »Für Sie«, sagte sie missbilligend zu Letty. »Die Leute sollten um die Zeit nicht mehr anrufen.«

Letty ging kleinlaut zum Telefon. Streng genommen gab es seit der Erfindung des Fernsehens natürlich gar keine Abendzeit mehr, zu der man guten Gewissens irgendwo anrufen konnte, denn nun, mit drei Programmen zur Auswahl, kam in einem davon eigentlich immer etwas, das jemand gerade schaute. Selbst der größte Schund hatte seine Anhänger, und wer durfte sich schon ein Urteil darüber anmaßen, was »Schund« war, ein solcher Schund, dass nun wirklich niemand ihn sehen sollte?

Als Letty ins Zimmer zurückkam, blickte Mrs Pope erwartungsvoll auf. Letty bekam nicht oft Anrufe und tätigte selbst erst recht keine. »Es war eine Männerstimme«, sagte sie ermutigend, »deshalb wusste ich, dass es nicht Ihre Freundin auf dem Land sein kann.«

»Nein, das war Edwin Braithwaite.«

»Ah, Mr Braithwaite.« Mrs Pope wartete auf mehr.

»Er rief an, um zu sagen, dass Marcia Ivory, die mit uns im Büro gearbeitet hat, im Krankenhaus liegt.«

»Im Krankenhaus!« Mrs Popes Interesse war augenblicklich geweckt, und Letty musste wiederholen, was sie von Edwin über Marcias Zusammenbruch und den Notarzteinsatz wusste. Das führte zu weiteren Nachfragen seitens Mrs Pope, sodass Letty ihr die ganze Geschichte von Marcias Operation berichten musste, in so vielen Einzelheiten, wie sie es vermochte.

»Aber wieso wusste Mr Braithwaite davon?«, forschte Mrs Pope.

»Anscheinend hat er sie gefunden, er hat sie zusammenge-brochen in ihrer Küche entdeckt.«

»Das klingt aber so gar nicht nach ihm«, wandte Mrs Pope ein.

»Ich glaube, er hatte einen Geistlichen bei sich – vielleicht den Pfarrer, könnte ich mir vorstellen, der einen Besuch bei ihr machen wollte.«

»Gut, das kann natürlich sein. Aber glauben Sie nicht eher, dass er und die Dame sich näher kannten – zwei ehemalige Ar-beitskollegen, die so nahe beieinander wohnen …?«

Die Vorstellung verschlug Letty kurzzeitig die Sprache. Ed-win und Marcia, das ging nun wirklich zu weit. Sie sollten Marcia sehen!, wollte sie schon fast sagen, aber die Nächsten-liebe hielt sie zurück. So redete man nicht über jemanden, der in einem bedrohlichen Zustand ins Krankenhaus eingeliefert worden war. Und das Leben ließ sich so viel Aberwitziges ein-fallen, wer weiß, möglicherweise lief ja wirklich etwas zwischen den beiden. Eine verheiratete Frau – die Mrs Pope schließlich war, das durfte man nicht vergessen – hatte wahrscheinlich An-tennen für zwischenmenschliche Schwingungen, die der un-erfahrenen Letty abgingen. Denn selbstverständlich hatte es einmal einen Mr Pope gegeben, auch wenn Letty ihn nur als Fotografie in Mrs Popes Wohnzimmer kannte, ein langmütig aus seinem Silberrahmen blickendes Gesicht, dessen Geduld sie weder hinterfragen konnte noch durfte. Aber jetzt begann der Fernsehbildschirm ihre volle Aufmerksamkeit zu beanspru-chen.

Wie der Zufall es wollte, fanden sie sich in ein Klinikumfeld versetzt, nicht in Form eines Melodrams, sondern als Hinter-grund für einen chirurgischen Lehrfilm. Eine Operation war im Gange, mit Kommentaren und instruktiven Bildern.

»Erstaunlich, was heutzutage alles möglich ist«, sagte Mrs Pope in befriedigtem Ton. »Aber so etwas wird bei Ihrer Freundin ja wohl nicht gemacht.«

»Oh, nein«, meinte Letty entschuldigend. »Ich fürchte, sie liegt einfach nur da.«

»Wenn wir Farbe hätten«, fuhr Mrs Pope fort, »könnten wir jetzt genau sehen, was der Chirurg da macht. Und es wäre echtes Blut, nicht Tomatenketchup, wie er angeblich bei diesen brutalen Filmen verwendet wird.«

»So genau möchte ich das, glaube ich, gar nicht wissen.« Letty wandte den Blick von der schwarz-weißen Nahaufnahme eines pulsierenden Herzens und konzentrierte sich auf ihren Stickrahmen.

»Wir müssen diese Dinge sehen, ob es uns gefällt oder nicht«, verkündete Mrs Pope, die bemerkt hatte, dass Letty wegschaute. »Die Augen davor zu verschließen bringt gar nichts.«

Letty wollte protestieren – sie hätten gerade so gut auf dem anderen Kanal einen Western anschauen können, aber auch den *mussten* sie nicht sehen.

»Hat Mr Braithwaite einen Farbfernseher?«, erkundigte sich Mrs Pope.

Da musste Letty passen, und sie musste sogar zugeben, dass sie nicht wusste, ob Edwin überhaupt einen Fernseher besaß. Er hatte nie etwas davon erwähnt, genauso, wie er nie in irgendeiner Form Gefühle für Marcia hatte durchblicken lassen. Wenn jemand Gefühle für Marcia hatte, dann Norman, dachte sie, nunmehr gänzlich verwirrt.

19. Kapitel

Marcia hatte schon immer etwas für die Dramatik von Notarzteinsätzen übriggehabt und sogar davon geträumt, einmal selbst im Krankenwagen zu fahren, doch als es nun so weit war, drang kaum zu ihr durch, dass dieser unorthodoxe Wunsch endlich wahr wurde.

»In einer kleinen Kammer unerreichbar«, wie das ein Dichter vor einiger Zeit formulierte, war sie wohl wirklich, aber nichts deutete darauf hin, dass aus dieser Kammer, wie im Gedicht, ein Überall werden konnte. Keine Verszeile aus lang vergangenen Tagen geisterte durch Marcias Hirn, als sie unter ihrer roten Decke lag. Sie hatte undeutlich wahrgenommen, dass Leute ins Haus kamen, während sie am Küchentisch saß, hatte Edwins Stimme zu hören geglaubt und sich eingebildet, wieder im Büro zu sein, aber wo war Norman? Und verschwommen war ihr bewusst, dass Janice Brabner um sie herumwuselte, eine ziemlich panische Janice Brabner. Marcia wollte ihr sagen, dass sie ein halbes Dutzend neue Nachthemden besaß, alle ungetragen, die in einer Schublade im Obergeschoss verwahrt waren, und ihr das mit der Karte auf dem Kaminsims erklären, auf der ihr nächster Termin in der Ambulanz stand, aber es ging nicht. Sie versuchte es, doch es kamen keine Worte heraus. Dann hörte sie Janice auf ihre dümmliche Art über die Nachthemden reden,

»nigelnagelneu und ungetragen«, und das war es, worüber sie lächeln musste. Natürlich waren sie neu, eigens für diese Gelegenheit angeschafft. Schon jetzt konnte ihr Janice egal sein, und bald wäre sie außer Reichweite sämtlicher selbsternannter Helfer, die ihr vorzuschreiben versuchten, was sie zu tun hatte: im »Nachbarschaftszentrum« vorbeischauen, frisches Gemüse kaufen, Urlaub machen …

Enttäuschend war nur, dass der Krankenwagen keine Sirenen einschaltete, dieses aufregende Geräusch, das sie manchmal mittags gehört hatte, wenn irgendwo in der Nähe des Büros ein Unfall passiert war. Es ging alles sehr ruhig und zügig vonstatten, die Sanitäter hoben sie hoch und betteten sie auf die Trage und sagten »Sie machen ja Sachen« und nannten sie ein Fliegengewicht. Aber später, im Krankenhaus, drängte sich eine ganze Traube junger Ärzte um ihr Bett, also maßen sie ihrem Fall offenbar doch eine gewisse Dringlichkeit bei. Marcia erkannte keinen einzigen vom letzten Mal wieder – noch in der Ausbildung, folgerte sie, leisteten ihre sechs Monate Klinikpraktikum ab, und einer war vielleicht der Stationsarzt. Zwei davon untersuchten sie, aber zwei andere, die ihnen vermutlich hätten assistieren sollen, unterhielten sich über eine Tanzveranstaltung, zu der sie gehen wollten oder schon gegangen waren, und das kam ihr zutiefst verkehrt vor. Mr Strong hätte das sicher beanstandet.

Noch einmal später, es musste um vieles später sein, denn sie war jetzt an einem völlig neuen Ort, und die jungen Ärzte waren verschwunden, begann sie sich zu fragen, wann wohl Mr Strong nach ihr sehen würde, und sie bekam Angst, er könnte vielleicht überhaupt nicht kommen, sondern ein anderer Chirurg oder ein ganz normaler Doktor. Anscheinend hatte sie den Namen laut ausgesprochen, denn die pausbäckige junge Krankenschwester, die ihr die Kissen zurechtschüttelte, sagte: »Keine Sorge, Miss Ivory, Mr Strong kommt morgen früh.«

»Blumen für Sie, Miss Ivory. Na, da scheint Sie aber jemand gern zu haben!« Es war eine laute, helle Stimme, die Marcia an Janice erinnerte, aber Janice konnte es natürlich nicht sein. »Sind die hübsch – Mummies, und so eine aparte Farbe! Soll ich Ihnen die Karte vorlesen? Sie werden ja wissen wollen, von wem sie kommen. Da steht: ›Letty, Norman und Edwin, mit den herzlichsten Wünschen für eine baldige Genesung‹. Das ist doch nett!« In der Vorstellung der Schwester waren Letty und Norman ein Ehepaar mit einem kleinen Sohn namens Edwin, komischer Name, ähnlich schräg wie das Rosa-Violett der Chrysanthemen.

Marcia lächelte, sagte jedoch nichts, aber das hatte die Schwester auch nicht erwartet. Armes Ding, viel zu geschwächt für all diesen Klimbim. Von wegen baldige Genesung!

Die Frau im Nachbarbett sah interessiert zu Marcia herüber. Die Ankunft einer neuen Patientin sorgte meist für ein wenig Abwechslung, aber Marcia lag nur mit geschlossenen Augen da, insofern schien es zwecklos, ein Gespräch mit ihr anfangen zu wollen. Seltsam, dass sie diese Blumen bekommen hatte, sie schien eher der Typ, der nichts kriegte, aber jetzt kamen sogar noch zwei Sträuße. Die Schwester las wieder die Karten vor – der eine war von »Janice« (ein kleines Anemonengebinde) und der andere (gemischte Gartenblumen) von »Priscilla und Nigel: Wir haben gehört, dass Sie krank sind, das tut uns so leid. Werden Sie recht bald gesund!«. Na, so, wie die aussah, war damit nicht zu rechnen. Und als sie gewogen wurde, wog sie unter vierzig Kilo.

Am Eingang des Krankensaales entstand Bewegung – Mr Strong näherte sich mit seiner Entourage von Jungärzten, gefolgt von der Oberschwester, die den fahrbaren Schrank mit den

Krankenakten schob. »Sehen Sie, er kommt«, flüsterte Marcias Bettnachbarin, aber Marcia lag mit geschlossenen Augen da, als bekäme sie nichts mit. Und doch wusste sie, dass er größer war als die jungen Ärzte in seinem Gefolge und dass er eine grüne Krawatte trug.

»So schnell hätten wir Sie hier nicht zurückerwartet, Miss Ivory.« Sein Ton war eher wohlwollend als tadelnd, dennoch fürchtete sie, sie könnte ihn durch irgendetwas erzürnt haben, denn als sie die Augen öffnete, sah er mit zusammengezogenen Brauen auf sie herab. Dann wandte er sich an die Oberschwester und sagte gedämpft etwas zu ihr.

»Sie haben stark abgenommen. Sie sollten doch auf sich achten!« Diesmal klang in seiner Stimme ein Anflug von Strenge durch.

Marcia wollte ihm erklären, dass sie noch nie eine große Esserin gewesen sei, fand sich aber außerstande, die Silben herauszubringen.

»Nein, nein – versuchen Sie nicht zu sprechen.« Damit drehte sich Mr Strong einem der jungen Ärzte zu. »So, Brian, Sie haben ihre Akte gelesen – lassen Sie Ihre Diagnose hören.«

Brian, ein Jüngling mit blondem Pagenkopf, gab ein paar medizinische Fachbegriffe von sich, die Mr Strong aber anscheinend nicht zufriedenstellten, denn er befragte einen weiteren Arzt nach seiner Meinung. Dieser junge Mann war noch ratloser als Brian. Er murmelte etwas über das »terminale Stadium« der Patientin, ein Euphemismus, der Marcia glücklicherweise nichts sagte; sie hörte nur eine Flut von Worten über sich hinwegschwappen. Es schien einiges über sie zu sagen zu geben.

»Sie reden über mich«, brachte sie fast flüsternd hervor.

»Tja, Sie sind heute eindeutig der Mittelpunkt der Aufmerksamkeit«, sagte Mr Strong, aber er sagte es nett, nicht in diesem hässlichen, sarkastischen Ton, den Norman vielleicht angeschlagen hätte.

»Wenn es heißt, ›keine Besucher‹, können wir ja schlecht einfach reinmarschieren«, sagte Norman, als er und Edwin im Büro ihre Mittagsbrotzeit beendeten. Da es bei den Geleepüppchen Engpässe gab, streckte ihm Edwin eine Tüte Lakritz-Allerlei hin, und Norman wählte ein braunes und ein schwarzes Bonbon.

»Zur Kaffeezeit muss ich immer an sie denken«, fuhr er fort, »an den Kaffee, den sie mir immer gemacht hat.«

»Sie hat ja in erster Linie für sich selbst Kaffee gemacht, nicht für Sie«, korrigierte Edwin ihn.

»Herzlichen Dank, zerstören Sie nur meine romantischen Erinnerungen«, war Normans flapsige Antwort. »Das arme alte Ding – nicht mal Besuch kriegen dürfen. Was hat die Schwester gesagt, als Sie dort waren?«

»Sie sagte, Miss Ivory sei ganz friedlich, aber das sagen sie gern.« Seine Frau Phyllis hatte man ihm kurz vor ihrem Tod auch als »friedlich« beschrieben, und vielleicht war das ja eine stehende Wendung in solchen Fällen. »Sie soll strikte Ruhe halten, keine Aufregungen.«

»Tja, uns zu sehen wäre natürlich enorm aufregend«, bemerkte Norman.

»Ach ja, und die Schwester sagte auch noch, wie sehr sie sich über die Blumen gefreut hätte – so ein ungewöhnlicher Farbton.«

»Hat das Marcia gesagt?«

»Eher nicht. Ich glaube, das fand die Schwester. Es klang nicht so, als würde Marcia viel sagen. Als ich sie gefunden habe, hat sie jedenfalls nichts geredet.«

»Eine große Rednerin war sie ja auch hier nie«, meinte Norman. »Was sie jetzt wohl mit ihr machen werden?«

»Die Schwester konnte mir nicht sagen, ob sie operiert werden soll oder irgendetwas in der Art«, sagte Edwin. »Wir werden es wahrscheinlich einfach abwarten müssen. Ich werde mich erkundigen. Das war übrigens keine ganz einfache Situation. Als ich mit den Blumen kam, wollten sie von mir wissen, ob sie irgendwelche Verwandten hat oder wer ihr nächster Angehöriger ist.«

»Sie muss doch irgendwen angegeben haben, als sie ihre Operation hatte. Ich glaube, sie hat mal eine entfernte Cousine irgendwo erwähnt.«

»Ach ja?« Edwin druckste etwas herum. »Ich hatte den Eindruck, sie brauchten jemanden, der quasi vor Ort ist, also musste ich mich angeben«, gestand er. »Ich habe gesagt, ihr nächster Angehöriger sei ich.« So ausgesprochen, schienen die Worte eine Fülle von Möglichkeiten zu eröffnen.

»Besser Sie als ich«, sagte Norman grob. »Weiß der Himmel, worauf Sie sich da eingelassen haben.«

»Oh, ich denke, es geht vorwiegend darum, einen Ansprechpartner zu haben, solche Dinge. Ich hatte das Gefühl, das ist das Mindeste, was ich tun kann.«

»Hoffen wir bloß, dass es nicht das Maximum wird«, äußerte Norman in unheilverkündendem Ton.

»Keine Besucher? Heißt das, sie ist frisch operiert?«, wollte Mrs Pope wissen.

»Ich glaube nicht. Das war wohl einfach das, was die Schwester gesagt hat«, sagte Letty.

»Na, und wir wissen, was *das* bedeutet. Denken Sie an meine Worte.«

Wie Letty inzwischen wusste, sprach Mrs Pope grundsätzlich nur Worte, an die man denken musste. »Ich würde sie gern besuchen gehen«, sagte sie, aber zögernd, denn in Wahrheit wollte sie Marcia keineswegs im Krankenhaus besuchen, sie hatte nur das Gefühl, sie sollte es wollen.

»Das wird nicht gehen«, sagte Mrs Pope.

»Ja, so wie es zurzeit steht, vermutlich nicht. Vielleicht kann ich ihr ja etwas schicken, zusätzlich zu den Blumen.« Aber was?, fragte sie sich und dachte an Marcias Aufzug bei ihrer letzten Begegnung. Toilettenwasser, Talkumpuder, eine schön duftende Seife, das waren die Dinge, über die Letty sich gefreut hätte, wenn sie im Krankenhaus läge, aber Marcia? »Ein Buch?«, sagte sie zweifelnd.

»Ein Buch!«, trompetete Mrs Pope verächtlich. »Wenn sie nicht mal Besuch kriegen darf, was soll sie dann mit einem Buch?«

»Nein, vielleicht ist sie gar nicht in der Lage zu lesen«, lenkte Letty ein. Hatte Marcia überhaupt je gelesen, hatte man sie irgendwann mit einem Buch gesehen? Ihre Büchereibesuche hatten sehr anderen Zwecken gedient. Sie gehörte zu den Menschen, die wahrscheinlich behaupten würden, zum Lesen fehle ihnen die Zeit – aber hatte sie nicht, zu ihrer aller Überraschung, einmal eine Gedichtzeile zitiert, ein versprengtes Relikt aus ihren Schultagen, das ihr im Gedächtnis hängen geblieben war? Vielleicht also ein Gedichtband, ein Taschenbuch mit einem hübschen Einband, nichts zu Modernes natürlich … Mit diesem Gedanken spielte Letty eine Weile, entschied sich dann aber für eine Flasche Lavendelwasser; das schien ihr das Rechte, um damit die Stirn einer Patientin zu betupfen, die von niemandem besucht werden durfte.

»Wenn sie in einem so schlechten Zustand ist, wie ich denke«, verlautbarte Mrs Pope, »wird sie gar nicht bemerken, ob Sie ihr etwas schicken oder nicht. Und Sie sind Rentnerin, vergessen Sie das nicht.«

»Trotzdem möchte ich ihr gern etwas schicken«, sagte Letty, die Mrs Popes Borniertheit ärgerte. »Immerhin haben wir diese ganzen Jahre zusammengearbeitet.« Zwei Frauen, die im selben Büro arbeiteten, dachte sie – selbst wenn sie keine engen Freundinnen wurden, entstand zwischen ihnen doch ein Band eigener Art: die immer gleichen täglichen Abläufe, die kleinlichen Nörgeleien, das gemeinsame Kopfschütteln über die Männer.

»Ich dachte, es waren nur zwei oder drei Jahre«, konterte Mrs Pope. »Das ist ja nun keine lange Zeit.«

»Schon, aber es war eine wichtige Phase in unserem Leben«, sagte Letty. Doch, definitiv Lavendelwasser, beschloss sie.

Lavendel. Über all die Krankenhausgerüche hinweg wehte der Duft Mr Strong an. Er erinnerte ihn an seine Großmutter, was bei Miss Ivory eigentlich fernlag, aber andererseits, warum sollte sie bitte schön nicht nach Lavendel riechen? Das wahrhaft Erstaunliche war, dass ihm so etwas überhaupt an einer Patientin auffiel, doch der Duft, dieser machtvolle Auslöser von Erinnerungen, traf ihn unvorbereitet, und für einen kurzen Augenblick war er – Chirurg an diesem angesehenen Londoner Lehrkrankenhaus mit einer einträglichen Privatpraxis in der Harley Street – wieder ein siebenjähriger kleiner Junge.

Jemand hatte sich an Marcia zu schaffen gemacht, sie ein bisschen hergerichtet, weil Mr Strong gleich kommen würde, und für Mr Strong wollen wir doch ordentlich aussehen, nicht wahr? Sie spürte etwas Kühles, Feuchtes auf ihrer Stirn. Betty – oder Letty, war das der Name auf der Karte? – habe ihr dieses schöne Lavendelwasser geschickt, so ein wunderbar frischer Duft, wie aus einem Bauerngarten. Miss Ivory habe doch selbst

192

einen Garten, oder? Wuchs darin vielleicht auch Lavendel? Marcia konnte sich nicht recht erinnern, ob sie einen Garten hatte oder nicht, nur an die Katzenminze hinten am Zaun erinnerte sie sich, und dass sie Snowys Grab nicht hatte finden können. Sie hatte seinem Körper beim Erkalten zugeschaut, bis die Flöhe aus seinem Fell sprangen, und jetzt fand sie sein Grab nicht mehr. Dieser Nigel von nebenan, da hätte er ihr helfen sollen, das wäre sinnvoller gewesen als das Trara um ihr Gras, das überhaupt niemand mähen musste, weil es ihr hoch viel lieber war; hohes Gras hielt Fremde ab. Eines Nachmittags, wann, wusste sie nicht mehr genau, hatte sie Norman dabei erwischt, wie er ihr nachspionierte – auf der Straße stand und sie beobachtete. Jetzt bereute sie es, dass sie nicht zu ihm hinausgegangen war, um ihn zur Rede zu stellen, ihn zu fragen, wie er dazu kam, so frech vor ihrem Haus herumzulungern. Irgendwann vorher, als sie frisch im Büro angefangen hatte, war sie ihm mittags einmal bis zum Britischen Museum gefolgt, die Treppe hinauf bis in den Saal, wo die Mumien ausgestellt waren, und hatte ihn inmitten einer Horde von Schulkindern sitzen und verschrumpelte Tierkadaver betrachten sehen. Sie hatte sich davongestohlen und nicht gewusst, was sie denken sollte … Ab da hatte sie begonnen, ihm einen Kaffee mitzumachen, weil es albern schien, wenn jeder seine eigene Büchse benutzte, wo doch die Familienbüchse so viel billiger war … Aber danach? Sie war verwirrt – irgendwie war danach nichts mehr gekommen. Unruhig drehte sie den Kopf hin und her. Sie meinte den Kaplan auf sich zuhalten zu sehen, den Krankenhaus-Kaplan, oder war das der fortschrittliche Pfarrer aus der Kirche am Ende ihrer Straße? Beide waren junge Männer, beide hatten sie diese langen Haare. Nein, es war weder noch, es war Mr Strongs Assistenzarzt, Brian hieß er. Auch das war nett von Mr Strong, er sprach all die jungen

Ärzte mit Vornamen an, Brian, Geoffrey, Tom, Martin, und Jennifer, die einzige Frau unter ihnen.

Der junge Arzt beugte sich über Marcia. Ihr Aussehen gefiel ihm gar nicht – nicht, dass einem Miss Ivorys Aussehen in den besten Zeiten besonders gefiel. Zum Glück war Mr Strong noch im Haus, und er konnte gleich nach ihm schicken. Mr Strong war sehr besorgt um Miss Ivory gewesen und würde da sein wollen, wenn etwas geschah.

Mr Strong trug noch immer die grüne Krawatte – dieselbe wie beim letzten Mal, oder hatte er eine generelle Vorliebe für grüne Krawatten? Sie war mit irgendetwas Kleinem gemustert. Seine sehr buschigen Brauen über den grauen Augen waren zusammengezogen. Immer schaute er so streng – hatte sie etwas falsch gemacht? Nicht genug gegessen? Sein Blick schien sie zu durchbohren – der durchdringende Blick des Chirurgen, sagte man das? Nein, die Hände waren es, was die Leute an einem Chirurgen bemerkten und bewunderten, wie bei einem Pianisten, wo alle im Konzert ganz vorn sitzen wollten, um seinen Händen zuschauen zu können. Aber in gewissem Sinne war ein Chirurg genauso ein Künstler, diese bildschöne schmale Narbe … Wie hatte ihre Mutter immer gesagt: Niemals dürfe sie zulassen, dass ein Chirurgenskalpell sie berührte. Welch absurde Warnung, wenn man Mr Strong kannte … Marcia lächelte, und der strenge Ausdruck verschwand aus seinem Gesicht, und er lächelte zurück.

Dem Kaplan, der schon auf dem Weg zu Miss Ivory gewesen war, wurde mitgeteilt, dass er zu spät kam. »Miss Ivory ist von uns gegangen.« Die Worte klingelten ihm im Kopf wie ein Werbespruch, aber er betete um Frieden für ihre Seele und stählte sich für das Zusammentreffen mit ihren nächsten Angehörigen und Verwandten. Doch der Mann, den er schließlich sprach, schien gar kein Verwandter von ihr zu sein, nur ein »Freund«, der sozusagen in die Bresche sprang. Jemand, der mit ihr in einem Büro gearbeitet hatte. Überraschenderweise vertrat er die Ansicht, niemand müsse sich Vorwürfe machen, dass es nicht gelungen war, ihren Tod zu verhindern, da doch der Tod etwas für uns Christen so Erstrebenswertes sei. Alles Miss Ivory Betreffende wurde mit ruhiger Effizienz geregelt, ohne Schuldzuweisungen und erst recht ohne Tränen, und das war eine große Erleichterung.

20. Kapitel

»Raum der Stille nennt sich das offenbar«, sagte Norman. »Der Raum, wo man die Verstorbene aufbahrt«, fügte er ungelenk hinzu, denn noch war es ungewohnt, an Marcia als Verstorbene zu denken.

»Eine schöne Idee«, murmelte Letty, »dass man die Stille so in den Vordergrund rückt.« Als ihre Mutter gestorben war, war ihr Leichnam bis zum Begräbnis im Haus aufgebahrt gewesen. Letty erinnerte sich vor allem daran, wie stumpf und ausgelaugt sie sich gefühlt hatte, wie beansprucht vom Organisatorischen, von entfernten Verwandten, die plötzlich vor der Tür standen, und der Frage, wie man sie mittags satt bekam.

»Ja, da sind wir heute also alle beisammen, ganz wie früher«, bemerkte Edwin, aber die anderen sagten nichts dazu, denn wie früher war es natürlich keineswegs.

Die drei waren vor dem Trauergottesdienst im Krematorium, dessen Vorbereitung Edwin in die Hand genommen hatte, zu einer Tasse Kaffee in seinem Haus zusammengekommen. Marcias Tod hatte sie einander naturgemäß näher gebracht, denn alle dachten sie an das, was sie verband, und fragten sich vielleicht, wen von ihnen es als Nächstes treffen würde, wenn auch nicht allzu ernsthaft, denn noch waren sie alle bei guter Gesundheit, und von Marcias Operation und dem, was daraus entstehen konnte, hatten sie ja schon länger gewusst. Die große Neuerung war, dass sie nun erstmals Edwins Haus zu sehen bekamen, in das er sie bisher noch nie eingeladen hatte. Das hat der Tod bewirkt, dachte Letty, während sie mit kritischem Frauenblick die altmodisch bestickten Kissenbezüge und Sesselschoner musterte – Phyllis' Beschäftigung an den langen Abenden, die Edwin bei seinen Gemeindekirchenratssitzungen verbrachte? Normans Überlegungen waren eher praktischer und finanzieller Natur, dahingehend, dass Edwin bequem einen Mieter oder sogar zwei bei sich aufnehmen und sich damit ein nettes wöchentliches Zubrot verdienen könnte, indem er etwa an einen berufstätigen Herrn vermietete, der die Küche mitbenutzen durfte. Nicht, dass er erpicht darauf gewesen wäre, mit Edwin zusammenzuwohnen – aber die Frage stellte sich ja auch nicht. Die Tatsache, dass Edwin sein Haus allein bewohnte, war Beweis genug, dass er kein zusätzliches Einkommen brauchte und, wenn es einmal so weit war, nicht ausschließlich auf seine Pension angewiesen sein würde.

Es war eine lange Autofahrt zu dem Krematorium am Südostrand Londons, und mit der Zeit verloren die Gespräche zwischen den dreien an Schwerfälligkeit.

»Schließlich«, hatte Edwin zum Auftakt geäußert, »haben wir Marcia ja bei uns, so sollten wir es jedenfalls sehen, und sie würde sowieso nicht viel sagen, das heißt, wir können uns ganz normal unterhalten.«

Diese Forderung nach Normalität hatte sie alle derart verschreckt, dass sie schwiegen, bis Letty eine Bemerkung über die noch üppig blühenden Rosen in einem der Gärten am Straßenrand machte.

»Tja, wer hätte bei dem Mittagessen neulich damit gerechnet, dass …«, begann Edwin daraufhin.

»Armes altes Ding – sie schien ja da schon ziemlich überge-schnappt, nicht wahr?«, sagte Norman.

»Das war wahrscheinlich schon der Anfang vom Ende«, mut-maßte Letty. »Sie hat fast nichts gegessen außer diese paar Bis-sen Salat.«

»Sie war nie eine große Esserin.« Norman verkündete es wie ein Geheimnis, in das nur er eingeweiht gewesen war. »Das hat sie häufig gesagt.«

»Leute, die allein leben, machen sich oft nicht die Mühe, richtig zu essen«, erläuterte Edwin, fast als wäre das Alleinle-ben eine völlig fremde Erfahrung für sie alle.

»Ich achte immer darauf, dass ich wenigstens eine anstän-dige Mahlzeit am Tag zu mir nehme«, sagte Letty.

»Mrs Pope lässt Sie ja auch ihre Küche benutzen«, sagte Ed-win. »Haben Sie Ihre eigenen Kochgeräte?«

»Ich habe ein paar beschichtete Töpfe und meine eigene Ome-lettpfanne.« Letty vernuschelte die Worte ein wenig, denn die Unterhaltung wurde ihr langsam etwas *zu* normal, und sie wollte nicht von Normans Bratpfanne hören müssen.

»Also, ich haue alles einfach in die Bratpfanne«, sagte Nor-man in diesem Moment auch schon. »Omeletts und alles. Auch wenn ›Omelett‹ vielleicht übertrieben ist für die Eier, die ich mir mache.«

Der Leichenwagen legte jetzt an Tempo zu, vermutlich, da-mit das Auto hinter ihm etwas mehr Gas geben konnte, dachte Norman. Das machten sie recht schlau, dieses allmähliche Be-schleunigen. Dafür musste man im Zweifel ein versierter Fah-rer sein, und die Leichenwagen hatten ja bestimmt Automatik. Ken wusste so etwas sicher, vielleicht war das ein Thema, zu dem er ihn beim nächsten Mal befragen konnte; mit dem Re-den hatte er es nicht so, es sei denn, es ging ums Automobil.

»Ist es denn noch weit?«, erkundigte sich Letty. »Ich kenne mich in dieser Ecke von London überhaupt nicht aus.«

»Ich habe Phyllis hierhergebracht«, sagte Edwin sachlich. »Von mir aus ist es das nächstgelegene Krematorium.«

»O Gott, natürlich.« Es war Letty gleich peinlich, aber die Erinnerung an seine tote Frau schien Edwin nicht weiter zu bekümmern, er erwähnte nur, dass es vorher einen Gottesdienst in der Kirche gegeben habe, der sehr gut besucht gewesen sei.

Dann sah er auf die Uhr. »Unser Termin ist um halb zwölf«, sagte er, »und ich glaube, der Zeitplan ist recht eng. Ah, da vor uns ist Father G.s Wagen – er muss an der Ampel an uns vorbeigezogen sein.«

»Bei Gelb, das würde ich ihm zutrauen«, steuerte Norman bei.

»Das da vorn muss es sein«, sagte Letty, die die Aussicht auf ein baldiges Ende der Fahrt höchst erleichternd fand. »Dieses Tor da vor uns.«

»Ja, das ist es«, bestätigte Edwin.

»Der Ort, wo wir alle irgendwann landen«, sagte Norman.

»Die *arme* Miss Ivory«, flüsterte Priscilla Janice zu. »Ich bin so froh, dass ich es einrichten konnte, als Nachbarin natürlich, aber auch als moralische Stütze für Sie.«

Janice war nicht sehr glücklich über Priscillas Wortwahl – als hätte sie eine Stütze nötig, aber wahrscheinlich meinte Priscilla nur die Trauerfeier im Krematorium, die ja nichts ganz Alltägliches war. Denn in anderer Hinsicht brauchte Janice nun wirklich keine moralische Unterstützung. Dass sie Miss Ivory zusammengesackt in der Küche gefunden hatte und dass sie anschließend im Krankenhaus gestorben war, musste man zwar ungewöhnlich nennen, um nicht zu sagen bedauernswert, aber es diskreditierte doch in keiner Weise die Nachbarschaftshilfe, und von einem Versäumnis vonseiten Janice' ließ sich ja nun ganz gewiss nicht sprechen. Der Tod war das Ende aller Dinge, die Krönung des Lebens, und auch für Marcia Ivory stellte er einen passenden Abschluss ihrer Geschichte dar – einer Geschichte, anhand derer in kommenden Jahren die Schwierigkeiten veranschaulicht werden konnten, mit denen man in der ehrenamtlichen Sozialarbeit zu kämpfen hatte. Manchen Leuten konnte man einfach nicht helfen, sie so anleiten, dass es zu ihrem eigenen Besten war, und Miss Ivory hatte eindeutig zu ihnen gehört. Hier nahmen Janice' Gedanken den Stil eines Sachberichts an, denn einer der Krankenhausärzte hatte offenbar durchblicken lassen, Miss Ivory müsse bereits vor ihrem Zusammenbruch in einem terminalen Stadium gewesen sein, was dummerweise bedeutete, dass eventuell ein Mangel an Betreuung unterstellt werden könnte, dass es Stimmen geben konnte, die sagen würden, Miss Ivory sei durch das soziale Netz gerutscht, dieser gefürchtete Satz …

Letty sah Janice und Priscilla in ihren etwas zu hellen Alltagskleidern und merkte, wie unnötig ihre Sorge gewesen war, sie könnte keine passende Kleidung für eine Beerdigung haben – anscheinend nahm die jüngere Generation diese Dinge eher locker. Ihr dunkelblaues Kleid mit dazu passender Jacke war gediegen genug, aber Trauerkleidung war etwas anderes; laut der Verkäuferin, bei der sie es gekauft hatte, hieß die Farbe »French Navy«, was dem Ganzen eine altmodisch-frivole Note hinzufügte. Die Männer trugen erwartungsgemäß schwarze Krawatten; eine schwarze Krawatte war offenbar etwas, das jeder Mann besaß oder sich problemlos beschaffen konnte.

Requiescat in pace, und ewiges Licht leuchte ihr, dachte Edwin. Es war eine gute Idee gewesen, den kurzen Gottesdienst von Father G. abhalten zu lassen. Er bot die Gewähr dafür, dass alles korrekt und mit Würde gehandhabt wurde, worauf bei diesen Krematoriums-Geistlichen, die Aussegnungen am laufenden Band vornehmen mussten, ja nun nicht zwingend Verlass war. Befriedigt vermerkte er, dass die Sozialarbeiterin und die Nachbarin sich die Mühe gemacht hatten zu kommen, das war das Mindeste, was sie tun konnten, aber zweifellos war es ein Glück, dass er und Father G. es gewesen waren und nicht diese zwei oder der arme alte Norman, die sich Marcias in ihrem Zustand angenommen hatten.

Norman, dem der Gedanke an Marcia, die da in ihrem Sarg lag und demnächst den Flammen überantwortet würde, eigenartig schwer zu schaffen machte, ging unvermittelt ein Nonsens-Vers durch den Kopf, den er irgendwo gelesen hatte:

Asche zu Asche und Staub zu Staub,
So sinkt die Königin in ihr Graub.

Er wusste nicht, ob er lachen sollte, was hier natürlich nicht anging, oder weinen, was letztlich genauso wenig ging, und es war lange her, dass er Tränen vergossen hatte. Er senkte den Kopf, als sich die Vorhänge schlossen und der Sarg davonglitt; diesen letzten Anblick wollte er sich ersparen.

Hinterher standen sie als verlegenes Grüppchen im strahlenden Sonnenschein.

»Was für schöne Blumen«, sagte Letty gedämpft zu Janice und Priscilla. Wieder einmal bewiesen die Blumen ihre ewige Nützlichkeit als Eisbrecher. Zwei Gestecke, einmal geflammte Gladiolen, einmal rosa und weiße Nelken, und zwei Kränze aus Treibhausrosen beziehungsweise lilafarbenen Immortellen und weißen Chrysanthemen lagen unter einer Plakette, auf der »Marcia Joan Ivory« stand.

»Priscilla und ich dachten, ihr wären Schnittblumen wahrscheinlich lieber«, sagte Janice, den Blick auf die Kränze gerichtet, in leicht aufsässigem Ton. »Manche Leute legen das ganz ausdrücklich fest.«

»Die arme alte Marcia, wie hätte sie in ihrem Zustand irgendetwas festlegen sollen«, sagte Norman. »Wir haben für einen Kranz zusammengelegt – den lila-weißen –, Letty, Edwin und ich, schließlich waren wir …«

»Ja, richtig, Sie waren Arbeitskollegen, nicht wahr?«, sagte Priscilla mit ihrem besten Mädchenpensionats-Schliff. Sie wusste nicht recht mit diesem sonderbaren kleinen Mann umzugehen, und mit dem anderen, dem großen, aber kaum weniger sonderbaren, auch nicht, und hoffte, dass sie sich möglichst rasch loseisen konnte, nun da ihre nachbarliche Pflicht abgeleistet war.

»Der andere Kranz ist von Marcias Cousine«, sagte Edwin. »Sie hatte diese entfernte Cousine, die aber zu erschüttert war, um zur Trauerfeier zu kommen.«

»Nachdem sie vierzig Jahre lang keinen Kontakt mehr hatten«, ergänzte Norman.

»Aber der Sohn war da«, sagte Edwin, »das ist immerhin etwas. Offenbar arbeitet er in London.«

»Dieser junge Mensch ganz hinten?«, fragte Letty. Flüchtig sah sie eine Gestalt unbestimmten Geschlechts mit weißblonden Zottelhaaren vor sich, die einen Kaftan trug.

»Ja, mit der Perlenschnur um den Hals, das war er.«

Die Gruppe löste sich auf. Edwin, Letty und Norman suchten Father G., der ungeduldig bei seinem Auto wartete. Edwin saß vorne neben ihm, Letty und Norman zwängten sich auf die Rückbank, zu dem Koffer, der Father G.s Messgewänder enthielt. Die zwei auf den vorderen Sitzen unterhielten sich lebhaft, hauptsächlich über Kirchenthemen, aber die beiden im Fond des Wagens schwiegen. Norman wusste nicht, was er sagen sollte oder was er empfand, außer dass Trauerfeiern von Haus aus melancholische Angelegenheiten waren, doch über Letty kam ein Gefühl grenzenloser Verlassenheit, als ließe Marcias Tod sie gänzlich vereinsamt zurück. Dabei waren sie ja nicht einmal Freundinnen gewesen.

21. Kapitel

»Wer hätte neulich geahnt, dass …«

Etwas in der Art musste Norman ja sagen, empfand Letty und dachte an ihr letztes gemeinsames Essen im Restaurant. Allerdings, wer hätte damals im Rendezvous geahnt, dass ihr nächstes Treffen so aussehen würde? Jetzt war natürlich Father G. mit von der Partie, was der Sache ohnehin einen anderen Anstrich gab.

»Also …« Father G. griff nach der Speisekarte und begann sie zu studieren. Er ging davon aus, dass Edwin und er sich die Kosten teilen würden, Letty als Frau schied sowieso aus, und Norman, nun ja, Norman schien ihm nicht ganz das Format eines Mannes zu haben, der andere zum Essen einlud. Schon bei den Vorkehrungen für die Trauerfeier hatte Father G. die Frage beschäftigt, was wohl als Ausklang geplant war, nachdem die Verstorbene ja offenbar keine Verwandten hatte, die Schweinspasteten und schottische Eier auffahren würden. Erst hatte er überlegt, ob vielleicht Edwin selbst sie alle zu sich nach Hause bitten würde, aber gottlob hatte sich dieser anscheinend dagegen entschieden und stattdessen ein nahegelegenes Restaurant mit Alkohollizenz ausgesucht. Welch eine Wohltat, einmal nicht in einem Vororts-Wohnzimmer oder einer dieser schauerlich möblierten »guten Stuben« sitzen und süßen Sherry oder den unvermeidlichen Tee trinken zu müssen. Ob er wohl wagen konnte, das vorzuschlagen, wonach ihm in diesem Augenblick am meisten zumute war – einen trockenen Martini?

»Erst mal etwas zu trinken, würde ich sagen«, meinte Edwin wie als Echo auf Father G.s Gedanken.

»Ja, irgendwie hat man das Gefühl …«, murmelte Letty.

»So was schlaucht einfach, so ein Tag«, sagte Norman unbeholfen. So eine Beerdigung, hatte er eigentlich sagen wollen, aber irgendwie hatte ihm das Wort nicht über die Lippen gewollt; es fiel ihm schwer, es zu denken, und erst recht, es laut auszusprechen.

Mit dieser Rückendeckung fühlte sich Father G. ermächtigt, ohne langes Fackeln zur Tat zu schreiten. Er winkte einen Kellner herbei und bestellte die Drinks – halbtrockenen Sherry für Edwin und Norman, einen trockenen Martini für sich, und für die Dame … Lettys Zögern, ihr leiser Skrupel, dass sie vielleicht keinen Alkohol bestellen sollten, wo doch die arme Marcia nie einen Tropfen angerührt hatte, wurde von Father G. als weibliche Bescheidenheit oder auch Ignoranz in diesen Dingen ausgelegt. »Warum versuchen Sie es nicht auch mit einem trockenen Martini?«, riet er ihr. »Der möbelt Sie sicher auf.«

»Ja, ich glaube, so etwas brauche ich jetzt«, stimmte sie zu, und als der Martini kam, fühlte sie sich in der Tat gleich eine Spur aufgemöbelt. Es ist schon was dran, dachte sie, ein Drink zu so einer Zeit tut gut. Er führte ihr überdies nochmals klarer vor Augen, dass zwar die arme Marcia nicht mehr unter ihnen weilte, sie selbst und die anderen jedoch höchst lebendig waren – Edwin auf seine übliche graue, gravitätische Art, Norman merklich aufgewühlt, dazu Father G., der tatkräftige Geistliche, der allen sagte, wo's langging. Als sie die Blicke durch das Lokal wandern ließ, bemerkte sie ein Gesteck aus künstlichen

Wicken in unnatürlich grellen Farben, eine Runde von Geschäfts-
leuten an einem langen Tisch und zwei elegant gekleidete Damen, die Musterbogen mit Vorhangstoffen verglichen. Sich so
ihrer eigenen Lebendigkeit bewusst, ließ sie sich von Father G.
zu den Eiern à la Florentine überreden, weil das so appetitlich
klang, während er selbst ein Steak bestellte, Edwin die gegrillte
Scholle und Norman überbackenen Blumenkohl. »Mir ist nicht
sehr nach Essen«, fügte Norman hinzu, was den anderen das Gefühl gab, ihnen hätte auch nicht nach Essen zumute sein dürfen.

»Und Sie sind jetzt im Ruhestand?«, wandte sich Father G.
verbindlich an Letty. »Das stelle ich mir als …«, er suchte nach
einem Wort, das auf Lettys Ruhestand passen könnte, »… eine großartige Chance vor«, brachte er schließlich heraus, denn
letztlich war ja alles im Leben eine großartige Chance.

»O ja, auf jeden Fall!« Der trockene Martini ließ Letty ihren
gegenwärtigen Zustand viel positiver sehen. »Ich bin plötzlich
zu so vielem imstande.«

»Das könnten wir aber auf mehr als eine Weise verstehen.«
Kurzzeitig schien der alte, anzügliche Norman zurückgekehrt.
»Da fragen wir uns, was Sie so alles treiben.«

»Ach, so viel auch wieder nicht«, wehrte Letty, gehemmt
durch die Anwesenheit Father G.s, ab. »Ich habe einfach mehr
Zeit für dieses und jenes – Lesen und Engagement aller Art.«

»Ah ja, soziales Engagement.« Father G. nickte anerkennend.

»Ich würde denken, was das soziale Engagement angeht, ist
Letty eher auf der Empfängerseite«, sagte Edwin. »Immerhin
ist sie Rentnerin, eine Seniorin, wenn Sie so wollen.«

Letty fand es nicht ganz gerecht, dass Edwin sie so pauschal
in diese Schublade steckte, wo sie doch trotz ihres Alters kaum
graue Haare hatte; Father G. schien ob dieser unattraktiven Zu-
ordnung denn auch prompt auf Abstand zu ihr zu gehen. Er war

kein großer Freund unserer älteren Mitbürger, der »höheren Semester« oder schlicht alter Leute, wie immer man sie nennen mochte.

»Sind wir bereit für den nächsten Gang?«, fragte Edwin.

»Wisst ihr noch, beim letzten Mal?«, fragte Norman unvermittelt. »Was wir da hatten?«

»Ich glaube, Sie und ich hatten Apfelkuchen mit Schlagsahne«, sagte Letty.

»Genau – Tante Soundsos Apfelkuchen. Edwin hatte den Karamellpudding, und er wollte Marcia auch zu einem Nachtisch überreden, aber sie blieb eisern.«

Darauf schwiegen sie; keinem fiel eine Erwiderung ein. Doch in Zeiten der Trauer empfahl es sich nicht, Dinge zu sehr unter Verschluss zu halten, das war ihnen wohl allen bewusst. Marcias Name war bisher nicht gefallen, und vielleicht war es nur passend, dass es Norman war, der ihn erwähnte.

»Sie hatte immer so wenig Appetit«, sagte Letty zuletzt.

»Ja, sie war keine große Esserin.« Normans Stimme schwankte bei diesem Wort verdächtig, aber er bekam sie in den Griff.

Ich muss ihn irgendwann abends zum Essen einladen, dachte Edwin, ihm Gelegenheit geben, über sie zu reden, falls er das möchte. Eine angenehme Aussicht war es nicht, aber solche Dinge mussten manchmal sein, man konnte nicht erwarten, dass die Christenpflicht immer süß schmeckte.

»Was passiert eigentlich mit Miss Ivorys Haus?«, erkundigte sich Father G., als bedeutete das Thema Grundbesitz automatisch ein höheres Unterhaltungsniveau. »Ich nehme an, es wird an diesen … äh … Verwandten fallen?«

»An den jungen Mann mit der Perlenschnur oder seine Mutter, das denke ich auch«, sagte Edwin. »Andere Verwandte hatte sie meines Wissens nicht.«

»Wenn es etwas aufgepeppt würde, könnte es sogar eine recht begehrenswerte Immobilie sein«, erklärte Father G. in gönnerhaftem Maklertonfall.

»Was soll das heißen, wenn es aufgepeppt würde?«, wollte Norman angriffslustig wissen.

Father G. lächelte. »Wissen Sie, einen neuen Anstrich könnte es schon vertragen, das war jedenfalls mein Eindruck. So, wie wäre es mit Eiscreme zum Nachtisch?«, fragte er beschwichtigend; Eiscreme schien ihm gleichsam das Öl, das die Wogen glätten und den erbosten Norman wirksamer besänftigen würde als alles, was er selbst vorbringen konnte.

»Und zum Dessert hatten wir Eis«, berichtete Letty. »Es gab so viele verschiedene Sorten, es war fast, als wäre man wieder ein Kind. Sogar Norman sagte, Erdbeereis hätte er schon immer gemocht. Ich glaube, ein klein wenig aufgeheitert hat es ihn.«

»Ich war mir nicht sicher, ob Sie hungrig sein würden oder nicht«, sagte Mrs Pope. »Nach so einer Trauerfeier weiß man nie.«

Dass Mrs Pope an sie gedacht hatte, in einem Maße sogar, dass sie überlegt hatte, ob sie etwas zu essen brauchen würde, überraschte Letty, und auf unklare Weise tröstete es sie auch. Um die Uhrzeit – kurz nach fünf – bot sich letztlich nur »High Tea« an, was ihr dem Anlass alles andere als angemessen erschienen wäre.

»Edwin kannte dieses Restaurant ganz in der Nähe, das war natürlich sehr praktisch«, erklärte sie.

Mrs Popes Blick blieb erwartungsvoll auf sie gerichtet, also musste Letty ihr aufzählen, was sie gegessen hatten. Steak für Father G. fand Mrs Popes Billigung, denn schließlich hatte er den Gottesdienst geleitet, und anscheinend, merkte sie an, hatte die Geistlichkeit generell große Freude an Fleisch, ja, brauchte es richtiggehend. Lettys Gericht hingegen, Eier à la Florentine, kam ihr nun selbst wie eine frivole, fühllose Wahl vor, typisch für jemanden, der zu einer Trauerfeier statt Schwarz »French Navy« trug. Was war das nur mit den Franzosen, oder dem Bild, das man sich von ihnen machte? Gut, jetzt, wo England zur Europäischen Wirtschaftsgemeinschaft gehörte, würde das vielleicht anders werden, die Einstellungen würden sich ändern. Oder würden sich die Engländer von der angeblichen Frivolität infizieren lassen? Sicherheitshalber sagte Letty nur, dass sie eine Eierspeise gegessen habe.

»Eier sind ja auf ihre Art genauso nahrhaft wie Fleisch«, urteilte Mrs Pope, »da werden Sie wohl kaum noch eins wollen.«

»Ich glaube, einfach eine Tasse Tee …« Tee und ein behaglicher Schwatz über Krematorien, das schien jetzt genau das Richtige.

22. Kapitel

Norman sperrte Marcias Haustür mit dem Schlüssel auf, den ihm der Anwalt ausgehändigt hatte, und betrat »das traute Heim der Miss Marcia Joan Ivory selig«. Mit diesen Worten beschrieb er es bei sich, und mit den gleichen Worten hatte er, vom Schrecken auf sein altes Frotzeln zurückgeworfen, auch Edwin die erstaunliche Nachricht eröffnet, dass er der Erbe von Marcias Haus war. Sie hatte das Testament offenbar kurz nach ihrer Operation gemacht, zu einer Zeit, als sie sich gezwungen gefühlt hatte, die Dinge zu regeln. Was sie an Geld besaß, ging an ihre Cousine, mit einem Vermächtnis für den Sohn. »Eine zweite Perlenschnur wird schon drin sein«, so Normans Kommentar.

»Hausbesitzer Norman«, neckte Edwin ihn. In gewisser Weise rückte es das Gleichgewicht zwischen ihnen zurecht; jetzt hatte Norman sein eigenes Haus und musste nicht länger bemitleidet werden, allein in seinem kleinen Kabuff. Noch passender wäre es natürlich gewesen, wenn Marcia ihr Haus Letty vermacht hätte, die ebenfalls allein in einem kleinen Zimmer saß, wenn auch in Mrs Popes Gesellschaft. »Wollen Sie denn darin wohnen?« Edwin dachte an den Zustand, in dem er und Father G. das Haus vorgefunden hatten. »Es dürften einige Reparaturen anfallen« – die Spitze konnte er sich denn doch nicht verkneifen. »Ich würde mich nicht wundern, wenn das Dach undicht wäre.«

»Ja und?«, sagte Norman. »Wen interessiert schon das Dach?«

»Es könnte hereinregnen, oder sogar hereinschneien.«

»Wann gab es denn das letzte Mal Schnee hier, südlich der Themse?«

»Wussten Sie davon – hatten Sie irgendeine Ahnung?«

»Was glauben Sie denn? Natürlich nicht.«

»Immerhin hat sie Ihnen jeden Tag Kaffee gemacht«, beharrte Edwin.

»Ja, weil es viel billiger war, sich die Familienbüchse zu teilen, wie Sie ja oft genug betont haben«, gab Norman verärgert zurück.

Sie trennten sich etwas verstimmt, und den nächsten Tag hatte sich Norman freigenommen, um sich das Haus anzuschauen. Er hatte noch einige Tage Resturlaub, daher ging das ohne Probleme. Wer hätte gedacht, dass diese Extratage sich einmal so nutzbringend einsetzen ließen? *Gott wirket oft geheimnisvoll / die Wunder seiner Macht* – und ein Wunder konnte man das hier in der Tat nennen.

Der Schlüssel glitt weich in das Sicherheitsschloss, und sogar ein Steckschloss gab es. Marcia, die ihr Haus den ganzen Tag über hatte alleinlassen müssen, hatte es gut gegen Einbrecher abgesichert. Als er in der Diele stand, nahm Norman mehr Notiz von den soliden Jahrhundertwende-Möbeln – dem Garderobenständer, dem Tisch, den Stühlen – als von der Staubschicht, die alles bedeckte, denn natürlich musste es nach all der Zeit staubig sein, das war ja nur logisch, sagte er sich. Er ging von Zimmer zu Zimmer, als deren Besitzer er freilich nicht sich sah, sondern Marcia, so wie sie hier gelebt haben musste während der Jahre, in denen er sie gekannt hatte, aber in denen sie ihn nie zu sich eingeladen hatte. Wenn sie ihn eingeladen hätte, wäre dann alles anders gekommen? Aber sie hätte ihn nie und nimmer eingeladen, das war das Wesen ihrer Beziehung. Dann war es also doch eine Beziehung gewesen? Er dachte an den Tag, als sie ihm ins BM gefolgt war und er vor diesen Viechern festgesessen hatte, die er zusammen mit einem Pulk Schulkinder anglotzen musste, bis die Luft endlich rein war. Sie glaubte, er hätte sie nicht gesehen, aber da täuschte sie sich, und danach hatte er sich nie wieder ins Museum gewagt, sondern stattdessen lieber in der Stadtbücherei Zuflucht gesucht. Dann hatte das mit dem Kaffee angefangen, auf dem Edwin immer herumritt – wobei das nun wirklich nichts so Besonderes war.

Norman stieg in den ersten Stock hinauf. Er kam in ein Zimmer, das er für ihr Schlafzimmer hielt. Es hatte eine schäbige Rosentapete und einen ausgeblichenen gemusterten Teppich. Neben dem Bett stand ein Tisch, auf dem mehrere Bücher lagen, eine Gedichtanthologie, was ihn überraschte, und eine Sammlung von Broschüren, wie man sie in der Bücherei mitnehmen konnte, mit Informationen über diverse Hilfsangebote für Senioren und Rentner. In einem Ständer über dem Bett steckte ein alter, sehr schmutziger weißer Kerzenstumpf, und Kissen und Decke waren noch mit der alten Bettwäsche bezogen. In diesem Bett also hatte sie geschlafen, in diesem Bett hatte sie geträumt, und in diesem Bett war sie verfallen bis an die Schwelle zum Tod, auch wenn sie letzten Endes ja nicht darin gestorben war. Edwin und Father G. hatten sie im Erdgeschoss gefunden, am Küchentisch sitzend.

Norman näherte sich dem Frisiertisch mit seinem Klappspiegel, der in der Fensterbucht stand. Dann hatte sie also Wert auf gutes Licht gelegt, um darin ihr Gesicht zu studieren, ein grausames, bloßstellendes Licht, das jede Runzel sichtbar machte? Wobei er sich bei Marcia nicht vorstellen konnte, dass sie oft in den Spiegel geschaut hatte. Sie hatte in den besten Zeiten nicht so gewirkt, als wäre ihr Äußeres ihr wichtig, die gefärbten Haare hin oder her. Die Oberschwester hatte ihre schönen *weißen* Locken erwähnt, also war die Farbe am Schluss vielleicht herausgewachsen gewesen, und jemand hatte die dunklen Spitzen abgeschnitten. Sie habe richtig schön ausgesehen, so die Schwester, ganz ruhig und friedlich, aber das erzählten sie den Hinterbliebenen wahrscheinlich immer, in Krankenhäusern wurde bestimmt jede Menge Süßholz geraspelt, dachte er. Marcia und schön – wer's glaubt, wird selig! Dennoch, jetzt wo er wusste, dass sie ihm ihr Haus vererbt hatte, war er bereit einzuräumen, dass sie beinahe schön ausgesehen haben konnte.

An der Wand stand eine Kommode, die vermutlich ihre Kleider und sonstigen Krimskrams enthielt. Eigentlich legte er keinen gesteigerten Wert auf nähere Bekanntschaft damit, aber dann war die Neugier doch stärker. So verstohlen, als würde er in ihrem Privatfach im Büro spionieren, zog er eine der Schubladen auf. Zu seiner Verblüffung war sie voller Plastiktüten in allen Formaten, jede einzelne sauber gefaltet und nach Größe und Form sortiert. Es war etwas fast schon Bewunderungswürdiges an dieser Ordnung, so unerwartet und doch so typisch für Marcia; er sah sie direkt vor sich dabei.

Er schob die Schublade zu und blieb im Zimmer stehen. Wie ging es jetzt weiter? Man konnte ja wohl schlecht von ihm verlangen, dass er sich mit ihrem Gerümpel befasste, das war eine Aufgabe für eine Frau. Letty müsste hier sein, die Sachen durchsehen, entscheiden, was mit den Kleidern passieren sollte. Vielleicht konnte er sie kontaktieren, das schien das Naheliegendste, es sei denn, die entfernte Cousine ließ sich dafür einspannen; als Verwandte hatte sie womöglich das erste Anrecht. Sie war zu erschüttert gewesen, um zur Trauerfeier zu kommen, aber ein paar Anreize wie Kleider und das eine oder andere Möbelstück konnten bei der sensibelsten Natur Wunder wirken.

In solchen Überlegungen begriffen, wanderte Norman in ein anderes Zimmer und schaute dort aus einem Seitenfenster. Von hier aus hatte er einen Blick auf schön instand gesetzte und gestrichene Häuser und gepflegte Gärten, die Domizile seiner künftigen Nachbarn, sollte er sich dazu entschließen, selbst einzuziehen.

»Da schaut ein Mann aus dem Fenster«, sagte Priscilla. »Er ist bei Miss Ivory im Haus. Ob das mit rechten Dingen zugeht?«

»Vielleicht sollten wir ihm ein bisschen auf den Zahn fühlen«, sagte Janice. Sie und Priscilla saßen auf der Terrasse und tranken Kaffee. Es war ein wunderbar sonniger Oktobertag, echter Altweibersommer. Janice hatte einen ihrer Fälle ganz in der Nähe besuchen wollen, aber die alte Dame war von einer der übereifrigen Wohltäterinnen aus der Kirchengemeinde zu einer Spazierfahrt abgeholt worden – ärgerlich, wie sich die Hilfsdienste manchmal in die Quere kommen konnten, auch wenn Janice dadurch ein freier Vormittag in den Schoß fiel. Also hatte sie stattdessen bei Priscilla vorbeigeschaut, auf eine hochwillkommene Tasse Kaffee und ein bisschen Klatsch und Tratsch. Wobei sie ja nicht eigentlich tratschten, sie überlegten nur gemeinsam, was wohl aus Miss Ivorys Haus werden würde, mit was für Nachbarn Nigel und Priscilla rechnen konnten.

»Das sieht nach einem von den Männern aus, die auf der Beerdigung waren«, sagte Priscilla. »Du weißt schon, diese Männer aus ihrem Büro.«

»Was will der plötzlich bei ihr im Haus?«, fragte Janice. »Als sie noch am Leben war, hat er sie nie besucht.« In ihrem Ton klang Empörung durch: zu denken, dass Miss Ivory Freunde gehabt hatte, die sie hätten besuchen können, aber nie gekommen waren! Gut, aber war nicht genau das ihr Beruf, ihre Daseinsberechtigung, ihr *raison d'être*: die Einsamkeit von Menschen wie Miss Ivory? Man konnte ja nicht alles haben, wie ihr Mann ihr regelmäßig ins Gedächtnis rief. Wenn die Freunde und Verwandten ihre Pflicht täten, dann wäre Janice demnächst arbeitslos.

»Gehen wir einfach rüber und schauen«, sagte Priscilla kühn. »Wir können immer sagen, wir hätten jemanden im Haus gesehen und wären uns nicht sicher gewesen, ob damit alles seine Richtigkeit hat. Schließlich kennen wir den Mann doch gar nicht.«

Diese Nachbarschaftshelferin und ihre Freundin von nebenan, dachte Norman, als er die beiden auf das Haus zuhalten sah. Was zum Teufel wollten die hier?

»Ja?«, blaffte er in einem barschen, abweisenden Ton durch die Tür, die er nur einen schmalen Spalt öffnete.

So ein kauziges kleines Männchen, dachte Priscilla und machte sich bereit, ihm mit ihrer formellsten Kühle zu begegnen, aber Janice kam ihr zuvor.

»Janice Brabner mein Name«, sagte sie, »ich habe mich um Miss Ivory gekümmert.« Keine sehr überzeugende Einleitung, wurde ihr klar, denn so gesehen war ihre Mission nicht allzu erfolgreich verlaufen. »Wir haben an einem der Fenster oben jemanden stehen sehen«, fuhr sie eilig fort.

»Ja, das war ich«, sagte Norman. »Das ist jetzt mein Haus. Miss Ivory hat es mir hinterlassen.«

Sie schnappten beide nach Luft, als sie das hörten, exakt die unschmeichelhafte Reaktion, die er sich ausgemalt hatte. Fast schien es, als wollten sie ihm nicht glauben. Die, die Priscilla hieß, war eine hochgewachsene Blondine in Samthosen, während die andere (»Janice Brabner mein Name«, äffte er sie stumm nach) kleiner und vierschrötiger war, mit dieser rechthaberischen

Art aller Sozialarbeiter. Sie fand als Erste die Sprache wieder, nachdem er die Bombe hatte platzen lassen.

»Sind Sie sich da sicher?«, fragte sie.

»Sicher? Natürlich bin ich mir sicher«, entgegnete er gekränkt.

»Ach, wie nett«, sagte Priscilla. Sie war nicht so dumm, sich einzubilden, dass ein Schwall unaufrichtiger Gemeinplätze bei Norman verfangen würde, aber falls dieser Mensch tatsächlich ihr neuer Nachbar werden sollte, war es vielleicht ratsam, sich gut mit ihm zu stellen. Gleichzeitig hoffte sie inständig, dass er es nicht wurde. Sie hätte sich ein junges Paar als Nachbarn gewünscht, etwa gleich alt wie Nigel und sie, und am besten mit Kindern, damit sie gegenseitig babysitten konnten, wenn sie und Nigel beschlossen, eine Familie zu gründen. Leute, die man zu sich zum Essen einladen konnte, was bei diesem kauzigen Gnom und seinen Freunden, so er überhaupt welche hatte, entschieden nicht möglich sein würde.

Janice, deren Zukunft von anderen Dingen abhing, konnte da schon direkter sein. »Wollen Sie hier einziehen?«, fragte sie unverblümt.

»Das habe ich noch nicht entschieden«, sagte Norman. »Ich könnte mich dafür entscheiden oder auch dagegen.«

Dies schien für die Frauen das Signal zum Rückzug, was Norman das Gefühl gab, als Sieger vom Platz zu gehen. Er kehrte nicht ins Haus zurück, sondern machte sich daran, den Garten zu erkunden – »erkunden« war keine Übertreibung, man musste sich regelrecht einen Weg durch das Dickicht hacken. Einen Gartenschuppen gab es, so etwas zu haben war immer gut, vielleicht konnte er darin sein Werkzeug und sonstiges »Gerät« verstauen. Womöglich besaß Marcia ja sogar Dinge wie Rasenmäher, Forke, Spaten und Hacke; nicht, dass der Garten davon Zeugnis abgelegt hätte. Er stieß die Schuppentür auf. In einer

Ecke standen ein paar Gartengeräte, das schon, aber den meisten Platz nahmen die Milchflaschen ein, Regale mit Reihen über Reihen von Milchflaschen; es mussten weit über hundert sein.

An diesem Punkt merkte Norman, dass ihm das alles zu viel wurde. Die muffige Enge seines Kabuffs kam ihm mit einem Mal gemütlich vor, angenehm sicher, und es zog ihn mit aller Kraft dorthin zurück, in sein »Noch-Zuhause«, wie er dachte. Trotzdem, er war jetzt Hausbesitzer, an ihm war es, zu entscheiden, was mit seinem Eigentum geschehen würde, ob er selbst einziehen oder es verkaufen sollte – und ganz billig dürften die Häuser hier in der Straße, wenn er sich so umsah, nicht sein. Zu wissen, dass die Entscheidung bei ihm lag, dass er die Macht hatte, die Geschicke von Leuten wie Priscilla und ihrem Mann zu beeinflussen, war ein ganz neues, so nie gekanntes Gefühl für ihn – ein gutes Gefühl, ein regelrechtes Triumphgefühl –, und er stolzierte hocherhobenen Hauptes zur Bushaltestelle.

Auf der anderen Seite des Stadtparks kam Edwin aus dem Büro heim und fragte sich, wie wohl Normans Tag bei Marcia gelaufen war, denn für ihn war es natürlich nach wie vor Marcias Haus. Unter normalen Umständen wäre er vielleicht hinüberspaziert, aber da es der 18. Oktober war, Sankt Lukas, spekulierte er auf eine Abendmesse irgendwo. Mittags war nichts Lohnendes im Angebot gewesen, ein trauriger Gegensatz zu den Zeiten, als Father Thames und nach ihm Father Bode Scharen von Büroangestellten in die Gottesdienste gelockt hatten. Mit Bedauern dachte Edwin auch an eine andere Kirche zurück, die er früher oft besucht hatte und in der mit einer prächtigen Messe zu rechnen gewesen wäre, aber diese Kirche existierte nicht mehr. Ein Skandal in den frühen Fünfzigerjahren – Edwin erinnerte sich noch gut – hatte den opulenten Gottesdiensten dort ein Ende gesetzt, die Gemeinde hatte sich zerstreut, und zum Schluss war die Kirche aufgelassen und abgerissen worden. Ein Bürogebäude stand nun an dem Platz, wo einstmals Weihrauch die Luft geschwängert hatte. Es war eine traurige Geschichte, aber relevant letztlich nur insofern, als er sich *dort* heute keine Abendmesse zu Ehren des heiligen Lukas erhoffen durfte. Lukas, der Schutzpatron der Ärzte. Man hätte meinen sollen, die Kirche gegenüber dem Krankenhaus, in dem Marcia gestorben war, müsste an einem solchen Tag voll sein mit andächtigen Medizinern – Chirurgen und Internisten, Assistenzärzten und Krankenschwestern –, aber weit gefehlt: Die dortige St. Luke's Church bot nur das absolute Minimum an Sonntagsgottesdiensten und blieb unter der Woche zu. Jetzt, wo er darüber nachdachte, verdichtete sich in Edwin der Verdacht, dass Mr Strong, Marcias Chirurg, kein Mann der Kirche war. Irgendeine Äußerung von ihm, ein abfälliger Kommentar über den Kaplan ... Aber das Problem der St.-Lukas-Messe löste das nicht, und zuletzt gab er seinen Plan notgedrungen auf.

Dann fiel Edwin ein, dass er Letty anrufen könnte. Sie war ihm eine Spur einsam vorgekommen bei der Beerdigung, auch wenn sie bei Mrs Pope wohnte. Sie dort unterzubringen war auf jeden Fall eine gute Idee gewesen, aber war die Gesellschaft einer über Achtzigjährigen nicht doch ein bisschen wenig für Letty? Mit diesem Gedanken im Kopf ging er zum Telefon und wählte die Nummer, aber die Leitung war besetzt. Er beschloss, es für heute gut sein zu lassen und sich ein andermal zu melden, morgen oder wann es ihm eben passte. Es eilte ja nicht.

23. Kapitel

Letty hatte einen altmodischen Respekt vor dem Priesterstand, der verfehlt anmutete in den Siebzigerjahren, wo ihr fortwährend vor Augen geführt wurde, dass Geistliche auch nicht besser als andere Menschen waren, eher im Gegenteil. Das Menschsein, das uns allen gemeinsam ist, war auch der Schwerpunkt einer Predigt gewesen, die sie vor Kurzem in Mrs Popes Kirche gehört hatte, fast als wollte der Pfarrer seine Gemeinde auf ein besonders krasses Fehlverhalten einstimmen. In seinem Fall war es nichts Unerhörteres als die Entfernung einiger hinterer Bankreihen, um einen Platz zu schaffen, wo sich die kleineren Kinder während des Gottesdienstes aufhalten konnten, doch selbst das weckte in manchen entrüstete Gegenwehr.

»Dieser Mann dreht unsere heiligsten Gefühle durch den Wolf!«, erklärte Mrs Pope.

Letty, bestürzt über die Drastik von Mrs Popes Bildersprache, setzte gerade dazu an, den Pfarrer in Schutz zu nehmen, als das Telefon klingelte. Hätte es einen Augenblick früher (oder später) geklingelt, dann wäre der Anrufer Edwin gewesen, der sich Lettys in ihrer mutmaßlichen Einsamkeit annehmen wollte, so aber war es Marjorie, »diese Freundin von Ihnen, die den Priester heiratet«, wie Mrs Pope es gern ausdrückte. Nun allerdings würde sie ihn offenbar doch nicht heiraten. Soweit es Letty dem unzusammenhängenden Wortschwall entnehmen konnte, war die Verlobung aus irgendeinem Grund – die Verbindung war schlecht, sie konnte nicht alles verstehen – gelöst worden.

»Beth Doughty«, wimmerte Marjorie. »Wie hätte ich denn ahnen sollen …«

Im ersten Moment wusste Letty nicht, wer Beth Doughty war, dann fiel es ihr wieder ein. Die Leiterin von Holmhurst, dem Heim für Senioren von Stand, das war Beth Doughty – die effiziente Dame mit der strammen Frisur, die solch großzügige Portionen Gin eingoss, die David Lydells Leibspeisen kannte und seine Passion für Orvieto zelebrierte. Es war etwas Anstößiges an dieser Vorstellung zweier Frauen, die mittels Essen und Wein um die Liebe eines Geistlichen buhlten, aber damit rundete sich das Bild. Das Menschsein, das uns allen gemeinsam ist …

Als sie schließlich auflegten, war vor allem eines klar: Letty musste so rasch wie möglich zu Marjorie kommen. Nicht mehr heute Abend natürlich – es hätte auch keine Verbindung mehr gegeben –, aber gleich am nächsten Morgen.

»Ähm …« Letty kehrte zu der erwartungsvollen Mrs Pope zurück. »Das war meine Freundin. Er hat die Verlobung gelöst«, sagte sie. »Wegen einer anderen Frau offenbar – sie leitet ein Altenheim.«

So formuliert, klang es übel, und einen besonderen Hautgout verliehen der Sache die alten Leute, die, egal wie entfernt, in sie verwickelt waren.

»*Nein* …« Mrs Pope fiel keine Erwiderung ein, die ihre Empfindungen auf angemessene Weise zum Ausdruck gebracht hätte. Verglichen hiermit war der Ausbau einiger Bankreihen an der Rückwand ihrer Kirche fast harmlos. »Da werden Sie natürlich zu ihr fahren wollen«, fügte sie nicht ohne einen Anflug von Neid hinzu.

»Ja, gleich morgen früh«, sagte Letty. Eine seltsame Be-
schwingtheit hatte von ihr Besitz ergriffen, ein Gefühl, das sie
sich zu verbieten versuchte, das sich aber nicht unterdrücken
ließ. Sie begann zu überlegen, welche Kleidung sie für diesen
ungeplanten Besuch bei Marjorie einpacken sollte. Das Wetter
war sehr warm für Oktober, aber man durfte nicht vergessen,
dass es auf dem Land immer kühler war.

»Seine Magenprobleme und dann seine Mutter, die ja neunzig
wird, und letzten Endes natürlich auch …« Marjorie zögerte.
»… der Altersunterschied. Er war ja ein paar Jahre jünger als ich.«
 Letty murmelte etwas Verständnisvolles, denn all dies war
ihr bekannt, und als sie von Marjorie nun den Hergang erfuhr,
wie schwer es ihm gefallen war, sich auf einen Hochzeitstermin
festzulegen (einmal war die Trauung schon wegen des Gesund-
heitszustands der Mutter verschoben worden), wunderte es sie
eher, dass er sich überhaupt auf eine Verlobung eingelassen hatte.
Aber wie war Beth Doughty bei ihm an ihr Ziel gelangt – denn
das bedurfte doch wohl der Klärung? Die anderen Faktoren waren damit schließlich nicht aus der Welt, und so viel jünger als
Marjorie war sie auch wieder nicht.
 Darauf schien Marjorie keine Antwort zu wissen, oder sie
war zu sehr aus dem Lot, um sich der Frage zu stellen. Letty hatte ihre Zweifel, ob nicht auch Beth Doughty irgendwann versto-
ßen werden würde, ob es überhaupt einer Frau gelingen konnte,
David Lydell vor den Traualtar zu bringen, aber das behielt sie
für sich.
 »Bei so einer Frau weißt du nie, woran du bist«, sagte Marjorie. »Mit Logik oder Erklärungen kommst du da nicht weiter.«
 Das sei wohl wahr, stimmte Letty ihr zu und dachte an Marcia, die ihr Haus Norman vermacht hatte, ein Paradebeispiel

für die Unberechenbarkeit der Frauen. Und da Marcia nun tot war, würden ihre Beweggründe für immer im Dunkeln bleiben.

»Wohin wird David Lydell gehen?«, fragte sie Marjorie.

»Wohin er geht? Das ist fast das Allerschlimmste daran – er geht nirgendwohin. Er bleibt hier.«

»Er hat sich entschieden, *hierzubleiben*?«

»Was heißt entschieden, ich glaube nicht, dass er überhaupt erwogen hat, wegzugehen.«

»Na gut, er ist noch nicht lange im Dorf, aber unter den Umständen …« Letty schien das Eis unter ihren Füßen zu dünn, um sich noch weiter vorzuwagen. Und ganz nüchtern betrachtet: Warum sollte David Lydell aus der Gegend wegziehen? Er hatte nichts Ärgeres begangen, als sich umzuentscheiden, und wie die Leute immer sagten, Fehler dieser Art korrigierte man besser früher als später. »Wo wird er wohnen?«, fragte sie. »Doch sicher nicht in dem Altenheim, Holmhurst?«

»Bestimmt nicht – ich denke, sie werden ins Pfarrhaus ziehen.«

Dieses ungemütliche Pfarrhaus, an dem so viel gemacht werden musste, erinnerte sich Letty. Das geschah ihm recht. »Aber wird es ihn nicht bedrücken, dich hier ganz allein zu wissen?«, sagte sie.

»Ach, Letty …« Marjories Lächeln war milde, voller Nachsicht für die Weltfremdheit ihrer Freundin. »Obwohl ich so ein Gefühl habe, dass ich vielleicht nicht allzu lange allein bleiben werde.«

»Ach?« Es klang so kokett, dass Letty verwirrt überlegte, was Marjorie damit meinen mochte. Es konnte doch kaum sein, dass so bald ein anderer Heiratskandidat im Dorf aufgetaucht war?

»Na ja, ich meine …« Marjorie begann zu erklären, und jetzt begriff natürlich auch Letty. Da es keine Hochzeit geben würde, konnten Lettys Ruhestandspläne verwirklicht werden wie gedacht, als wären sie nie über den Haufen geworfen worden. Sie würde (selbstredend) zu Marjorie aufs Land ziehen, sobald sich das bewerkstelligen ließ.

Und was dann?, fragte sich Letty. Angenommen, Marjorie verlobte sich nach ein paar Monaten oder Jahren neu, was sollte dann aus Letty werden? In der Vergangenheit war sie stets brav in Marjories Fußstapfen gefolgt, aber es gab keinen Grund, warum dies immer so sein musste. Sie beschloss, sich Zeit zum Nachdenken zu lassen, nichts sofort zu entscheiden.

»Seinen Ring hast du ihm ja wahrscheinlich zurückgeschickt«, brachte sie die Sprache ganz gezielt wieder auf die geplatzte Verlobung.

»Großer Gott, nein – David wollte, dass ich ihn behalte. Gut, so wie er sich benommen hat, hätte er ihn auch schlecht zurückverlangen können.«

»Das nicht, nein, aber du könntest ihn nicht mehr haben wollen.«

»Aber es ist so ein hübscher Ring, ein Mondstein in einer antiken Fassung. Ich habe mir doch schon immer einen antiken Ring gewünscht«, plapperte Marjorie weiter – so ein Ring sei ja auch viel origineller als der herkömmliche kleine Brillant, den sie von ihrem Ehemann bekommen habe. »Und wenn man älter wird, schwellen die Hände an und die Finger werden dicker, da sieht ein größerer Ring besser aus.« Sie spreizte die linke Hand, an der sie nach wie vor den Mondstein trug, damit Letty sich selbst überzeugen konnte.

24. Kapitel

»Tja, Zeichen und Wunder, mehr sag ich nicht.« Norman wickelte ein Corned-Beef-Sandwich aus einer Plastiktüte.

»Ja, Zeichen und Wunder, davon haben wir in der Tat einige gesehen«, sagte Edwin, der mit einem Teebeutel herumnestelte. »Ich hatte gestern Abend Mrs Pope am Telefon, und sie hat mir die ganze Geschichte erzählt. Lettys Freundin rief an, um zu sagen, dass alles abgeblasen ist – sie heiratet jetzt doch nicht. Es setzt ihr natürlich alles furchtbar zu, deshalb ist Letty gleich zu ihr gefahren.«

»Was soll das ändern? Außer, dass sie ihrer Freundin beim Jammern zuhört? Als die große Problemlöserin habe ich unsere gute Letty bisher nie erlebt.«

»Ändern kann sie im Zweifel nicht viel, aber die Gesellschaft einer anderen Frau, einer Freundin …« Edwin zögerte, denn wie ließ sich der Trost, den zu spenden Letty imstande sein mochte, schon einordnen?

»Ja, ja, natürlich, Frauen haben zweifellos ihre Meriten.«

»Besonders, wenn sie einem in ihrem Testament Häuser vermachen«, sagte Edwin launig. »Und, gewöhnen Sie sich schon langsam daran, Hausbesitzer zu sein?«

»Ich werde es verkaufen«, sagte Norman. »Ich glaube nicht, dass ich darin wohnen möchte.«

»Ja, das ist sicher das Beste. Es wäre ja auch viel zu groß für Sie«, gab Edwin vernünftig zu bedenken.

»Das können Sie besser beurteilen als ich«, sagte Norman säuerlich. »Es ist ein ganz normales Doppelhaus, so wie Ihres, und Sie finden Ihres ja auch nicht zu groß. Ich bin nicht unbedingt wild darauf, meine Tage in einem möblierten Zimmer zu beschließen.«

»Nein, natürlich nicht.« Edwin sagte es in dem begütigenden Tonfall, den er so oft anschlug, um den reizbaren kleinen Mann friedlich zu stimmen.

»Vermutlich beschließe ich meine Tage eher im Altersheim«, fuhr Norman fort und griff nach der großen Nescafé-Dose. »›Familienbüchse‹, steht da – komisch eigentlich, wo sie meistens in Büros verwendet werden.« Er löffelte Kaffeepulver in eine Tasse. »Aber man spart doch einiges – Marcia und ich fanden das jedenfalls immer.«

Dazu sagte Edwin nichts. Schweigend schwenkte er seinen Teebeutel mit dem Löffel hin und her; eine Wolke bernsteinfarbener Flüssigkeit entlud sich in das kochend heiße Wasser. Dann gab er seinen üblichen Zitronenschnitz hinzu, rührte um und schickte sich zum Trinken an. Marcia und ich – so, wie Norman es gesagt hatte, fragte er sich plötzlich, ob die zwei eventuell hätten heiraten können. Auch wenn es unausdenkbar schien, wie sie je hätten zusammenkommen sollen. Vielleicht, wenn sie sich vor Jahren begegnet wären, als sie beide jünger waren? Abgesehen von der Schwierigkeit, sie sich als jüngere Leute vorzustellen, hätten sie einander im Zweifel nicht attraktiv gefunden, und jetzt klang das Wort »attraktiv«, auf Norman und Marcia gemünzt, natürlich erst recht absurd. Aber was war es denn, was die Menschen zueinander hinzog, sogar solche, bei denen man es nie vermuten würde? Edwin hatte nur verschwommene Erinnerungen an die Zeiten seiner jungen Liebe und Heirat, damals, als er in der wehrhaftesten aller anglokatholischen Kirchen Messdiener gewesen war und Phyllis ein Mitglied seiner Gemeinde. In den Dreißigerjahren hatte man mit einer Selbstverständlichkeit geheiratet, wie das heute keiner mehr tat, oder zumindest kaum jemand, schränkte er ein. Angenommen, Marcia wäre nicht gestorben, hätten sie und Norman heiraten und zusammen in Marcias Haus wohnen können? Es war eine Frage, die er Norman schlecht stellen konnte, schien ihm …

Doch nun unterbrach Norman Edwins unausgesprochene Überlegungen und wollte Rat in einer Sache, die ihm offenbar auf der Seele lag.

»Ihre Kleider und das restliche Zeug, was mache ich damit?«

»Wie meinen Sie das?«

»Marcias Kleider und die Sachen im Haus. Der Neffe, der mit dem Kaftan und den Perlen, hat ein paar Kleinigkeiten mitgenommen, aber er meinte, seine Mutter hätte keine Nerven für so was, ich könnte damit einfach machen, was ich für richtig halte. *Ich* – ich bitte Sie!« Norman versetzte dem Papierkorb einen zornigen Tritt.

»Was ist mit der Nachbarin und der Frau von der Nachbarschaftshilfe, die bei der Beerdigung waren?«

»Diese aufgedonnerte Blondine und die rechthaberische Gutmenschen-Zicke?« Die Empörung verlieh Normans Ausdrucksweise eine gewalttätige Färbung. »Die werd ich grade fragen!«

»Gut, Sie könnten sich im Zweifel an die Kirche wenden. Da gibt es sicher jemanden, der Verwendung für die Sachen hat.«

»Das hätte ich mir denken können, dass Sie so was vorschlagen. Ihr Freund Father G. wird wahrscheinlich nur zu gern den Retter in der Not spielen.«

»Das würde er vermutlich«, sagte Edwin defensiv. »Alte Kleider sind bei Flohmärkten immer willkommen.«

»Flohmärkte! Na vielen Dank! Dann weiß ich ja nun, was Sie von Marcias Sachen halten.«

»Sie werden doch wohl zugeben, dass sie beim letzten Mal etwas seltsam ausgesehen hat«, setzte Edwin an, brach dann aber ab. Dieses sinnlose Gezänk brachte sie nicht weiter. Vielleicht hatte Norman Marcia jetzt ja anders in Erinnerung – als die sanfte weißgelockte Dame mit dem friedlichen Gesichtsausdruck, als die die Oberschwester sie zuletzt beschrieben hatte. »Haben Sie an Letty gedacht?«, fragte er. »Sie wäre doch sicher bereit, zu helfen.«

»Ja, das ist eine Idee.« Normans Stimme klang dankbar. »Das wäre auf jeden Fall besser als jemand Fremdes.«

»Was machen wir mit diesen ganzen Milchflaschen?«, fragte Edwin.

»Keine Ahnung«, sagte Norman. »Was würden Sie machen? Sie einfach stehen lassen?«

»Ich würde sie wahrscheinlich peu à peu loszuwerden versuchen – jeden Tag ein paar für den Milchmann rausstellen.«

»Wir könnten jetzt gleich welche vor die Tür stellen«, schlug Letty vor.

»Ja, das sagen sie einem ja immer, Flaschen ausspülen und zurückgeben«, sagte Norman.

»Und diese hier sind makellos sauber«, betonte Edwin.

»Ob Marcia wohl böse wäre, wenn sie wüsste, was wir hier machen?«, überlegte Letty. »Sie muss ja irgendetwas mit ihnen vorgehabt haben, dass sie sie alle im Schuppen aufgehoben hat, so schön gespült und aufgereiht.«

Die drei hatten einen aufschlussreichen Nachmittag damit

verbracht, Marcias Sachen durchzusehen. Am meisten hatten Letty die Kleider beeindruckt, von denen Schränke und Schubladen voll waren, Kleider aus den Dreißigerjahren und früher, die jetzt wieder in Mode kamen, einige davon offenkundig noch von Marcias Mutter. Sachen, die Marcia selbst als junge Frau getragen haben musste, bevor einer von ihnen sie gekannt hatte. Und dann gab es Kleidungsstücke, die sie vor relativ kurzer Zeit gekauft zu haben schien, rätselhafterweise fast alle ungetragen. Hatte sie sie für einen besonderen Anlass aufgespart, der nie eingetreten war? Das würden sie nun nicht mehr erfahren.

Sie hatten im Obergeschoss angefangen, aber noch mehr hatten sie gestaunt, als sie in die Küche kamen und im Vorratsschrank auf Marcias Arsenal von Konserven stießen.

»Was hat sie nur mit diesem ganzen Zeug gewollt?«, rief Edwin aus.

»Na, Sie kaufen doch auch Dosenessen, oder?« Norman stellten sich gleich wieder die Stacheln auf. »Was ist daran so merkwürdig?«

»Aber sie hat doch nie etwas zu sich genommen«, wandte Letty ein.

»Keine große Esserin, das hat sie ja selbst immer gesagt«, erinnerte Norman die anderen.

»Sie wollte wahrscheinlich einfach vorsorgen, wie Mrs Thatcher«, sagte Edwin. »So wie die Preise die ganze Zeit schon steigen …«

»Und noch weiter steigen werden, egal, welche Regierung das Sagen hat«, ergänzte Norman bitter.

»Alles so perfekt aufgereiht und geordnet«, sagte Letty ganz ehrfürchtig. »Fleisch, Fisch, Obst, und da, Suppen und Käsenudeln und Ravioli …«

»Leichte Kost zur Nacht«, sagte Norman. »Ich bin ein großer Freund von Käsenudeln, die waren ein reiner Segen, als ich diese Zahngeschichte hatte.«

»Das kann ich mir vorstellen«, sagte Letty, in einem warmen, mitfühlenden Ton jetzt.

»Ich würde sagen, diese Sachen nimmt Norman«, verfügte Edwin. »Da die Cousine und ihr Sohn Ihnen ja freie Hand gelassen haben …«

»Ein paar kann der Sohn vielleicht auch kriegen – so ein junger Mann in einer Hippie-Bude ist wahrscheinlich ganz froh um ein paar Konservenbüchsen. Zum Glück ahnt er ja nicht, was ihm alles entgeht. Am besten, wir nehmen uns jeder schon mal zwei, drei mit«, sagte Norman.

Zögernd, da es ihnen doch etwas frevelhaft vorkam, sich so aus Marcias Vorratsschrank zu bedienen, begannen die drei ihre Auswahl zu treffen. Bis zu einem gewissen Grad spiegelte diese Wahl ihr unterschiedliches Naturell wider. Edwin nahm Frühstücksfleisch und Schmorsteak, Letty Krabben und eingelegte Pfirsiche, Norman Ölsardinen, Suppe, Wachsbohnen und die Käsenudeln.

Dann stießen sie in der untersten Schublade des Küchenschranks auf eine ungeöffnete Flasche Sherry. Es war ein zyprischer Cream Sherry, laut Etikett hergestellt aus den Trauben der Weinberge, die einmal der Königin von Saba gehört hatten.

»Sollen wir ihn aufmachen?«, fragte Norman. »Den muss sie doch fast für uns aufgehoben haben, für genau so einen Anlass wie den hier, meint ihr nicht?«

»Sie wird kaum davon ausgegangen sein, dass wir hier so zusammensitzen«, sagte Letty. »Ohne sie, meine ich.«

»Lassen Sie es uns trotzdem so machen, wie Norman gesagt hat«, schlug Edwin vor. »Vielleicht hätte Marcia es ja wirklich so gewollt – in Anbetracht dieser außergewöhnlichen Umstände.« Das war womöglich die sicherste Art, es auszudrücken, denn es war ja weiß Gott keine alltägliche Situation. Und wenn irgendwer darüber mutmaßen durfte, was Marcia gemeint oder gewünscht hätte, wenn irgendwer den Versuch wagen konnte, dieses Geheimnis zu lüften, dann, so schien es ihm, war das Norman.

»Die Königin von Saba«, sagte der. Er hatte Gläser aufgestöbert und schenkte reichlich von der goldenen Flüssigkeit ein. »Das klingt doch nach was. Also, auf uns!«

»Und Sie ziehen ja wahrscheinlich aufs Land, Letty, wo Ihre Freundin nun doch nicht heiratet«, sagte Edwin, bei dem die wohlige Wärme des Alkohols das Behagen verstärkte, das Lettys verbesserte Zukunftsaussichten in ihm auslösten. Es schien eine außerordentlich befriedigende Abrundung des Ganzen.

»Ich habe mich noch nicht entschieden«, sagte sie. »Ich bin mir nicht mehr ganz sicher, ob ich auf dem Land leben will.«

»Recht so«, sagte Norman, »machen Sie nichts, was Sie nicht wirklich wollen, und lassen Sie sich von niemandem etwas vorschreiben. Treffen Sie Ihre eigenen Entscheidungen. Es ist schließlich Ihr Leben.«

»Aber ich dachte, Sie lieben das Landleben«, sagte Edwin etwas pikiert, denn alle älteren oder alten Frauen liebten doch wohl das Landleben, oder sollten es zumindest lieben.

»Also, *lieben* ist vielleicht zu viel gesagt.« Letty dachte an die toten Vögel und zerfetzten Kaninchen und an die bösen Zungen der Dorfleute. »Es schien sich einfach anzubieten, als wir es damals beschlossen haben. Jetzt habe ich das Gefühl, ich habe eine Wahl.« Sie trank einen großen Schluck von dem süßen Sherry, und eine überaus angenehme Empfindung ergriff von ihr Besitz, fast ein Gefühl der Macht. Es ging ihr wie Norman, als er entdeckt hatte, dass er das Leben anderer beeinflussen konnte, indem er entschied, ob er in Marcias Haus ziehen wollte oder nicht. Letty machte sich zum ersten Mal klar, dass sowohl Marjorie als auch Mrs Pope auf ihre, Lettys, Entscheidung warteten.

»Aber in London wollen Sie doch sicherlich nicht bleiben?«, forschte Edwin weiter.

»Ich weiß noch nicht. Ich muss darüber nachdenken«, sagte Letty. »Ach, übrigens«, fügte sie hinzu, »Marjorie lässt fragen, ob Sie beide nicht Lust auf eine Landpartie hätten. Wir könnten alle zusammen hinfahren und in einem Gasthof zu Mittag essen.«

Sie musste lächeln, als sie das sagte, denn rein praktisch gesehen hatte der Gedanke etwas Groteskes: sie alle – Marjorie, Letty und die zwei Männer – zusammen in den Morris gepfercht.

»Diese beiden Freunde von dir, deine ehemaligen Kollegen aus dem Büro, Edwin und Norman«, hatte Marjorie gesagt und die Namen etwas gedehnt gesprochen, »wäre es nicht nett, sie für einen Tag zu uns einzuladen?«

Jedes neue Interesse, das Marjorie von ihrer Enttäuschung ablenkte, schien Letty unbedingt zu ermutigen, auch wenn sich kaum jemand schlechter zum Gegenstand romantischer Bestrebungen eignete als Edwin und Norman und man zwei größere Feinde alles Ländlichen erst suchen musste. Aber immerhin zeigte es einem wieder einmal, welch endlose Möglichkeiten zur Veränderung das Leben auch jetzt noch bereithielt.

Die Arbeit der Übersetzerin an diesem Buch wurde
durch ein Stipendium des Deutschen Übersetzerfonds e. V. gefördert.

Dieses Buch wurde klimaneutral produziert.

Die englische Originalausgabe erschien 1977 unter dem Titel ›Quartet in
Autumn‹ bei Macmillan, London.
© Copyright Barbara Pym 1977

Oktober 2022
© 2021 für die deutsche Ausgabe: DuMont Buchverlag, Köln
Alle Rechte vorbehalten
Übersetzung: Sabine Roth
Umschlaggestaltung: Lübbeke Naumann Thoben, Köln
Umschlagmotiv: © akg-images / bilwissedition
Satz: Fagott, Ffm
Gesetzt aus der Neutra und der Caslon
Druck und Verarbeitung: CPI books GmbH, Leck
Gedruckt auf säurefreiem und chlorfrei gebleichtem Papier
Printed in Germany
ISBN 978-3-8321-6657-1

www.dumont-buchverlag.de

»Ein Sittenporträt, das vor allem mit seinen messerscharfen Beobachtungen und seinem Witz mitreißt.«

WDR 5

352 Seiten / Auch als eBook

Mildred ist ledig und über dreißig – und im London der Vierzigerjahre schon eine alte Jungfer. Als eines Tages die glamourösen Napiers nebenan einziehen, gerät ihr geordnetes Leben durcheinander. Zwischen den Eheleuten schwelt eine Krise, und Mildred schlittert zwischen die Fronten. Eigentlich sollte sie nicht Partei ergreifen, doch das wird zunehmend schwierig, zumal sie ein Faible für den schneidigen Nachbarn entwickelt …

www.dumont-buchverlag.de

»Barbara Pym ist wie ein seltener Schatz.
Sie erinnert uns an die herzzerreißende
Lächerlichkeit des Alltags.«

NDR KULTUR

352 Seiten / Auch als eBook

London in den 50er-Jahren: Nachdem Dulcie von ihrem Verlobten sitzengelassen wurde, zweifelt sie daran, jemals die wahre Liebe zu finden. Ausgerechnet bei einer wissenschaftlichen Konferenz lernt sie jedoch die Femme fatale Viola kennen, sowie deren charmanten Schwarm Alwyn, für den sie bald selbst Gefühle entwickelt. Als Dulcies Nichte Laurel auf den Plan tritt, wird aus dem komplizierten Liebesdreieck ein -viereck, denn es ist ausgerechnet Laurel, auf die Alwyn ein Auge wirft …

www.dumont-buchverlag.de